HUBERT ACHLEITNER

Flüchtig

Roman

GOLDMANN

Penguin Random House Verlagsgruppe FSC® N001967

1. Auflage
Taschenbuchausgabe September 2021
Wilhelm Goldmann Verlag, München,
in der Penguin Random House Verlagsgruppe GmbH,
Neumarkter Str. 28, 81673 München
Lizenzausgabe mit Genehmigung des Paul Zsolnay Verlages

Umschlaggestaltung: UNO Werbeagentur, München,
nach einer Gestaltung von Anzinger und Rasp, München
Umschlagmotiv: Corinne Melanie
mb · Herstellung: ik
Satz: Mediengestaltung Vornehm GmbH, München
Druck und Bindung: GGP Media GmbH, Pößneck
Printed in Germany
ISBN: 978-3-442-49153-7
www.goldmann-verlag.de

Besuchen Sie den Goldmann Verlag im Netz

Nicht wir gehen durch die Geschichte,
sondern die Geschichte geht durch uns.

Dies ist die Geschichte von Eva Maria Magdalena Neuhauser. Die meisten nennen sie einfach Maria, deshalb tu ich das auch. Ich komme auch darin vor, aber es ist nicht meine Geschichte. Es sind die Erinnerungen an einen Sommer, den ich mit dieser außergewöhnlichen Frau zusammen verbringen durfte. Die Namen in dieser Geschichte habe ich frei erfunden, auch den für mich. Ich heiße in diesem Buch Lisa.

Darüber hinaus gebe ich die Dinge genau so wieder, wie sie geschehen oder, da, wo ich nicht dabei war, wie sie mir berichtet worden sind, das meiste von Maria selbst.

Kapitel 1

Maria und ich haben uns gegenseitig auf der Straße aufgelesen. Vom rein äußeren Gesichtspunkt aus betrachtet hat sie mich mitgenommen: Ich war die Anhalterin, die an der Straße stand. Ich bin in ihr Auto eingestiegen. Aber es gab auch eine innere Reise, und da war es umgekehrt. Wir sind uns in den drei Monaten, die wir zusammen verbracht haben, sehr nahegekommen; haben fast alles miteinander geteilt, das Lager, das Essen und einmal sogar einen Mann. Sie war der großzügigste Mensch, den ich kennengelernt habe. Großzügig war sie auch mit ihrer Vergangenheit. Sie hat mich an ihrer Lebensgeschichte teilhaben lassen. Vielleicht hing es auch damit zusammen, dass ich sie im Augenblick ihres Loslassens von allem getroffen habe. Das soll aber weder ihren Edelmut schmälern, noch soll es heißen, sie wäre an nichts gebunden oder gar bindungsunfähig gewesen. Der Brief an Herwig zeugt vom Gegenteil. Sie hat zwar mit den Worten geschlossen, er möge die Freiheit finden, sie loszulassen. Ich kann mir ehrlich gesagt nicht vorstellen, dass sie das wirklich will, aber so hat sie es geschrieben.

So manches, von dem ich berichten werde, habe ich dem Brief entnommen, den ich wenige Wochen nach dem Jahreswechsel im Briefkasten fand. Er war an mich adressiert, aber an Herwig gerichtet. Herwig ist der Mann, an dessen Seite Maria fünfunddreißig Jahre ihres Lebens verbracht hatte. Maria erlaubte mir, ja sie bat mich auf einer beigelegten Notiz darum, den Brief zu lesen, damit ich von den Abenteuern erfahre, die sie nach unserer Trennung erlebt hatte.

Wie ich merkte, sparte Maria einiges aus, von dem sie wohl glaubte, es würde Herwig verletzen. Ich weiß nicht, ob das notwendig war, und frage mich natürlich, ob sie auch mir etwas vorenthalten hat.

Ich habe den Brief mehrmals gelesen. Maria hatte mich beauftragt, ihn weiterzuschicken, und ich wollte nicht, dass mir etwas entging. Am Ende habe ich mir, obwohl es ein wenig unanständig schien, eine Kopie gemacht. Am nächsten Tag, als ich die Blätter in ein neues Kuvert steckte, musste ich feststellen, dass Herwig Bergers Adresse nirgendwo im Brief aufschien. Maria musste sie vergessen haben, oder sie war aus dem Kuvert gefallen.

Ich durchsuchte im Internet das österreichische Telefonbuch und hatte Glück, denn es gab nur zwei Berger mit dem Vornamen Herwig. Die erste Nummer war ein Festnetztelefon mit Anrufbeantworter. Eine Computerstimme bat um Hinterlassung einer Nachricht. Ich legte, ohne etwas zu sagen, auf und wählte die zweite. Eine andere Stimme, derselbe Text.

Es war schon sechzehn Uhr, und über der Stadt begann sich trübe Dunkelheit auszubreiten. Ich stand auf, um Licht zu machen. Als ich die Vorhänge zuzog, gingen gerade die Straßenlaternen an. Ein angriffiger Wind war aufgekommen und fegte eine Staubwolke vor sich her. Schneeregen war vorausgesagt. Dunkle Wolken hatten es eilig, den Himmel zu erobern. Noch war es aber nicht so weit. Ich war gerade dabei zu überlegen, ob es sinnvoll gewesen wäre, etwas auf die Sprachbox zu sprechen, da klingelte es. Ich ging zum Tisch, wo ich mein Telefon abgelegt hatte. Der Anruf kam aus Österreich. Es war eine der zuletzt gewählten Nummern.

»Berger«, tönte es melodiös aus dem Lautsprecher des Telefons. »Haben Sie eben bei mir angerufen?«

Der rasche Rückruf überrumpelte mich. Ich hatte mir noch gar nicht zurechtgelegt, was ich sagen wollte. »Ja, äh, guten Tag.«

»Wer spricht da?«

»Lisa, ich heiße Lisa.«

»Und worum geht es?«

»Ich … ich bin eine Freundin von Maria. Sind Sie der Mann von Maria Neuhauser?«

Einen Augenblick war es still, dann kam eine tonlose Stimme, der alle Melodie entwichen war: »Wer spricht da noch einmal bitte?«

»Ich bin eine Freundin von Maria. Ich habe hier einen Brief von ihr. Für ihren Mann Herwig Berger. Sie hat mich beauftragt, ihn weiterzuleiten, allerdings vergessen, mir die Adresse dazuzuschreiben. Im Telefonbuch habe ich zwei mit demselben Namen gefunden. Ich möchte nicht, dass der Brief an den Falschen gerät. Darf ich Sie fragen, was Sie von Beruf sind und wie der volle Name Ihrer Frau lautet?«

»Von wo rufen Sie an? Ist das eine deutsche Nummer?«

»Bitte beantworten Sie zuerst meine Frage.«

»Ich unterrichte. Meine Frau heißt Eva Maria Magdalena Neuhauser und ist seit über einem halben Jahr vermisst. Wenn Sie wissen, wo sie ist, sagen Sie es mir bitte.«

»Ich weiß es leider nicht.« Das war keine Lüge. Ich wusste es wirklich nicht.

»Von wo rufen Sie an?«

»Ist das wichtig?«

»Nein, Sie haben recht. Es ist nicht wichtig. Wichtig ist nur, ob Maria noch am Leben ist. Ist sie noch am Leben?«

Kapitel 2

Maria war von Kindheit an gesegnet mit einem schon fast animalischen Pragmatismus. Reden war nicht ihr Ding. Praktisches Handeln zog sie langem Grübeln vor. Diskussionen waren ihr eine Qual. Vernunft war in ihren Augen eine theoretische Größe und Kategorie. Sie war ergebnis-, nicht vernunftorientiert. Maria war in den Augen der meisten kein hübsches Mädchen. Ihre Schönheit lag verborgen unter einer kratzbürstigen Wildheit, die kein Gefallenwollen kannte.

Das Unbändige machte sich vor allem im Winter bemerkbar. Man hätte glauben können, dass der dramatische Lebensauftakt und der Schock des ersten Atemzuges in der Eiseskälte ihrer Geburtsstunde bei Maria ein Grausen vor Kälte und Schnee ausgelöst haben müssten, aber das Gegenteil war der Fall. Sie liebte die Kälte, sie liebte das Eis, und sie liebte den Schnee. Sie liebte es, auf spiegelglatten Flächen talwärts zu rasen. Es verging kein Jahr, in dem nicht ein Schlitten oder ein Schi zu Bruch ging. Und viele Jahre später, als sie ihr erstes Auto erstand, einen grasgrünen, acht Jahre alten Ford Escort mit Hinterradantrieb, liebte sie es, auf den Schneefahrbahnen durch die Kurven zu driften und auf den Parkplätzen Pirouetten zu drehen. Sie war und blieb ein Winterkind.

Weil ihr die Kälte nichts ausmachte, bekam sie von ihrem Vater, der ihr zum Einschlafen gerne vogelwilde Indianergeschichten erzählte, den Spitznamen Eskimo. Das war für Maria innerhalb der Familie kein Problem. Es sprach sich jedoch bis in den Kindergarten herum, wo es eines Tages zu einer handgreiflichen Auseinandersetzung kam. Nachdem sie mehrmals darauf bestanden hatte, bei einem ihrer richtigen Vornamen genannt zu werden – sie stellte es allen frei, bei welchem –, einer der Buben jedoch nicht damit aufhörte, sie weiterhin Eskimo zu nennen, stürzte sie sich auf ihn, und es begann eine wilde Prügelei, die damit endete, dass sie ihrem Gegner ein Büschel Haare ausriss, diese wie eine Trophäe schwenkte und dabei schrie, sie würde alle skalpieren, die sie weiterhin Eskimo nannten. Damit war die Sache gegessen.

Die ersten zehn Jahre ihres Lebens verbrachte Eva Maria Magdalena Neuhauser in einem beschaulichen Dorf am oberen Ende eines vom Gletscher gespeisten Bergsees. Gegen Süden verhinderten abweisende, meist senkrechte Felswände ein Entkommen. Es bedurfte eines mehrstündigen, steilen Aufstiegs, um das Plateau zu erreichen, und noch eines ganzen Tagesmarschs, um es zu überqueren und die nächste Siedlung zu erreichen. In Richtung Norden verwehrten steile, bewaldete Flanken den Blick auf das untere Ende des Sees. Eine schmale, wegen Steinschlag- und Lawinengefahr im Winter oft gesperrte Straße war die einzige Nabelschnur zur Welt da draußen. Abgesehen von einer sommerlichen Schiffsverbindung.

Wie ein Fjord lag er da, der See. Seine schwarzgrünen Wasser lockten selbst an heißen Sommertagen nur wenige abgehärtete Einheimische zum Schwimmen. Der Ort markierte für alle, die sich hierher verirrten, das Ende der Welt. Für die hier Aufgewachsenen bedeutete er den Anfang.

So war es zumindest bis vor kurzem. Dann kam der Touristen-Tsunami, der Kolonnen von Reisebussen und scheinbar nie versiegende Völkerschaften fremder Menschen aus aller Damen und Herren Länder, vor allem aber aus dem fernen Osten in den Talschluss spülte. Es fehlten nur die Kreuzfahrtschiffe. Aber zum Glück war es eben doch kein Fjord.

Die Besucher waren wie ein Befall. Man muss jetzt nicht gleich an Läuse denken. Es reicht auch das Bild von Schmetterlingen. Ein großer Schwarm bunter Schmetterlinge, der jeden Tag das Dorf befällt. Jahrein, jahraus. Den Gastwirten gefiel das natürlich, jedenfalls den meisten. In der Biologie ist der Wirt ein Organismus, der einen als Gast bezeichneten artfremden Organismus mit Ressourcen versorgt. Wenn es zum beiderseitigen Vorteil ist, nennt man das eine Symbiose. Wenn die Wirt-Gast-Beziehung zu Ungunsten des Wirtes geht, wird der Gast zum Parasiten. Ab einer gewissen Anzahl werden auch bunte Schmetterlinge zu Schädlingen. Inzwischen lässt man die Bevölkerung durch den Abtransport der Ausscheidungen homöopathisch am Aufschwung teilhaben.

Damals, wie gesagt, war alles noch abgelegen, versunken, versponnen, verträumt und geheimnisvoll. Nur wenige Reisende verirrten sich hierher, und auch das nur in den Sommermonaten.

Georg Neuhauser, Marias Vater, arbeitete für die örtliche Seilbahn, die im Sommer Ausflügler und im Winter einheimische Schifahrer hinauf auf den Berg brachte. Marias Mutter hieß Mathilde und hatte eine Anstellung im an die Bergstation angebauten Hotel. Dort oben, jenseits der Baumgrenze und mit grandiosem Blick auf das Ende der Welt einerseits und ihren vergletscherten, sonnenbeschienenen Anfang andererseits, fanden Georgs und Mathildes Herzen zueinander – und in Folge bald auch ihr genetisches Erbgut.

Maria kam im tiefsten Winter auf die Welt. Ihre Eltern waren an jenem Tag die Einzigen oben am Berg. Man schrieb den 5. Jänner 1962, der Abend vor dem Fest der Heiligen Drei Könige. Georg hatte Dienst als Maschinist, und Mathilde wollte in ihrem Zustand an seiner Seite sein.

Es war eine Woche vor dem Geburtstermin. Draußen hatte es minus fünf Grad, und die Schneeflocken tanzten romantisch vom Himmel. Gegen Mitternacht pfiff bereits der Wind und rüttelte an den Fensterscheiben, obwohl sie von den Verwehungen schon fast zugewachsen waren. Da spürte Mathilde die erste Wehe. Georg lag schlafend neben ihr im Bett. Sie wollte ihn schon wecken, da verebbten die Schmerzen wieder. Vielleicht war es ja nur eine Verspannung. Sie wartete. Die nächste Welle ließ nicht lange auf sich warten. Mathilde begann stoßweise zu atmen, und Georg wurde von selber wach. Als er die Situation erfasste, war es mit seiner sonstigen Gelassenheit und Zuversicht vorbei. Er telefonierte gleich mit dem Betriebsleiter im Tal und bestand darauf, seine Frau mit einer Sonderfahrt hinunterzubringen, damit ein Arzt ihr beistehen könne. Entgegen Mathildes Flehen, sie jetzt bitte nicht alleinzulassen, schleppte er zuerst eine Matratze in die vereiste Gondel und verfrachtete sie dann, eingepackt in zwei Daunenjacken und unter einem Berg von Decken, in die mit Eiskristallen überzogene, klirrend kalte Blechkabine. Er verriegelte von außen die Tür, rannte zum Steuerstand, setzte die Maschine in Bewegung und löste die Festhalteklammer. Die Gondel glitt zwischen den Felsen in die Tiefe und war nach wenigen Sekunden aus dem Lichtkegel des Scheinwerfers im dichten Schneetreiben verschwunden. Georgs Augen flogen prüfend über die Instrumente. Stromspannung, Zugseilgeschwindigkeit, Tragseilvibrationen, alles war im erlaubten Bereich, nur der Windmesser machte ihm Sorgen. Bei manchen Böen schnellte er auf über achtzig Kilometer pro Stunde. Das Thermometer zeigte hier oben inzwischen minus siebzehn Grad. Weiter unten war es sicher nicht so schlimm.

Mit einem Male verstummte das dröhnende Surren hinter dem Steuerstand, und das große Umlenkrad, über welches das Zugseil lief, stand mit einem heftigen dumpfen Schlag still. Der Sturm heulte ungebrochen weiter, aber das Singen der Seile änderte die Frequenz, und beide Stahltrosse, das Zug- wie auch das Tragseil, begannen mit großer Amplitude wild auf und ab zu tanzen und schnalzten, begleitet von bedrohlichen Klängen, die an Glockenschläge erinnerten, gegen die Führungsschienen. Ein Blick auf die Instrumente sagte Georg, dass in der Gondel kurz vor der ersten Stütze eine Notbremsung ausgelöst worden war.

Genau so war es. Während der Talfahrt hatte der Sturm die Kabine in eine immer extremere Schräglage gedrückt, sodass sie, beinahe waagrecht am Seil hängend, gegen die Mittelstrebe der nächsten Stütze gekracht wäre, hätte Mathilde nicht geistesgegenwärtig den Notknopf gedrückt.

Und dort oben, hoch über den Felsen schaukelnd, vom Sturm gerüttelt, als würde ein Dämon sie in den Abgrund schleudern wollen, begleitet vom vielstimmigen Geheul des Sturms und mit jenem Gebet in ihrem bangen Herzen, das Mathilde von ihrer Großmutter als Kind gelernt hatte, wenn sie Trost und Zuspruch gebraucht und gesucht hatte, nämlich mit der Bitte um den Beistand der heiligen Gottesmutter Maria, brachte sie ihr Kind zur Welt und nannte es aus Dankbarkeit an die weibliche Heilige Dreifaltigkeit: Eva Maria Magdalena.

Als Maria ins Schulalter kam, siedelten die Neuhausers ins Tal, und als sie zehn Jahre alt und mit der Volksschule fertig war, zog die Familie in die nahe, ehemalig kaiserliche Kurstadt, wo es eine Mittelschule gab. Ihr Vater hatte dort eine Anstellung bei den Bundesforsten gefunden, und Marias Mutter kümmerte sich nun statt um Schifahrer und Bergsteiger um Kind, Mann und Garten.

Gerne hätten sie Maria auch auf die Universität geschickt und studieren lassen, Wirtschaft oder Jus. Sie war gut im Lernen, tat sich mit Zahlen leicht. Das Geld hätte auch irgendwie gereicht, aber Maria wollte nicht in die Stadt ziehen. Man entschied sich also dazu, das Mädchen in die gerade neu errichtete Handelsakademie zu schicken. Sie lag in Gehweite, und von allen Klassenzimmern aus hatte man einen großartigen Blick auf den Talschluss.

Kapitel 3

In Marias letztem Schuljahr, als sie in die Maturaklasse der HAK kam, begann Herwig Berger, der kurz vor dem Abschluss seines Lehramtsstudiums stand, in den unteren Klassen dieser Schule Geografie und Wirtschaftskunde sowie Musikerziehung zu unterrichten. Gleich in der ersten Stunde gab es ein Missverständnis, das seinen Namen in der Schule und bald auch darüber hinaus nachhaltig beeinflussen sollte. »Ich bin euer Geografie- und Musiklehrer, und ihr seid meine erste Klasse. Mein Name ist Berger«, stellte er sich vor und fügte hinzu: »Aber nennt mich bitte Herwig.« Die Kinder, aufgewachsen mit einem anerzogenen Respekt vor Autoritätspersonen, hörten, was zu hören erlaubt war, und nannten ihn ab da »Herr Wig« oder, wenn sie unter sich waren, einfach nur »der Wig«. Und dieser Name blieb ihm: Bald nannte ihn jeder nur noch Wig, ja, er begann sogar sich selbst mit dem Kurznamen vorzustellen.

Am Ende des ersten Semesters kam noch ein Spitzname dazu, den er nicht mehr loswerden sollte. Nach einem leidenschaftlichen Vortrag in der Musikstunde, in dem er seine Begeisterung für Mozarts Da-Ponte-Opern auf die Schüler zu übertragen suchte, nannte man ihn »Don Giovanni«. Dass ihn noch nie jemand in weiblicher Begleitung gesehen hatte, tat dem keinen Abbruch, es trug im Gegenteil zur Mystifizierung seiner Person bei.

Maria hatte nur einmal Gelegenheit, ihn im Unterricht zu erleben. Er war für eine Kollegin eingesprungen und supplierte eine Musikstunde, die Maria in Erinnerung blieb. Denn er spielte ihnen nahezu endlos Jodlerschleifen vor und erzählte dann, dass es sich dabei um die Gesänge westafrikanischer Pygmäen handle, die sie bei der Jagd im Dschungel einsetzten.

Maria fand gleich nach der Matura eine Stelle bei einer Bank. Wig nahm immer wieder einmal am Schalter ihre Dienste in Anspruch, ohne jedoch erkennbare Notiz von ihr zu nehmen.

Zwei Jahre sollten vergehen, bis die Sterne günstig standen. Bei den Festspielen in Salzburg liefen sie sich im Foyer praktisch in die Arme. Maria im Dirndlkleid ins Programmheft vertieft, Wig in Jeans und schwarzem Rollkragen damit beschäftigt, sich im Gehen eine Zigarette zu drehen. »Die charmante Hüterin meiner Ersparnisse.« Maria blickte auf, und als sie ihn erkannte, erwiderte sie amüsiert: »Na so was, Don Giovanni verirrt sich in die ›Zauberflöte‹?« Wig lachte. »Wenn man das Glück hat, die Gruberova einmal erleben zu dürfen, wie sie Mozarts königliche Koloraturen in den Sternenhimmel meißelt, darf man sich das nicht entgehen lassen. Aber ich muss zugeben, meine Großmutter arbeitet hier im Haus, und so komme ich manchmal in den Genuss einer Regiekarte. Andernfalls wäre ich wahrscheinlich nicht hier. Für den gleichen Preis kann man zehn Freunde zu einem Konzert von Queen einladen, inklusive Zugfahrt und Bier. Und Sie? Ich wusste gar nicht, dass Sie eine Opernliebhaberin sind.« Maria lachte und wurde leicht verlegen. »Na ja, nicht wirklich. Aber vielleicht werde ich ja noch eine. Ich bin bei einer Kundenbefragung angeblich zur freundlichsten Mitarbeiterin gewählt worden. Die Festspielkarte ist ein Ablenkungsmanöver. ›Zauberflöte‹ statt Gehaltserhöhung.«

»Die Wahl zur freundlichsten Mitarbeiterin macht Sie nicht stolz?«

»Nein. Weil es nicht stimmt. Da gibt es andere, denen diese Auszeichnung gebührt hätte. Liebenswürdigkeit ist nicht meine Stärke. In der Hinsicht bin ich ganz die Tochter meiner Mutter. Sie hat mir beigebracht, jeder Art von Freundlichkeit mit Misstrauen zu begegnen. Keine Geschenke geben und keine Geschenke annehmen. Sie ist der Meinung, jedes Geschenk hat ein Preisschild. Auch wenn es abgekratzt worden ist.«

»Warum haben Sie in dem Fall das Geschenk dann doch angenommen?«

»Vielleicht weil ich nicht immer das tue, was meine Mutter sagt, und weil ich neugierig bin. Aber Queen in der Stadthalle wäre mir auch lieber gewesen. In eine Oper zu gehen ist immer ein wenig wie ein Hochamt in der Kirche besuchen.«

»Wie meinen Sie das?«

»Der Aufwand, der Anspruch auf Erleuchtung, und es ist in beiden Fällen nicht förderlich, zu viel über den Text nachzudenken.«

»Vielleicht sollte ich wieder einmal in die Kirche gehen!«

»Ja, tun Sie das. Ein Hochamt in der Franziskanerkirche oder im Dom kann auch was. Musik, Gesang, Weihrauch, Kerzenlicht, das Beten … Sie dürfen, wie gesagt, nur nicht zu viel auf den Text hören, sonst reißt bei den Lesungen oder allerspätestens bei der Predigt der Faden.«

Im Anschluss an die Vorstellung lud Wig Maria noch zu einem Glas Wein ein. Sie lehnte zuerst ab, da sie, wie sie meinte, sonst den letzten Zug nach Hause versäumen würde. Am Ende ließ sie sich aber doch noch zu einem Streifzug durch die Gassen der Altstadt überreden. Die von der Sonne aufgeheizten Häuser gaben der Nacht die Wärme zurück. Aus dem Gurgeln und Plätschern der Brunnen sprudelte Mozarts Geist und füllte die Welt mit seinen beseelten Melodien. Sie tranken das eine oder andere Glas Wein auf die Musen und Zwischenwelten, glitten leichtzüngig vom Sie zum Du, und als sie über den Domplatz auf das Parkhaus zugingen, wurde die Statue der Gottesmutter schweigende Zeugin ihres ersten Kusses, den sie sich im Schutz der Arkaden der Franziskanergasse gaben. Die Fahrt nach Hause in Wigs moosgrünem Mini Cooper dauerte viel zu kurz, kürzer, als ihnen beiden recht war. Das Kassettenradio spielte Lieder, die sie noch nie zuvor gehört hatte. Eine Männerstimme besang den Tod Marilyn Monroes, der sie mit einem weißen Zeppelin in den Himmel entführte, wo ihr der Atem Gottes nun den Nagellack trocknete. Auf die

Frage, wer das sei, drückte Wig ihr statt einer Antwort eine Kassettenhülle in die Hand.

»André Heller? Ich habe von ihm gehört. Meine Mutter hat immer das Radio laut aufgedreht, wenn sein Lied ›A Zigeuner mecht i sein‹ gespielt wurde. Ich wusste gar nicht, dass er gestorben ist.«

»Wie kommst du auf die Idee, er wäre gestorben?«

»So steht es doch auf der Kassette: ›Das war André Heller‹, und das Bild schaut auch irgendwie aus wie ein Grabmal.«

»Nein, nein, er ist schon noch am Leben. Er ist halt in Wien sozialisiert, dort gehört der Tod zum Überleben. Vor kurzem hat er eine neue Platte veröffentlicht. Aber diese hier ist seine beste, finde ich jedenfalls.«

Sie bogen gerade in die Straße ein, in der Maria wohnte, als ein neues Lied begann. Unisono-Streicher ließen aus der Stille kommend eine einzige Note anschwellen, ein Klavier legte sich drunter und fügte einen schläfrigen Puls hinzu. Es war eine einfache Phrase, bestehend aus nur drei Tönen, aber sie ließen die Geigen abheben und zur schwebenden Dominante werden, bis die Stimme einsetzte: »Wenn's regnet, dann wachsen die Regenbögen, wenn's schneit, dann wachsen die Stern', bei Sonne, da wachsen die Schmetterlinge, und immer, immer hab' ich dich gern …«, bald beschwörend, bald besänftigend, als würde er ein Kind in den Schlaf singen wollen, dann wieder betörend und drängend, in Verliebtheit die ganze Welt umarmend. »Du, du, du bist mein einziges Wort, du, du, du heißt alles!«, besang André Heller die Liebe.

In dieser Nacht verlor nicht nur Maria ihre Unschuld. Auch Wig war noch nie mit einer Frau ins Bett gegangen, geschweige denn hatte er einer die Unschuld genommen. Er wünschte sich, nichts getrunken zu haben, aber der Alkohol half ihnen, sich fallenzulassen und ganz ihrem Körper hinzugeben. Sie küssten und streichelten einander eine halbe Ewigkeit, nein, viele Ewigkeiten lang, dann überwanden sie die Scheu vor der Nacktheit und begannen sich nach und nach gegenseitig die Kleider abzustreifen. Maria entdeckte die drängende Lust eines Liebhabers und noch mehr ihre eigene Lust, alles an ihm zu erkunden. Wig ergoss sich in ihre Hand und Maria nicht nur einmal in die seine, ohne dass er es merkte. So verging Stunde um Stunde im Sinnesrausch, bis sie erschöpft einschliefen.

Erst als sie langsam erwachten, ein paar Vögel hatten bereits angefangen ihre Stimmen zu erheben, um mit ihrem Gesang die Sonne hervorzulocken, konnte Maria es geschehen lassen, dass Wig, der wie sie noch im Halbschlaf war, in sie eindrang.

Der Schmerz zerschnitt beiden wie eine Stichflamme das Wonnegefühl und holte sie rücksichtslos aus der Zwischenwelt auf die Erde zurück. Wig spürte, wie seine Vorhaut riss und sich im selben Moment Marias vorher so anschmiegsamer Körper versteifte. Ihre Fingernägel gruben sich Halt suchend in seine Schultern. Sie hielten beide den Atem an und lagen aus Angst vor jeder weiteren Bewegung für eine Weile reglos aufeinander. Ein Pulsieren ging durch ihre Körpermitte. Sie waren eins geworden. Bis Maria ihn mit einer sanften, aber bestimmten Bewegung von sich herunterstieß. Aus den einzelnen Vogelstimmen war ein Konzert geworden, das erste Sonnenlicht warf die gezahnten Schatten vom Blattwerk einer Eberesche auf die weißen Vorhänge. Sie hielten sich eng umschlungen, spürten den Herzschlag des anderen, ließen ihre Atemzüge in Einklang kommen und fielen erneut in einen glückdurchfluteten, traumlosen Schlaf.

Als sie erwachten, waren ihre Schmerzen noch nicht verklungen, sie wurden jedoch überstrahlt von Glücksgefühlen und der Erleichterung, es endlich getan zu haben. Sie waren beide für sich gewiss, in dieser Angelegenheit die Letzten ihrer Jahrgänge gewesen zu sein.

Trotzdem hatten sie für eine Weile genug vom Sex. Der Schmerz im Moment des Eindringens hatte Spuren hinterlassen. Die unsanfte Landung trübte die Erinnerung an das vorangegangene Fluggefühl.

Drei Jahrzehnte später, Wig war gerade voll Vorfreude unterwegs im Volvo zu einem Wochenende mit seiner Freundin Nora, als das Autoradio, eingestellt auf seinen Lieblingssender *Freies Radio Salzkammergut,* einen Blues spielte, der die Geschichte seines Liebeslebens, von jener Nacht bis in die Gegenwart, beschrieb. Vom ersten Mal, wo es alles war, nur kein Genuss, bis zu jenem unstillbaren Verlangen, das ihn nun auch im Griff hatte und um das alle seine Gedanken kreisten.

Aus der erlebten Intimität wuchs in Wig bald eine drängende Sehnsucht nach mehr. Mehr Nähe, mehr Sex, auf jeden Fall mehr Zeit mit Maria. Nach Wochen des Schmachtens und vergeblichen Auflauerns schrieb er ihr einen Brief. Beim Versuch zu antworten stieß Maria an die Grenzen der Sprache. Poesie wäre vonnöten gewesen, aber Schreiben war schon immer ihre Achillesferse gewesen. Wig im Gegensatz dazu hatte einige Übung darin. Weil es immer schon leichter gewesen war, einem Mädchen einen Brief zu schreiben, als mit ihm ins Gespräch zu kommen, hatte er während der Pubertät an fast alle Schönheiten seiner Altersgruppe bekennende, brennende Liebesbriefe verfasst. Maria indes war nach drei Versuchen überzeugt, nur wirre Sätze zu Papier gebracht zu haben, und steckte die Blätter kurzerhand in den Ofen statt in ein Kuvert. Bald stellte sich auch heraus, dass sie keinen gemeinsamen Bekanntenkreis hatten, innerhalb dessen man sich hätte über den Weg laufen können. So verging ein ganzer Monat, bis der Zufall seinen nächsten Auftritt hatte.

Es war zum Siebziger von Wigs Großmutter. Seiner Doppel-Oma, wie er sie liebevoll nannte. Denn Theresa Berger war einerseits die leibliche Mutter seiner Mutter Agnes, gleichzeitig aber auch die Pflegemutter seines Vaters Lothar.

Wie zu allen runden Geburtstagen Theresas hatten die Eltern von Wig auch in diesem Jahr einen gemeinsamen Geburtstagsausflug organisiert. Und wie immer zu solchen Anlässen waren auch Hääna und Bob mit dem

Flugzeug aus Vermont angereist. Hääna war Wigs Tante, die um drei Jahre jüngere Schwester von Agnes, und hieß eigentlich Hanna. Diese Aussprache hatte ihr Mann Bob, ein ehemaliger Besatzungssoldat, jedoch nie ernsthaft in Betracht gezogen, obwohl man ihn regelmäßig darauf hinwies, sein Hääna klänge wie das einheimische Wort für Chicken. Aber niemand war ihm deswegen böse, am wenigsten Hanna. Bob war eine Frohnatur und fand es jedes Mal »amazing to be back«. Er brachte seine Bewunderung für die Lakes, die Mountains, die Schnitzels und Strudels und Cakes so oft zum Ausdruck, dass es ihm bis auf seine Hääna niemand mehr glaubte. Während der Fahrt mit dem Raddampfer über den Wolfgangsee bedauerte er immer wieder, dass seine Hääna kein Dörndl und er keine Leidrhausn trug, und die Fahrt mit der Zahnradbahn auf den Schafberg fand er einfach nur »awesome, just like a trip through Disneyland«.

Nachdem sie bei der Bergstation angekommen waren, stieg die Geburtstagsgesellschaft die letzten Meter dem Gipfelkreuz entgegen, als just zur selben Zeit, von der anderen Seite des Berges kommend, zwei Bergsteigerinnen durch die sehr treffend so benannte Himmelspforte das luftige Ziel erreichten. Wig traute seinen Augen nicht. Es war Maria in Begleitung einer älteren Frau. Hatte sie ihn wirklich nicht gesehen? Oder wollte sie ihn nicht gesehen haben? Er rief ihren Namen. Beide Frauen drehten sich verblüfft um. Marias Begleiterin fand als Erste die Sprache: »Der junge Mann scheint dich zu kennen?« Wig eilte zu ihr und streckte Maria seine Hand entgegen.

Jetzt löste sich auch bei ihr die Zunge. Sie nahm etwas verlegen seine Hand. »Servus, Herwig.« Sie wandte sich zu der Frau an ihrer Seite und sagte: »Mama, das ist Herwig Berger, wir haben uns bei der ›Zauberflöte‹ kennengelernt.« Inzwischen war Herwigs Familie nachgekommen, und es kam zu etwas steifen gegenseitigen Vorstellungen. Herwigs Großmutter warf Maria einen aufmerksamen Blick zu. »Herwig war von dem Opernabend ganz begeistert. Er sprach von einer Jahrhundertvorstellung. Fanden Sie das denn auch?«

Maria errötete, konnte aber ihr Lächeln nicht verbergen. »Es war meine erste ›Zauberflöte‹. Ich habe noch keinen Vergleich. Aber ja, es war ein wirklich sehr schöner Abend.«

Es blieb ihre einzige »Zauberflöte«. Wig jedoch nicht ihr einziger Mann. Er wusste lange nicht, welche Rolle sie in seinem Leben spielen wollte oder er in ihrem einnehmen durfte. Maria wusste es auch nicht. Sie war zwanzig, Wig fünfundzwanzig, als sie sich kennenlernten. Er hätte sie am liebsten gleich geheiratet. Sie behielt sich lange vor, unnahbar, ja unerreichbar zu sein. Sie fing an, die Pille zu nehmen, und wenn ihr ein Mann gefiel, ließ sie sich gerne verführen. Ihre Abenteuer hielten sich dennoch in Grenzen. Die meisten Männer, die ihr gefielen, bemerkten es entweder gar nicht oder waren zu unbeholfen. Sie nahm auch nie jemanden mit zu sich nach Hause. Sie wollte ausgeführt, entführt und verführt werden. Nur bei Wig war es anders. Wig war der Einzige, dem Maria erlaubte, ihre Wohnung zu betreten. Hätte er das damals gewusst, wäre diese Zeit wahrscheinlich leichter für ihn gewesen.

Überhaupt war damals vieles schwierig. Allein mit Maria in Kontakt zu treten. Mobiltelefone waren zwar schon erfunden, aber nur etwas für eine Handvoll begüterter Freaks, denen es nichts ausmachte, einen fünfzehn Kilo schweren Koffer mit sich herumzuschleppen. Maria hatte zu Hause nicht einmal einen Festnetzanschluss, und der Apparat in der Bank war für ihn natürlich tabu. So blieb Wig also nur das Briefeschreiben. Auch wenn er inzwischen wusste, dass sie nie zurückschreiben würde. Manchmal rief sie jedoch bei ihm an. Immer von einer Telefonzelle und immer mitten in der Nacht. Nicht um zu plaudern, sondern stets mit der eindeutigen Botschaft, jetzt mit ihm schlafen zu wollen. Er war sich nie sicher, ob es Bitte oder Aufforderung war. Es hätte auch keinen Unterschied gemacht. Er war ihr erlegen und ergeben. Für Wig war es die große Liebe. Für Maria war es der beste Sex. Das war mindestens ebenso viel wert.

Die Adventzeit kam, und alle warteten auf Schnee. Die Kurstadt versank in einem Kältesee. Die Sonne ging, wenn es ihr überhaupt gelang, die Wolken zu durchbrechen, erst in der zweiten Unterrichtsstunde auf, und am Ende des Schultages, noch bevor die letzte Stunde zu Ende war, lag schon wieder Nacht über dem Tal. Bei Schülern und Lehrpersonal ließ die Konzentration nach, und Maria war wieder einmal untergetaucht.

Kurz vor Weihnachten fiel endlich der erste Schnee. Das ersehnte Weiß brachte Licht in die Gemüter. Am Tag vor dem Heiligen Abend fand Wig eine Nachricht von Maria auf seinem Anrufbeantworter. Ob er Schi fahre, und wenn ja, ob er Lust hätte, am Stephanitag mit ihr auf den Karstein zu fahren?

Während Wig noch überlegte, wie er Maria eine Antwort zukommen lassen könnte, klingelte das Telefon.

»Und, wie sieht's aus? Bist du dabei?«

Er war dabei. Gleich nachdem sie aufgelegt hatte, holte er seine Schiausrüstung aus dem Keller und montierte noch am selben Abend die Dachträger auf seinen Mini Cooper.

Wig war kein sehr guter, aber ein passabler Schifahrer, er fuhr am liebsten in langen Bögen und hatte gerne alles unter Kontrolle. Die ersten Schwünge waren noch ungewohnt und steif. Bald aber kam das Gefühl für das Gleichgewicht und den Schwerpunkt zurück. Mit dem wachsenden Vertrauen in das Zusammenspiel seiner Sinne und beflügelt von Marias Gegenwart bekam Wig auf einmal Lust auf Geschwindigkeit. Es waren perfekte Bedingungen und nur wenige Leute auf der Piste. Also ließ er es krachen. Doch wie schnell er auch fuhr, Maria tanzte ohne ersichtliche Anstrengung neben ihm her und schwang stets vor ihm ab. Bei jeder Gelegenheit, die sich bot, bog sie von der Piste ab in den Tiefschnee. Er probierte es auch. Doch schon bevor er den ersten Schwung ansetzen konnte, verschnitt es ihn, und er riss einen fürchterlichen Stern. Am Ende des Tages war er glücklich, aber so erschöpft, dass er Maria das Steuer des Mini überließ und nach wenigen Kilometern Fahrt am Beifahrersitz einschlief.

Ein Jahr später nahm Maria ihn mit auf eine mehrtägige Schitour in die Berge, wo sie aufgewachsen war. Sie zeigte ihm die Seilbahn und die Stütze, wo sie zur Welt gekommen war. Sie zeigte ihm die Almhütte ihrer Großeltern, die tief verschneit in einer windgeschützten Senke des Plateaus lag. Sie mussten sich erst einen Schacht durch den Schnee graben, bis sie an die Tür kamen. Wig lernte von ihr, wie man im Ofen Feuer macht, wenn der Kamin nicht zog. Sie brachte ihm das Tiefschneefahren bei. Sie zeigte ihm, wie man mit der richtigen und gleichmäßigen Gewichtsverlagerung, allein mithilfe der Schwerkraft und der Fliehkräfte, durchs Leben schweben konnte. Sie zeigte ihm, wo die schönsten unverspurten Hänge lagen, unter welchen Bedingungen und zu welcher Tageszeit sie sicher befahren werden konnten. Mit anderen Worten, sie zeigte ihm ihre Welt. Und Wig? Wig war verzaubert von ihr. Er bewunderte Maria für ihre Furchtlosigkeit, ihre Geschicklichkeit, ihre Energie und ihre Ausdauer.

Das hatte leider einen Nebeneffekt. Es beschlich ihn ein Gefühl von Unterlegenheit und Ausgeliefertsein. Letzteres sollte sich noch verstärken, als es am dritten Tag zu schneien begann.

Zuerst löste sich im stetig dichter werdenden Schneefall die verschneite Bergkulisse mit all ihren felsigen Graten auf. Dann verschwanden nach und nach auch die letzten Orientierungspunkte – die trutzigen Zirben, knorrige, zeitlose Zeugnisse der Überlebenskunst. Mehr Skulpturen denn Bäume. Mehr Geschaffenes als Geborenes. Mehr Kunst als Natur. Zurück blieb weiße, makellose Zweidimensionalität. Es war, als hätte Gott auf den Reset-Knopf gedrückt und seine ganze Schöpfung rückgängig gemacht, als hätte er mit einem großen Tuch alles weggewischt.

Nur ihre kleine Hütte schien er ausgespart zu haben. Maria kletterte durch das Fenster hinaus, um den Kamin und die Tür freizuschaufeln. Als sie fertig war, schnallte sie sich die Schier an und erklärte, die zur Neige gehenden Lebensmittel aufstocken zu wollen. Wig solle inzwischen den Ofen anheizen und das Feuer hüten, sie würde in drei Stunden wieder da sein. Er wäre lieber mitgekommen, aber er wollte sich keine Blöße geben, also ergab er sich seinem Schicksal. Er hatte keinen Schimmer, woran oder wie Maria sich orientiert hatte, und es dauerte auch nicht drei, sondern fünf Stunden, aber sie fand tatsächlich wieder zurück. Wigs Erleichterung war groß, aber von da an fühlte er sich unterlegen. Die Beziehung war aus dem Gleichgewicht. Während er seiner Bewunderung immer wieder Ausdruck verlieh, für ihre Kompetenzen in Sachen Orientierung, Geschicklichkeit oder physischer Stärke, fand sie ihm gegenüber nie Lob für irgendetwas. In ihrer Familie hatte es das auch nicht gegeben, weder Lob noch Tadel. Sie war ohne Strafen aufgewachsen, aber auch ohne Belohnungen.

Maria schien zwar nicht unverwundbar, aber schmerzbefreit und, wenn schon nicht alles, so doch sich selbst immer im Griff zu haben. Ihre Nähe entspannte ihn und gab ihm Sicherheit. Auch nach einem Jahr fand er alles an ihr wunderbar. Umgekehrt fragte er sich aber, was sie an ihm hatte. Außer dass sie gerne mit ihm ins Bett ging. Er hätte sie das gerne gefragt, aber die Angst vor der Antwort hielt ihn davon ab. Was, wenn sie es gar nicht wusste? Vielleicht war er nur das kleinere Übel. Und das auch nur so lange, bis sie ein noch kleineres gefunden hatte.

Hätte Wig sie gefragt und Maria auch Worte für ihre Gefühle gefunden, wäre er überrascht gewesen. Maria hatte nämlich den Eindruck, all ihre Fähigkeiten wären im Grunde zu nichts zu gebrauchen. Es sei denn, sie hätte den Beruf der Sportlerin ergriffen. Etwas, das ihrem Verständnis nach jedoch an Sinnlosigkeit nicht zu überbieten gewesen wäre. Am Ende eines Wettkampfes standen viele Verliererinnen einer einzigen Siegerin gegenüber. Nur ein krankes Gemüt konnte sich darüber freuen. In einer archaischen Gesellschaft wäre sie wahrscheinlich eine große Jägerin gewesen, eine, die ein ganzes Dorf mit Fleisch versorgt hätte. Aber heutzutage? Sie hätte viel lieber Wigs Gabe gehabt, Kindern die Geheimnisse des Lebens zu vermitteln.

Im fünften Sommer ihrer Beziehung wurde Maria schwanger. Es geschah während ihrer zweiten Griechenlandreise. Maria hatte die Pille abgesetzt. Einerseits weil sie ständig zugenommen hatte und sich nicht mehr wohl in ihrem Körper fühlte, andererseits weil sie seit einem Jahr keine Lust mehr auf Abenteuer mit anderen Männern hatte und nur noch Wig an sich heranließ. Sie wollten an den fruchtbaren Tagen besonders vorsichtig sein.

Doch Marias Körper hielt sich nicht an Regeln. Befreit von den regelmäßigen hormonellen Morgengaben, setzte das Ei nicht dann zum Sprung an, wenn es das hätte tun sollen, sondern nach eigenem Gutdünken, und so war es nur eine Frage der Zeit, bis es klingelte.

Es war im Urlaub. Früh am Morgen. Maria stand bis zu den Knien im Meer. Sie spürte den sandigen Boden zwischen ihren Zehen und die Wellen in den Kniekehlen. Sie war fünfundzwanzig und fühlte sich wie eine zur Blüte gereifte Knospe. Bei dem Gedanken musste sie lachen. Aber sich als Blüte zu fühlen war ein schöner Gedanke, und sie nahm ihn mit, als sie sich mit ihrem ganzen Körper nach hinten ins Wasser gleiten ließ und mit langsamen Tempi der aufgehenden Sonne zutrieb. Strömungswirbel streichelten ihre Schamlippen. Weit draußen machte sie tote Frau, füllte mit tiefen Atemzügen ihre Brust und legte den Kopf in den Nacken. Sie spürte ihr Haar sich in den Wellen wiegen und die Bewegung auf ihre Kopfhaut weitergeben. Mit jedem Ausatmen sanken Becken und Beine langsam nach unten. Einatmen, Rücken durchstrecken, ihren Busen und ihre ganze Weiblichkeit dem Himmel darbieten. Luft anhalten, ausatmen, und wieder von vorne. Eins werden mit dem Meer und dem Himmel. Loslassen. Wärme breitete sich ihren Schenkeln entlang aus und verlor sich wieder.

Da spürte sie, dass etwas anders war, etwas hatte sich verändert.

Vielleicht war es auch das mediterrane Klima oder der Vollmond? Kaum zurück vom Urlaub, wurde Maria klar, dass etwas im Busch war. Sie gab Wig sofort bekannt, abtreiben zu wollen. Er beschwor sie, diesen Schritt nicht zu tun. Sie könnten heiraten. Wenn sie nicht zu Hause bleiben wolle, würde er sich ein Sabbatical nehmen und den Hausmann machen. Wig bekam seinen Wunsch erfüllt. Die Hochzeit wurde ohne viel Feierlichkeit und ohne den Segen der Kirche, aus der Herwig schon als junger Mann ausgetreten war, auf dem Standesamt geschlossen. Maria war fünfundzwanzig, Wig dreißig. Ihr Leben war auf Schiene. Dachten sie.

Sie übernahmen die geräumige Wohnung seiner Eltern. Diese bezogen ihrerseits ein nur unwesentlich kleineres, dafür aber kaiserlich-königlichen Geist atmendes Quartier im Dienstbotentrakt der einstigen habsburgischen Sommerresidenz. Agnes hatte dort vor einem Jahr den Verwaltungsposten übernommen.

Trotz des aussichtsreichen Nistplatzes und der hoffnungsvollen Umstände rollte die Glückskugel vom Tisch. In der fünfzehnten Schwangerschaftswoche ging das Kind ab. Als es geschah, dachte niemand, am allerwenigsten Maria selbst, dass sich dieses Ereignis zu einer Katastrophe auswachsen könnte. Doch die ungeplante und für lange Zeit unerwünschte Frucht hatte in Marias Körper eine Sehnsucht geweckt. Schon vor dem Auftreten der Krämpfe, die das Ende einleiteten, war sich Maria sicher geworden, das Kind austragen zu wollen. Ab da wollte sie ein Kind. Die geflüchtete Seele hatte eine Leere hinterlassen.

Herwig wusste zuerst nicht, wie ihm geschah. Nach dem Abortus wollte Maria in Ruhe gelassen werden. Sie müsse erst abwarten, bis sich ihr Zyklus normalisiert hatte. Als es dann so weit war, konnte sie gar nicht genug bekommen, vor allem nicht an den Tagen, wo sie ihren Eisprung zu haben glaubte. Es war Vögeln so, wie es sich der Papst vorstellte, lustloser Befruchtungsvollzug. Das ging drei Jahre so dahin, ohne dass die Hoffnung zu Hoffnung wurde. Bis eine Untersuchung ergab, dass Maria keine Kinder bekommen könne. Nachdem sich herausgestellt hatte, dass ihr Körper nicht dazu fähig war, Wig, sich selbst und der Welt ein Kind zu schenken, zerbrach etwas in ihr. Sie verlor den Glauben an sich und den Glauben an das Leben überhaupt. Wigs Vorstellung, nun wieder zu lustbetonter Vereinigung zurückkehren zu können, erwies sich als Illusion. Bei Maria versiegte nun jeglicher Wunsch nach körperlicher Nähe, und erotische Prohibition trat in Kraft.

Der Mensch kann jedoch auf Dauer nicht ohne Erregungszustand und Sinnesreiz leben, also sucht er sich den Kick auf Abwegen. Maria entschied sich für die Ausschüttung körpereigener Substanzen, um sich wegzubeamen, und Wig griff zum Alkohol, um den Weltschmerz auf Distanz zu halten.

Maria nahm sich ihres Körpers an, als gelte es, ihn zu bestrafen, weil er sie im Stich gelassen hatte, als es drauf angekommen war. Sie begann ihn zu quälen und Prüfungen auszusetzen. Sie fing an, wie besessen Rad zu fahren und auf den Bergen herumzuklettern. Wenn niemand bereit war, mit ihr zu gehen, ging sie eben allein. Sie kaufte einen Gleitschirm, ließ sich einmal von einem Bekannten kurz unterweisen, wie es geht, und sprang, ohne zu zögern, das Schicksal und alle Schutzengel herausfordernd, in jeden Abgrund, aus dem ihr ein Wind entgegenblies.

Wenn das Wetter gar nichts zuließ, strampelte sie mit geschlossenen Augen und Musik aus einem Walkman in den Ohrstöpseln im Flur auf einem Ergometer durch karge Landschaften. Sie radelte am liebsten durch eine menschenleere Wüste. Zu Musik, die nach Sand und Hitze schmeckte. ZZ Top waren perfekt dafür geeignet, oder Canned Heat. Beide Kassetten hatte sie von ihrer Mutter geschenkt bekommen.

Wig reichten anfangs ein, zwei Gläser Rotwein. Es dauerte aber nicht lange, da war er bei einer ganzen Flasche. Es half ihm, der Realität zu entfliehen. Mithilfe des Alkohols konnte er die unerträgliche Schwere des häuslichen Seins wie eine ausgebrannte Trägerrakete absprengen. Um am nächsten Morgen erneut und umso heftiger von der Schwermut zu Boden gedrückt zu werden.

Einmal dachte er laut darüber nach, dass man doch auch ein Kind adoptieren könne. Sie ließ ihn alleine nachdenken und wechselte einfach das Thema. Die unerquicklichen Tage wurden häufiger und heftiger. Marias Bewegungsdrang wurde immer haltloser und wuchs sich zur Besessenheit aus. Wigs Sorgen ließen sich nicht mehr ertränken. Er gab das Trinken auf und versuchte mit kleineren und größeren Aufmerksamkeiten einen Fuß in die Tür zu ihrer Seele zu bekommen, kaufte Blumen, besorgte Konzertkarten, buchte einen Schiurlaub am Arlberg und überraschte sie mit einer Wochenendreise nach Barcelona. Alles Sachen, worüber sie früher gesprochen, wovon sie geträumt hatte. Aber es änderte nichts an der Gesamtwetterlage. Die blieb angespannt, mit Neigung zu lokalen Gewittern, die sich sporadisch über Wigs Haupt entluden. Zum Beispiel, wenn er davon sprach, noch einmal von vorne beginnen zu wollen. Sich von allem Dinghaften zu trennen. Die Wohnung aufzulösen. Alles zu verkaufen und ihre Habe auf einen Koffer zu reduzieren. Den Job zu kündigen. Einen VW-Bus zu kaufen und der aufgehenden Sonne entgegenzurollen. Schauen, was kommt. Der Welt und ihrem Leben noch eine Chance geben.

Diese Art von Text regte Maria maßlos auf. »Dann geh doch. Rede nicht dauernd davon. Tu es einfach.«

»Ich will dich aber mitnehmen.«

»Ach, Wig, du nervst mich mit deiner Opferbereitschaft.«

Die Jahre, ja die Jahrzehnte vergingen zäh und doch wie nichts. Wig hielt an der Schulroutine fest, wie ein im Wasser treibender Schiffbrüchiger sich an eine Holzplanke klammert. Der Stundenplan war seine Schwimmweste, das Klassenzimmer seine Arche, die Kinder Geschöpfe, die es vor der Sintflut des Schwachsinns zu retten galt. Er goss seine ganze Leidenschaft in den Unterricht. All seine Hoffnung auf ein besseres Morgen setzte er in die heranwachsenden Mädchen und Buben.

Anfang Dezember gab Marias Walkman seinen Geist auf, und Wig schenkte ihr zu Weihnachten einen neuen, digitalen Musikplayer. Nicht diesen MP3-Scheiß, wie er extra betonte, sondern einen, der in der Lage war, Musik unkomprimiert wiederzugeben, so wie sie aufgenommen worden war. Er hatte auch gleich Musik draufgeladen, von der er dachte, sie würde ihr gefallen.

Rasch hatte sie alles, was sie nicht mochte, herausgelöscht. Das ganze Country-Gesülze zum Beispiel. Auch Jazzmusik ging gar nicht. Jazz fand sie entweder akademisch fade oder freigeistig anstrengend. Die Beach Boys hatte sie zuerst begnadigt, dann aber der klebrigen Süße ihres Chorgesangs wegen ebenso entsorgt. Dieses ineinander verwobene Zeug war nichts für sie. Das war gerade so, wie wenn mehrere Leute gleichzeitig sprächen. Wig hatte einst versucht, ihr zu erklären, was eine Fuge ist. Seitdem hatte sie einen weiteren Begriff für etwas, das sie nicht mochte. Aber das Gerät war eines der wenigen Dinge, die sie noch miteinander verbanden.

Jedes Mal bevor sie in den Sattel des Ergometers stieg, drückte sie auf Zufallsgenerator. Der Kopf wurde von der Musik in Beschlag genommen, klinkte sich aus und überließ das Denken ihren Beinen. Und das Herz tat sein Bestes, um mitzuhalten.

Als die Pummerin in Wien ein neues Jahrtausend einläutete, schürte dieses Ereignis, das genau genommen überhaupt keines war, bei Wig die Hoffnung, die Dinge würden sich jetzt ändern.

Wig war am Ende der Fahnenstange angekommen, und zwar an ihrem unteren Ende. Er steckte fest. Um ihn herum war es pechschwarz. In seiner Hilflosigkeit erinnerte er sich an ein Laster seiner Studienzeit, das ihm damals Gelassenheit beschert hatte. Er begann wieder zu kiffen.

Und siehe da – halleluja, es wurde besser. Es entspannte seine Abende, jedenfalls solange Maria nichts davon mitbekam. Wenn sie es merkte, folgten ätzende Bemerkungen, so lange, bis er das Weite von ihr und die Nähe anderer Menschen suchte. Er kam mit allen gut aus, war ein geschätzter Kollege, den man um Rat fragen, bei dem man sich ausschimpfen und über andere beschweren konnte. Wig war loyal gegenüber allen, die ihn ins Vertrauen zogen. Aber es gab niemanden, dem er sich anvertrauen konnte oder wollte. Ein weiterer Sommer ging vorüber. Mit dem ersten Frost kamen auch die ersten verschnupften Kinder. Er steckte sich an, der Schnupfen wurde zu einer Erkältung, die Erkältung zur Grippe, er musste ein paar Tage das Bett hüten. Kaum war er wieder in der Schule, bekam er Rückenschmerzen. Diese gingen nahtlos über in Zahnweh. Ein Backenzahn explodierte geradezu und musste ihm gezogen werden. Alles wurde zu Willensübungen. Sein Leben bestand nur noch aus Reflexen. Sein Gesichtsausdruck wurde maskenhaft.

Wie in Trance glitt er durch die Tage und Wochen. Ein ganzes Semester zog vorbei an ihm, als würde ein Film vor ihm ablaufen, ein weiteres versickerte spurlos. Der monotone Rhythmus der Schuljahre bildete den immergleichen Grundton. Das Leben war zu etwas Zweidimensionalem geworden, in dem sogar das Atmen schwerfiel.

Das sei wahrscheinlich eine Alterserscheinung, meinte Wolfgang. Ein Kollege, der gerade einmal dreißig Lenze zählte und zu wissen glaubte, wie es sich anfühlen müsste, wenn Mann oder Frau ein Lebensalter von sechzig Jahren erreicht hatte. Aber da täuschte er sich. Ja, Wig würde in einem knappen halben Jahr seinen Sechziger feiern. Er haderte jedoch nicht damit. Im Gegensatz zu seiner um fünf Jahre jüngeren Frau, die jede freie Stunde damit verbrachte, allein oder mit ihren Freundinnen durch die Berge zu hecheln, und bei schlechtem Wetter am Hometrainer leere Kilometer abstrampelte, um sich jung und fit zu halten.

Die Zufriedenheit bezüglich seines Alters kam vom Kiffen, das behauptete jedenfalls sein Freund Konrad. »Nimm einen Zug vom THC, dann tut das Alter nicht mehr weh.« Aber nachdem Konrad es war, der ihn mit dem Kraut versorgte und auch davon lebte, unterstellte ihm Wig, nur Werbung in eigener Sache zu machen. Sein Konsum der toxischen Pflanze war außerdem überschaubar. Jedenfalls bis vor kurzem.

Eigentlich war Wig ein geborener Optimist. Er hatte sich allerdings, nachdem er sein Studium abgeschlossen und zu unterrichten begonnen hatte, zum Ausgleich einen zarten Pessimismus anerzogen. Spaßeshalber quasi, als Spielvariante. Sodass er wählen konnte, wie er mit einer bestimmten Situation umging. Auf seinem Lieblings-T-Shirt, das er zu jedem Schulanfang trug, stand in großen Buchstaben: »Nur wer nicht will, der muss.« Zwischen diesen beiden Möglichkeiten des Handelns war nämlich ständig zu unterscheiden. Das Müssen rechnete er dem Pessimismus zu. Müssen war alternativlos, hatte aber den Vorteil der geringeren Verantwortung. Demgegenüber lag beim Wollen die Entscheidung und damit die ganze Verantwortung bei einem selbst. Es lohnte sich jedenfalls, wachsam und elastisch zu bleiben – und nicht jede Aufgabe, die man tun musste, mit dem Segen des Wollens heiligzusprechen.

Im Laufe der Zeit hatten sich Wigs Denkströme jedoch verselbständigt. Aus dem zarten Pflänzchen aus der Familie Skepsis war ein ausgewachsener Baum der Gattung Resignation geworden. Nihilismus hatte sich in seinem Denken breitgemacht. Nihilismus war das Trojanische Pferd, und er hatte es in einem Moment der Selbstüberschätzung innerhalb der Mauern seines Glücks gelassen. Seit Jahren schaffte er es beim besten Willen nicht mehr, der Welt oder dem Leben, was ja dasselbe ist, eine bessere Note als ein »Genügend« auszustellen. Ein »Genügend« reicht zwar, um weiterzukommen, von einer Klasse zur nächsten, von heute auf morgen, von hier nach da. Aber ein »Genügend« hat nach unten keinen Spielraum. Zumindest hatte er noch nie gehört, dass jemand den Abgrund als Spielraum bezeichnet hat. Außer vielleicht einer Handvoll Borderliner und Adrenalinjunkies.

Wig war jedenfalls vor lauter Weltbodenlosigkeit hauptsächlich damit beschäftigt, die Panik wegzuatmen. Dass es das gewesen sein könnte, hätte er akzeptieren können. Aber nicht, dass alles Bisherige auch nichts gewesen war.

Einziger Trost war ihm, dass es für die »Sehrgutler« noch schlimmer sein musste. Für sie gab es nämlich keine Luft nach oben.

Kapitel 4

Wäre es nach Herwig gegangen, hätten wir unser Gespräch erst beendet, nachdem bei einem von uns der Akku erschöpft gewesen wäre. Ich mag es, mit Menschen zu reden, aber ich telefoniere nicht gerne.

Eigentlich wollte ich Herwig den Brief ja mit der Post zuschicken. Nachdem er begonnen hatte, mich mit seinen Fragen zu überschütten, und meinen Unwillen spürte, auf all das am Telefon einzugehen, schlug er vor, mich zu treffen, das heißt, er bestand darauf und bot mir auch gleich an, die Zugreise zu bezahlen sowie für eine Unterbringung aufzukommen. Neugierig geworden, ihn kennenzulernen, willigte ich ein.

Die Fahrt dauerte sieben Stunden. Es war ein kalter Februartag. Als der Zug vom Bahnsteig abfuhr, ging gerade die Sonne auf. Sie schien trübe und kraftlos durch das linke Fenster meines Abteils, um gleich darauf im nebligen Dunst zu verschwinden. Für den restlichen Tag schlich sie als heller Fleck hinter schneeschwangeren Wolken in einer flachen Bahn von Südost nach Südwest.

Als der Zug in die Festspielstadt einfuhr, zeigte sie sich noch einmal, bevor sie kurz danach hinter dem Horizont verschwand.

Herwig hatte gesagt, er würde in der Bahnhofshalle stehen. Dort gebe es eine Bäckerei, vor der würde er auf mich warten. Mit einer schwarzen Wollmütze, und für den Fall, dass es noch andere schwarzbemützte Männer gäbe, halte er eine Zeitung in der Hand. Eine *Furche*. Die Wahrscheinlichkeit, dass zwei Leser dieses Blattes zur selben Stunde am selben Ort stünden, meinte er, sei statistisch vernachlässigbar.

Die Zeitung hätte es nicht gebraucht. Es gab unter den Wartenden nur einen einzigen Herrn mit schwarzer Wollmütze.

Ich weiß nicht, warum, denn Maria hatte sein Äußeres nie beschrieben, aber ich hatte ihn mir kleiner, auf jeden Fall untersetzter vorgestellt und rundlicher, wahrscheinlich auch älter. So wie er dastand, in seinen olivgrünen Cordjeans und schwarzem Anorak, hätte ich ihm nicht viel mehr als fünfzig Jahre gegeben. Sein Gesicht war glattrasiert, und die hellen Augen tasteten flink über den Strom ankommender und abreisender Menschen. Nur die nach unten weisenden Mundwinkel und eine über die Mitte der Stirn hin zur Nasenwurzel gezogene Falte ließen auf den Kummer schließen, der ihn seit sechs Monaten begleitete. Ich ging auf ihn zu und sprach ihn an: »Herr Berger?« Erleichterung gemischt mit Staunen huschte über sein Gesicht. Er hatte sich mich auch anders vorgestellt, wie er mir später gestand. Er nahm die Mütze ab, und darunter kamen mittellange strubbelige brünette Haare zum Vorschein. Er streckte mir die Hand entgegen. »Gott sei Dank, dass es geklappt hat. Ich bin ja so froh, dass Sie gekommen sind.« Sein Blick fiel auf meinen Rucksack. Ich konnte seine Gedanken lesen.

»Der Brief. Ja, er ist da drinnen. Wollen Sie ihn gleich haben?«

»Nein, nein. Ich habe so lange auf eine Nachricht gewartet, da kommt es auf ein paar Minuten mehr nicht an. Kommen Sie. Wir haben eine Stunde Autofahrt vor uns. Da haben wir Zeit und Gelegenheit zu reden.«

Sein Auto stand in der Tiefgarage. Es war Marias Volvo. Ich erkannte ihn an der verbogenen Antenne und den Aufklebern an der Heckscheibe.

»Sie kennen dieses Auto?«

»Ja. Maria und ich sind damit zusammen nach Griechenland gefahren.«

Ich fragte ihn, wie er wieder zu dem Wagen gekommen sei. Er startete den Motor.

»Ich bekam eine Nachricht von der Polizei aus Saloniki und habe ihn dort abgeholt.«

»Wann war das?«

»Vor drei Monaten. Letzten November war ich dort.«

Wir verließen die Garage. In der Zwischenzeit war es dunkel geworden, und es hatte auch begonnen zu schneien. Nachdem wir uns in den Verkehr eingeordnet hatten, folgte die Straße stromaufwärts einen Fluss entlang.

»Können Sie bis morgen bleiben?«

»So lange Sie möchten, wenn Sie die Kosten tragen. Ich habe niemanden, der auf mich wartet, keine Haustiere, die gefüttert, und auch keine Pflanzen, die gegossen werden müssen.«

»Das ist gut. – Ich meine nicht, dass niemand auf Sie wartet. Sondern dass Sie bereit sind, sich die Zeit für mich zu nehmen. Danke.«

Die Schneeflocken waren riesig und schmolzen im selben Augenblick, wo sie den Boden oder die Scheiben berührten. Nachdem wir die Stadt verlassen hatten, wurden die Flocken im Scheinwerferkegel kleiner und stabiler. Die Straße führte durch eine tiefwinterliche Landschaft. Links und rechts lag eine durchgehende Schneedecke. Außerhalb der Ortsgebiete waren wir umgeben von Dunkelheit. Hie und da sah man in der Ferne die beleuchteten Fenster eines abgelegenen Hofes. Streufahrzeuge und Schneepflüge warfen gelbe, rotierende Warnlichter durch die Finsternis.

»Wie sind Sie zu dem Brief gekommen?«

»Er lag vor zwei Tagen in der Post. Es war mit griechischen Briefmarken frankiert und ohne Absender.«

Ob ich den Inhalt des Briefes kenne? »Sie hat mich in einem beigelegten Brief darum gebeten, ihn zu lesen.«

»Könnten Sie ihn mir vorlesen?«

»Jetzt?«

»Ja.«

»Ich glaube, das ist keine gute Idee. Denn mir wird sofort schlecht, wenn ich während der Fahrt lese. Dazu müssten Sie anhalten. Dann können Sie ihn aber gleich selber lesen. Und das sollten Sie auch, und zwar in Ruhe und wenn Sie alleine sind. Es ist ein langer Brief.«

Schweigend setzten wir durch nun entstehenden Nebel unsere Fahrt fort. Scheinwerferkegel entgegenkommender Autos huschten über unsere Gesichter. Herwigs zusammengekniffene Augen fixierten die Fahrbahn, seine Lippen waren aufeinandergepresst. Vielleicht lag es an den Lichtreflexen. Aber für einen flüchtigen Moment schien es mir, als stünden Herwig Bergers Augen unter Wasser. Nach einer Weile begann die Straße anzusteigen. Sie wurde steiler und der Himmel immer heller. Als wir über eine Kuppe rollten, durchbrachen wir den Nebel und blickten auf ein Meer aus silbrig flauschigem Gewölk, über dem ein wachsender Halbmond stand. In der Ferne sah man die Lichter einer Stadt mit zwei Kirchtürmen. Herwig räusperte sich. »Da vorne ist unser Ziel.«

Das Hotel, in dem Herwig ein Zimmer für mich gebucht hatte, lag in der Straße, wo er wohnte. Ich holte meinen Rucksack von der Rückbank und überreichte ihm Marias Brief. Er nahm das Kuvert vorsichtig und mit beiden Händen in Empfang, als wäre es etwas Zerbrechliches. Er hielt den Atem an und ich mit ihm. Für einen Moment hatte ich den Eindruck, als würde er mir den Brief zurückgeben wollen. Doch dann ließ er seine Angst mit der Luft aus sich herausströmen, und ich sah ihn zum ersten Mal an diesem Abend lächeln.

»Sollen wir morgen zusammen frühstücken? Wenn Sie wollen, gerne bei mir. Ich besorge uns frische Semmeln und hole Sie ab. Wäre neun Uhr okay, Frau …?«

»Sagen Sie doch einfach Lisa. Frühstück bei Ihnen ist wunderbar. Neun Uhr auch. Ich werde bereit sein.«

Mein Zimmer wies nach Süden. Ich öffnete die Vorhänge. Vor mir glitzerten die Wellen und vereisten Ufersteine eines Flusses. Alle Häuser auf der anderen Seite bis auf eines waren unbeleuchtet. Die Berge ringsum lagen im Gegenlicht des Mondes. Hinter jedem Berg erhob sich ein weiterer, noch höherer, noch mächtigerer, und dahinter wieder einer. Licht fiel nur auf die Grate und Gipfel. Ihre mir zugewandten Flanken lagen im Schatten. Die Wolken hatten sich inzwischen fast zur Gänze verzogen. Nur noch im äußersten Süden, ganz hinten am Horizont, verhüllte ein letzter Bausch den allerhöchsten Gipfel. Dort schimmerte auch eine große Schneefläche. Vor meinen Augen lag der nächtliche, vom Mondlicht beschienene Gletscher, von dem Maria erzählt hatte. Ja, das musste er sein. Jener Gletscher, auf dem Herwigs Mutter ihr Leben gelassen hatte.

Das Hotelzimmer hatte eine Badewanne. Ein Luxus, den meine Wohnung leider nicht bot. Ich nahm ein heißes Bad und legte mich von Wärme durchdrungen ins Bett. Das Rauschen und Gurgeln des Flusses umhüllte meine Träume und versetzte mich in einen tiefen Schlaf.

Kapitel 5

Herwig Berger hatte so einiges Glück gehabt in seinem Leben. Vieles war ihm, wenn schon nicht in den Schoß, so doch leichtgefallen. Wahrscheinlich traf das auf die meisten Menschen zu, die wie er in den Nachkriegsjahren zur Welt gekommen waren. Vom Krieg hatte er nur gehört. Von den Kriegen, um genau zu sein. Seine Großväter hatten zwei Kriege erlebt. Aber Herwig hatte sie nicht kennengelernt: Aus dem zweiten Krieg, den sie mit- und durchgemacht hatten, waren beide nicht zurückgekehrt. Das hatte dazu geführt, dass man in der Familie das Thema mied. Man war als Nachkriegskind versucht zu glauben, das Ganze sei vielleicht nur ein Spuk gewesen, ein böser Traum. Wären da nicht die vielen Einbeinigen und Einarmigen und anderweitig lädierten Männer gewesen. Ihre Anzahl war bis in die siebziger Jahre hinein groß genug, um bei Sportveranstaltungen wie zum Beispiel Schirennen eine eigene Klasse zu rechtfertigen: die Versehrten.

Im Krieg war etwas passiert, das allen, die daran teilgenommen hatten, die Sprache verschlagen hat. Als würde man einen Fluch auf sich ziehen, wenn man das Thema anschnitt, bekam man nichts aus den Männern heraus, außer dass es schlimm war. Den Namen Hitler auch nur in den Mund zu nehmen schien der fleischlichen Auferstehung des Bösen den Boden zu bereiten. Dabei war es umgekehrt. Erst durch den Konsens des Schweigens konnten seine Epigonen so tun, als wären sie gerade von einem Urlaub zurückgekommen. So konnten sie von neuem beginnen, in der vernunftfreien Atmosphäre ihrer nationalen Gewächshäuser die Dummheit frisch zu züchten. Blutdurchtränkte Erde ist ja besonders fruchtbar.

Herwig begriff das alles erst viel später. Sein junges Leben war schön. Zu schön, um es sich mit grausigen Bildern und Erzählungen einer kollektiven Perversion, die nicht die seine war, vermiesen zu lassen. Was er mitbekommen hatte, reichte, um sich einer Sache sicher zu sein: Krieg, das war etwas, das er unter keinen Umständen erfahren und erleben wollte.

Auch an einem Einsatz als 68er-Revoluzzer schrammte er vorbei, weil er dafür noch zu jung war. Die Kriege in Korea und Vietnam, die Kubakrise, die Ermordungen Martin Luther Kings und der Kennedy-Brüder, die Bilder russischer Panzer in Prag, die Selbstverbrennung des tschechischen Studenten Jan Palach, der Name hatte sich zusammen mit dem Bild des in Flammen stehenden jungen Mannes in sein Gedächtnis gebrannt, ebenso wie die Straßenschlachten in Paris zwischen Studenten und der Polizei …, das alles war in sein jugendliches Bewusstsein getropft wie die Schluckimpfungen gegen Kinderlähmung und hatte seine Abwehr Kriegen und Kämpfen gegenüber gefestigt. Konflikte waren seine

Sache nicht. Sollte er in einen hineingeraten, würde er die Flucht ergreifen. MAKE LOVE NOT WAR war eine viel brauchbarere Devise. Er lebte mit dem festen Vorsatz, sich aus jedem Streit herauszuhalten und spätestens, wenn ihm die Kugeln um die Ohren pfeifen sollten, das Weite zu suchen. Denn so schön er es hatte und sosehr er seine Heimat mochte, eine Liebesbeziehung war es nicht. Seinen Kopf würde er nicht für sie hinhalten, sein Leben nicht hergeben, weder für einen Berg noch einen See, noch für ein Haus mit Garten – er würde keine Fackel sein.

Das Jahrzehnt seiner Selbstfindung waren die Siebziger. Er wuchs auf mit Pink Floyd, Joni Mitchell, Bob Marley, Leonard Cohen, John Lennon, Wolfgang Ambros, Janis Joplin, André Heller, Neil Young, Bob Dylan, Kris Kristofferson, Aretha Franklin, Ravi Shankar, Miles Davis …

Er bedauerte die nachfolgenden Generationen, die, wie er fand, in einem Milieu industrialisierter Ästhetik aufwuchsen. Ganz zu schweigen vom Politischen. Solidarität war zu einem Schimpfwort verkommen, Empathie als Krankheit diagnostiziert. Nationalismus und Egoismus wurden bejubelt.

Wie anders das Lebensgefühl in den Siebzigern doch war, als noch Leute wie Willy Brandt, Olof Palme, François Mitterrand und Bruno Kreisky die Geschicke Europas und der Welt mitbestimmten. Gut, gestand er sich ein, damals gab es auch finstere Gesellen wie Franco, Salazar, Pinochet, Mao, Idi Amin … und im fernen Osten entsetzliche Kriege. Aber hier in Österreich ging alles nach vorne und öffnete sich. Träume gingen in Erfüllung.

Jetzt wuchsen die Kinder in einer Retrostimmung auf. Die Freiheit lieferte sich ein Rückzugsgefecht, und ihre Einschränkungen wurden als Transparenz verkauft. Ja, Dumme hatte es immer schon gegeben. Dummheit hat ja nichts mit Bildung oder Unbildung zu tun. Bedenklich wurde es vor ein paar Jahren, als die Dummen anfingen, sich zu Schwärmen zu formieren. Wer hätte sich vor dreißig Jahren gedacht, dass selbst die Demokratie eine Achillesferse haben könnte?

Herwig Berger hätte vor dreißig Jahren aber auch nicht gedacht, dass Maria, die damals gerade von ihm schwanger und seine Frau geworden war, ihn eines Tages ohne Muh und Mäh oder irgendeine Vorankündigung verlassen, ja überhaupt aus seinem Leben verschwinden würde. Ebenso wenig konnte er damals ahnen, dass er einmal mit einer Frau, die zu diesem Zeitpunkt noch nicht einmal geboren war, eine alles infrage stellende Liebesbeziehung eingehen würde.

Kapitel 6

Maria schwitzte, aber darüber hinaus spürte sie keine Wirkung. Ihr Puls kletterte immer höher. Der Hometrainer, auf dem sie sich sonst ihre Glückshormone erstrampelte, half ihr heute nicht, ins Gleichgewicht zu kommen. Seit über dreißig Jahren arbeitete sie bei der Bank. Sie hatte es bis zur Filialleiterstellvertreterin gebracht. Mit Ende dieses Jahres würde ihr Vorgesetzter in den Ruhestand gehen, und nicht nur sie selbst, sondern die gesamte Belegschaft hatte erwartet, Maria mit ihren nun fünfundfünfzig Jahren käme zum Zug, seine Nachfolgerin zu werden. Aber dann setzte man ihr diesen jungen Tupfer, dieses Fischgesicht vor die Nase. Wenn er wenigstens fesch wäre. Mit seinem Fundi-Vollbart sah er trotz der einunddreißig Jahre, sie hatte in der Personalakte nachgesehen, jetzt schon aus wie ein bemooster Karpfen. Ihr Puls war nun bereits über hundertachtzig, das war ungesund, aber es war ihr wurscht.

Eine Stunde später traf Wig sie in der Küche an. Geduscht und im Bademantel mit einem alkoholfreien Bier in der Hand stand sie vor dem Fenster. »Hallo.« Er spürte, dass etwas nicht stimmte, schob das Gefühl aber auf seinen eigenen Zustand. Nora hatte ihn um die Mittagszeit angerufen und ihm eröffnet, dass ihre

Monatsblutung seit über zwei Wochen ausständig sei. Der Schwangerschaftstest aus der Apotheke war positiv gewesen. Sie war auf dem Weg zur Frauenärztin, um Klarheit zu bekommen.

War das ein Déjà-vu? Oder ein Traum? Und wenn ja, war es ein guter oder ein böser? Oder war er aus einem aufgewacht? Vor dreißig Jahren hatte genau diese Nachricht seine Welt auf den Kopf gestellt. Vielleicht würde es diesmal ja die Dinge wieder zurechtrücken, dachte Wig kurz mit Galgenhumor. Er war sich nicht sicher, ob er das wollte, denn er hatte sich mit dem Kopfunter-Blickwinkel auf sein Leben arrangiert.

Marias Blick fiel auf den fertig gerollten Joint in seiner rechten Hand. »Keine Sorge, ich rauch ihn draußen.« Er gab seiner Frau mit der freien Hand eine halbe Umarmung und einen flüchtigen Kuss auf ihre noch immer erhitzte Wange.

Sie folgte ihm mit der Bierflasche in der Hand auf die Terrasse und setzte sich neben ihn auf die Bank, so, dass sie sich nicht berührten, und betrachtete sinnend die Tröte in seiner Hand.

»Du rauchst zu viel von dem Zeug.«

»Ich weiß.«

»Warum tust du's dann?«

Sein Versuch, ihr mit der Einsicht Wind aus den Segeln zu nehmen, war ins Leere gegangen. Er strich ein Streichholz an, brannte die Papierränder der Tröte ab und tat einen Zug. »Es hilft mir, die verknoteten Gedanken meiner Schüler aufzudröseln und nachzuvollziehen, wenn ich ihre Aufsätze verbessern muss, und«, er blies die Flamme aus, »es hilft mir, die Welt zu verstehen.« Er wollte statt »die Welt« eigentlich »unser Leben« sagen, bog aber von diesem Gedanken ab, weil er schon vor langer Zeit aufgegeben hatte, sein Leben an der Seite von Maria zu verstehen.

Die kühle Abendluft bescherte Maria mit jedem Atemzug eine angenehme Weite in der Brust. Der Puls war noch immer hoch, und der Sauerstoffüberschuss ließ sie leicht abheben. Zu wenig, um nicht mehr an das Fischgesicht zu denken, aber genug, um Wig die rechte Hand entgegenzustrecken. Für ihn sah es aus, als würde sie das Victory-Zeichen machen, aber sie sagte: »Ich möchte auch gerne einiges verstehen.«

»Das ist starkes Gras, Vorsicht!«

Maria hatte jedoch keine Lust, vorsichtig zu sein, und nahm mehrere Züge, bevor sie ihm den Joint zurückgab. Danach stand sie auf, prüfte zufrieden ihr Gleichgewicht und ging mit dem ersten Lächeln des Tages zurück in die Wohnung. Als sie die Schwelle zum Wohnzimmer erreichte, fuhr ihr der Rausch in den Kopf wie eine heftige Windböe in die Segel einer unachtsamen Steuerfrau. Ihr Kreislauf sackte weg, sie kam in eine bedrohliche Schräglage, versuchte der Stehlampe auszuweichen, alles schien sich auf sie zuzubewegen. Das ganze Zimmer kippte. Sie schaffte es gerade noch zum Sofa. Die schwankende Stehlampe warf zapplige Schatten an die Decke. Waren das Fische? Karpfen? Oder waren es Nordlichter? Dann erfüllte ein pulsierendes Brummen den Raum.

Maria schloss die Augen. Aber das Brummen schien jetzt lauter. Sie machte ein Auge wieder auf, dann das zweite. Die Lichtschleier waren weg. Die Lampe stand still. Dann bemerkte sie das stumm geschaltete Mobiltelefon von Wig neben ihrem Kopf. Sie blickte aufs Display. Es war ein anonymer Anruf. Wig verwendete keine Mobilbox, deshalb würde es erst aufhören zu läuten, wenn der Anrufer auflegte. Sie drückte auf Ablehnen, und augenblicklich kehrte Stille ein. Durchatmen. Sie brauchte frische Luft. Der Versuch, auf die Beine zu kommen, gelang, jenen, ans Fenster zu kommen, musste sie abbrechen. Ihre Füße wollten oder konnten nicht machen, was sie ihnen auftrug. Das Telefon zuckte kurz noch einmal auf. Eine Nachricht war gekommen.

Der Rausch machte sie nicht nur indisponiert, sondern auch enthemmt. Sie konnte der Neugier nicht widerstehen und machte einen Versuch, es zu entsperren. Die Finger waren nicht so anfällig für unberechenbare Richtungsänderungen wie die Beine. Die Schwerkraft setzte ihnen auch weniger zu. Sie hatte Wig manchmal beobachtet und sich das Bewegungsmuster gemerkt: zweimal rechts Mitte, einmal links unten, einmal oben Mitte: in Zahlen 6672 oder, aber das wusste sie nicht, in Buchstaben NORA. Sie öffnete die Nachrichtenseite. Der Absender der Kurznachricht war als »Nordlicht« eingespeichert, und die Botschaft war kurz und deutlich: »Ich bin schwanger.«

Am folgenden Tag bereitete Maria zum Abendessen ein perfektes Pilzrisotto zu. Wig blickte ungläubig zuerst auf den Teller vor ihm und dann zu Maria.

»Du isst doch keine Pilze! Was ist los?«

»Ich hab es mir überlegt. Ich werde mein Leben ändern.« Die Antwort sandte einen Stromstoß durch seine Nervenbahnen. Denn nichts und niemand hatte Maria bis zu diesem Augenblick dazu bringen können, ein Pilzgericht zuzubereiten, geschweige denn zu essen. Schon als Kind hatte ihr vor Pilzen gegraust, vor dem Geschmack und der Konsistenz dieser »schlabbrig schlatzigen Wesen«, wie sie sie nannte. Es war, als hätte sie das Unheil vorausgeahnt. Wenige Monate war es her, seit ihre Eltern an einer Pilzvergiftung gestorben waren, und nun standen da zwei Teller dampfendes Risotto auf ihrem Tisch, das durchsetzt war mit braunen, wabenartig gerippten Schwämmen, die Wig noch nie zuvor gesehen hatte.

Marias Eltern waren begeisterte Pilzsammler und auch Pilzesser gewesen. Anfangs nur ihre Mutter Mathilde. Die Jagd und das Beeren- und Pilzesuchen waren ihre Leidenschaften. Früchte des Waldes zu sammeln galt für sie als die unblutige Art zu jagen. Abgesehen von den schmackhaften Reizkern, wie sie betonte: jenen Pilzen, die eine dunkelorange Flüssigkeit absonderten, wenn sie gepflückt oder beschädigt wurden, gerade so, als würden sie bluten.

Durch den Wald zu streifen hatte etwas Andachtsvolles für Mathilde. Wenn es noch dazu gelang, mit etwas

Essbarem nach Hause zu kommen, war sie richtig zufrieden mit sich und der Welt. Sie liebte alles Erdverbundene und Nomadische. Am liebsten hätte sie in einer anderen, in einer prähistorischen Zeit gelebt.

Zu seiner Pensionierung schenkte Mathilde ihrem Mann Georg ein Pilzbuch. Maria fand das etwas dreist, denn es war eigentlich ein Geschenk, das sie sich selber machte, hatte ihr Vater doch so gar nichts mit dem Thema am Hut. Doch der Samen oder besser die Spore fiel auf fruchtbaren Boden. Das lag am Verfasser: ein Journalist, den Georg vom Fernsehen kannte und den er über alles schätzte, weil er sich, im Gegensatz zu den meisten, die sich aufgerufen fühlten, über das Weltgeschehen zu parlieren, verständlich ausdrücken konnte. Er las das Buch aufmerksam bis zur letzten Seite und fing an, den Wald, die Welt und die Pilze mit anderen Augen zu sehen.

Da gab es zum Beispiel richtig fiese, arglistige Exemplare, hübsch anzusehen, aber todbringend, während andere trotz düsterer Erscheinung und abschreckender Namen wie Totentrompete als essbar galten.

Als Wig seinem Schwiegervater einmal die Frage stellte, was er am Schwammerlsuchen denn so faszinierend finde, meinte dieser: »Es gibt Menschen, die suchen Gott, meine Frau und ich, wir suchen eben Pilze. Es kommt auf dasselbe hinaus. Gott und die Pilze sind nicht immer da, wo man sie vermutet. Und viele, die Gott suchen, finden den Teufel. Der ist nämlich immer in seiner Nähe. Wie der Fliegenpilz in der Nähe des Steinpilzes. Oder vielleicht ist es umgekehrt? Vielleicht folgt Gott ja dem Teufel. Damit er ihn unter Kontrolle hat.« Es sei, so sagte er abschließend, eine Lebensübung. Manchmal hatte man Glück, manchmal eben nicht.

Es war allen ein Rätsel, wie es den beiden passieren konnte, einen der giftigsten Pilze, den Spitzbuckeligen Raukopf, zu essen. Nur Maria wusste es. Sie war der festen Überzeugung, ihr Vater habe es so geplant. Er hatte Maria ein paar Tage zuvor erzählt, dass seine Frau eine Affäre hatte, mit einem seiner besten Freunde. Resigniert gab er seiner Tochter zu verstehen, dass das Leben für ihn keinen Sinn mehr hatte. Maria kam nicht mehr dazu, mit ihrer Mutter darüber zu reden. Einen Tag später waren sie tot. Sie behielt ihr Wissen für sich. Es hätte ja doch niemandem mehr etwas genützt. Einzig zu Wig sagte sie einmal: »Es war kein Unfall.«

Genau dieser Satz ging ihm jetzt durch den Kopf, als er auf das Reisgericht vor ihm blickte.

»Und was genau willst du ändern?«, fragte er vorsichtig. Sie spießte sich ein Stück mit der Gabel heraus, führte sie zum Mund und sagte: »Alles! Und ich dachte, ich fang bei den Pilzen an. Das sind übrigens frische Morcheln. Ich habe sie selber gebrockt.« Dann begann sie zu essen.

Maria wollte weder ihren Mann und schon gar nicht sich selbst vergiften. Für sie war es ein symbolischer Akt, ein Akt der Selbstüberwindung. Sie wusste nicht, was sie wollte. Sie wusste nur, dass sie dieses Leben nicht mehr wollte. Sie wollte weg. Wurscht, wohin, Hauptsache, weg.

Kapitel 7

Nora war in der Tat ein Nordlicht. Nur hundert Kilometer vom nördlichsten Punkt Europas geboren, war sie die ersten zehn Jahre ihres Lebens bei ihren Eltern in der norwegischen Stadt Alta aufgewachsen. Ihr Vater kam ursprünglich aus Weimar. Bruno Hansen war dort stellvertretender Direktor des ersten deutschen Bienenmuseums gewesen. Bis zur Wende. Ab da wurde alles maximiert, wie es hieß, und es war nur eine Frage der Zeit, bis er wie die meisten seiner Freunde die Anstellung verlor. Aber mit der Öffnung der Grenzen öffneten sich auch die Möglichkeiten, und er erinnerte sich seiner Bubenträume, als er Jack London unter der Bettdecke gelesen, »Wolfsblut« und »Ruf der Wildnis« verschlungen hatte. Er besorgte sich einen Pass, und weil Alaska doch sehr weit weg und die Übersiedelung dahin teuer war, ersann er eine machbare Alternative. Er packte die wichtigsten Sachen in drei Schachteln, eine für Kleidung, eine für Bücher und eine für Werkzeuge und praktische Dinge. Den Rest seiner Habe schenkte er einem Freund. Dieser hatte eine kleine Autowerkstatt und verpasste als Gegenleistung Brunos acht Jahre altem, aber noch immer flottem Skoda 742 eine Generalüberholung und lackierte das ursprünglich eierschalenweiße Fahrzeug ultramarinblau.

Bruno fuhr ohne Straßenkarte und nach Gefühl drauflos. Tagsüber die Sonne im Rücken und in den Nächten das Sternbild des Großen Bären vor sich. Über Polen, durch die baltischen Staaten nach Sankt Petersburg und weiter durch die endlosen finnischen Wälder Richtung Nordkap. Auch wenn es heißt, der Weg ist das Ziel: Im Falle von Noras Vater lag das Ziel im Weg. Denn vor dem Nordkap liegt die Stadt Alta, und dort blieb das Auto stehen. Da steht es übrigens noch immer. Irgendwo in der Tundra, das einst satte Ultramarin zu einem zufriedenen Himmelblau verblichen und ohne Motor. Es sollte so sein. Der Motor fand eine neue Aufgabe in einem Fischerboot, und Noras Vater fand nicht nur Arbeit im dortigen Museum, sondern auch die Liebe seines Lebens. Ylva war Direktorin des Museums. Sie wurde seine Frau und schenkte ihm Nora. Sie wuchs von Anfang an dreisprachig auf. Deutsch lernte sie von ihrem Vater, Norwegisch in der Schule und Samisch von ihrer Mutter.

Ylva war Sami. Deshalb bekam Nora zu ihrer Geburt nicht nur einen Namen, sondern, wie jedes samische Kind, auch einen Joik geschenkt. Eine unverwechselbare Melodie, die ihr allein gehörte, mit der sie gerufen werden konnte wie mit ihrem Namen, eine Melodie, mit der ihre Mutter sie oft in den Schlaf sang. Mit einer kehligen, dunklen Stimme, die von fernen Welten und Zeiten erzählte, von den Wanderschaften der Geschöpfe Gottes über die Tundren, über die Meere und durch die Lüfte. Die Silben tanzten durch den Raum wie die Lichtreflexe auf den Wellen des Altafjords, »... eloi lela loile elaloi laloio ...« Manchmal klopfte sie mit ihren Fingern auf dem Kopfteil des Bettes dazu: dumdum dumdum dum, dumdum dumdum dum. Es klang wie der Herzschlag ihrer Mutter, wenn Nora das Ohr an ihre Brust legte und in ihr Innerstes hineinlauschte.

Als zu Glockenklängen und Feuerwerkskrachen die Welt in das dritte Kalenderjahrtausend hinein explodierte, war ihr Vater der Dunkelheit überdrüssig geworden. Ihre Eltern trennten sich, und ihr Vater ging zurück nach Deutschland, Nora blieb bei ihrer Mutter. In der achten Klasse wählte sie Deutsch als Wahlpflichtfach. Als sie sechzehn war, starb ihre samische Großmutter, und Ylva entschied sich, als Älteste ihrer Familie fortan mit den Rentieren über das Fjell zu ziehen, so wie es ihrer Familientradition entsprach. Nora, die gerade damit beschäftigt war, sich selbst und ihren Platz in der Welt zu finden, konnte sich beim besten Willen nicht vorstellen, dieser läge irgendwo in der baumlosen Tundra Lapplands, zwischen den Geweihen domestizierter Hirsche. Nicht bereit, das neue Leben ihrer Mutter zu teilen, zog sie daraufhin zu ihrem Vater Bruno, der inzwischen seinen Platz gefunden hatte.

Dieser lag in den bayrischen Bergen, wo er Direktor eines Kurhotels geworden war. Die Ankunft seiner pubertierenden Tochter brachte einige Unruhe in seine beschauliche Routine, doch die Freude über ihre Anwesenheit überwog. Vier Jahre kämpfte Nora sich durch das neue Schulsystem. Als sie das Abitur abgeschlossen hatte, ging sie über die Grenze ins benachbarte Österreich, um zu studieren.

Dort lernte sie Oskar kennen. Begegnet waren sie sich bei einer fächerübergreifenden Lehrveranstaltung. Ihre beschwingte Art, beim Gehen leicht zu wippen, war ihm gleich aufgefallen und zauberte jedes Mal ein Lächeln in sein Gesicht. Und dann waren da diese von üppigem rotblondem Haar umrahmten grünen, fast asiatischen Augen. Und dieser Blick. Ein Blick, der nie durch etwas hindurchging. Sie hatte keinen Blick für das, was dahinter war, sondern für das oder den Menschen, der vor ihr war.

Oskar hätte sie gerne erobert. Aber da war nichts zu machen. Obwohl er Nora auch auf- und gefiel. Sie fand, Oskar hatte etwas Kuscheliges. Alle seine Bewegungen waren rund. Er war bedächtig. Nicht im Sinne von nachdenklich. Er war natur-gechilled oder natur-stoned. Das ließ ihn träge erscheinen. Wenn es jedoch schnell gehen musste, kamen seine Athletik und eine überraschende Behändigkeit zum Vorschein.

Vor allem im Wasser war er in seinem Element. Wasser in jeder Form. Er schwamm schnell und mühelos wie ein Fisch, er tanzte mit dem Kajak in den Stromschnellen wie eine Robbe in der Brandung, und er fuhr Schi wie ein Gott (das sagte sogar der Pfarrer, und der musste es ja wissen).

Sie wussten jedoch beide nicht, wie sie es anfangen sollten, aufeinander zuzugehen. Das heißt, Nora wusste es schon. Am Anfang stand das Wort. Aber welches? Sie hätten miteinander reden müssen. Nur worüber? Nora machte zwei Versuche. Einmal probierte sie es mit dem Thema Musik. Nicht wirklich sein Gebiet, musste sie feststellen. Beim zweiten Mal fragte sie ihn, was er vorhätte in den Ferien. Er wusste es noch nicht, und da sie keine weitere Frage vorbereitet hatte, verlief auch dieser Versuch im Sand beziehungsweise im Wasser, weil sich ein Freund von Oskar dazugesellt hatte, mit dem er eine angeregte Diskussion über den aktuellen und prognostizierten Wasserstand der oberen Salzach führte, während Nora schweigend ihr Bier trank.

Oskar schmiss nach dem ersten Semester das Studium hin, entschied sich für den Beruf des Fremdenführers und landete schließlich an der Seite einer jungen Frau, die hartnäckiger war als Nora und zudem ein Auto hatte. Was die Logistik seiner Paddelausflüge erleichterte.

Nora stürzte sich aufs Lernen und lenkte sich manchmal mit Per ab. Per war Pianist und studierte am Mozarteum. Er kam aus Oslo und war froh, jemanden gefunden zu haben, mit dem er die Sprache seiner Heimat sprechen konnte. Leider kannte er nur ein Thema: die Klaviermusik von Maurice Ravel. Es war wunderbar, wenn er ihr etwas vorspielte, aber ermüdend und langweilig, wenn sie ihm zuhören musste, was sich der Komponist dabei gedacht hatte.

Die Beziehung fand ein abruptes Ende, als Nora ihm eines Tages erzählte, sie hätte zu ihrer Geburt eine eigene Melodie zugeeignet bekommen.

»Du hast ein persönliches Leitmotiv?« Er blickte sie zweifelnd an. »Kannst du es mir vorsingen?«

Nora stand auf und ging zum Fenster, denn sie brauchte den freien Blick zum Himmel, um singen zu können. Dann begann sie leise, sich von Note zu Note durch die Melodie tastend. Die Silben halfen ihr, sich zu orientieren. Es gab keine Wörter, nur Laute, die sich anspruchslos in den Dienst der Melodie stellten. Sie wurden zu Melodieträgern im reinsten Sinne und erzählten die Geschichte der Menschen und ihrer Träume, von Anbeginn bis hin zu einer Zeit, die noch kommen würde. Als sie am Ende des Bogens angekommen war, wiederholte sie die Weise noch zweimal und schloss dann, wie sie es von ihrer Mutter kannte, unsentimental abrupt ihren Vortrag.

Per hatte noch nie in seinem Leben einen Joik gehört und auch noch nie im Leben eine Melodie in einer Naturtonreihe. Seine Finger und sein Gehör, ja sein ganzes Wesen bewegten sich ausschließlich in einer Welt der temperierten Stimmung. Die Möglichkeiten dazwischenliegender Töne waren ihm ausgebürstet worden. Manche Töne in ihrem Gesang hörten sich für seine Ohren eindeutig falsch an. Und weil alles Unbekannte auf ihn zuerst einmal komisch wirkte, lachte er. Als er sah, dass es Nora kränkte, lachte er noch einmal, diesmal aus Verlegenheit. Da setzte sie ihn vor die Tür.

Kapitel 8

Die Schule, die Nora für ihr Praktikum zugewiesen bekommen hatte, lag auf dem Land, eine Fahrstunde von der Festspielstadt entfernt. Als sie sich am nächsten Tag in aller Herrgottsfrüh zum Busbahnhof aufmachte, war sie noch immer gekränkt und wütend auf Per. Diese eingebildeten Kulturfritzen, diese wohltemperierten Snobs, diese Klassikklone. Sie ärgerte sich so sehr, dass sie keinerlei Sinn für die Schönheit der Landschaft hatte, die an ihr vorbeizog, die beschaulichen Dörfer, die bewaldeten Anhöhen, die stetig höher und immer mehr zu Bergen wurden. Nicht einmal die türkisblauen Wasserflächen der Seen schafften es, ihre Gedanken abzulenken, und auch die friedliche Heiterkeit des kleinen Städtchens am Zusammenfluss zweier Wasserläufe erreichte sie nicht. Vom Bahnhof zur Schule war es noch eine gute Strecke zu Fuß. Sie erkundigte sich nach dem Weg. Dort angekommen, fragte sie in der Direktion nach Herwig Berger. Ja, den kannte man. Das war ein Kollege, aber an einer anderen Schule. Bis sie dort war, hatte der Unterricht schon begonnen, und Herwig war schon im Klassenzimmer. Sie wartete bis zur Pause im Konferenzzimmer. Mit dem Läuten der Glocke beschleunigte ihr Herz die Schlagzahl. Die Tür ging auf, und eine Lehrkraft betrat den Raum. Nora sprang auf: »Herr Berger?« Der Mann schüttelte den Kopf und setzte sich wortlos an einen der Schreibtische. Sie nahm wieder Platz. Die Minuten tropften zäh von der Uhr über der Tür. Sie merkte, wie der Mann sie aus den Augenwinkeln heimlich beobachtete, und wollte ihn gerade fragen, ob er vielleicht wisse, wo sie Herrn Berger finden könnte, da öffnete sich erneut die Tür. Der Mann blickte auf und sagte mit einer Kopfbewegung, die auf Nora wies: »Du hast Besuch.«

Es wäre nicht nötig gewesen. In dem Moment, wo sich ihre Blicke trafen, hatten sie sich erkannt. Denn so ist das, wenn zwei Seelen sich begegnen, die eine gemeinsame Geschichte haben, auch wenn diese weit zurück oder in diesem Fall erst vor ihnen lag. Sie fühlten sich auf den ersten Blick einander zugehörig.

Es war für Herwig Berger bis jetzt kein guter Tag gewesen. Er hatte Maria für einen gemeinsamen Kinobesuch gewinnen wollen und als Antwort ihre kühle Schulter bekommen. An einem schönen Spätsommertag wie diesem würde sie sich sicher nicht in ein muffiges Kino setzen. Sie habe außerdem schon was vor. So was müsse er ihr schon am Tag vorher sagen.

Nachdem er Nora gefragt hatte, was sie sich für ihren ersten Unterricht überlegt habe, und mit ihrer Vorbereitung zufrieden war, stellte er sie der Klasse vor und ließ sie dann allein.

Die Nachbesprechung verlegte Wig ins Café Gschwandtner. Es lag am Ende der Flusspromenade. Die Terrasse war trotz des herrlichen Wetters nur spärlich besucht, und sie bekamen einen Tisch direkt am Ufer unter einem Kastanienbaum. Nora bestellte sich ein Soda Zitron, Wig nahm einen weißen Spritzer.

»Erzählen Sie, Frau Hansen. Wie ist es Ihnen gegangen?«

»Gut. Es ist eine tolle Klasse. Sie haben sich jedenfalls von ihrer besten Seite gezeigt.«

Dann beschrieb sie Wig ihre Unterrichtsplanung und welche Ziele sie sich gesetzt hatte. Wig lobte ihre Vorbereitung und gab ihr ein paar Ratschläge, was die schulinternen Gepflogenheiten betraf. Abschließend stellte er ihr noch eine private Frage.

»Sie haben eine nordische Klangfarbe, wenn Sie reden. Ihr Name, Frau Hansen, Sie verzeihen meine Neugier, ist er skandinavisch?«

Nora blinzelte in die Sonne und schien zu schmunzeln. Das ermutigte Wig nachzusetzen: »Sind Sie ein Nordlicht?« Jetzt war es zweifelsfrei ein Lächeln. Wigs Herz machte einen Zwischenschlag, denn es war ihm schon lange nicht mehr gelungen, eine Frau zum Lächeln zu bringen. Er hatte es auch schon lange nicht mehr drauf angelegt. Im Laufe der Jahre war aus seinem einst leichtfüßigen und ansteckenden Humor hintergründiger Spott geworden.

»Das mit der Klangfarbe haben Sie richtig erkannt. Ich bin in Norwegen aufgewachsen. Meine Mutter ist von dort. Aber der Name ist der meines Vaters. Er ist Deutscher. Warum? Ist das wichtig?«

»Nein, natürlich nicht.« Wig lachte, nahm sein Weinglas in die Hand und prostete ihr zu. »Auf unsere Eltern.«

Sie griff nach ihrem Soda Zitron und stieß mit ihm an: »Auf unsere Eltern.« Das Telefon in ihrer Tasche gab ein Geräusch von sich. Sie warf einen Blick darauf und sagte: »Ich muss mich verabschieden, mein Bus geht in einer halben Stunde.«

In diesem Augenblick verselbständigte sich etwas in seinem Sprachzentrum, und er hörte sich sagen: »Sie können mit mir fahren, wenn Sie wollen. Ich fahre ebenfalls nach Salzburg. Dort läuft ein Film mit Tom Hanks, den ich mir unbedingt anschauen will. ›Bridge of Spies‹. Ich lade Sie ein mitzukommen, wenn Sie Lust haben.«

Sie hatte. Und so kam es, dass Wig an diesem Tag doch noch, zusammen mit Nora Hansen, in die Niederungen des Kalten Krieges eintauchte, an deren Ende, wie könnte es bei Tom Hanks anders sein, die Menschlichkeit obsiegte.

Nachdem sie sich mit Händedruck voneinander verabschiedet hatten, bekamen sie eine erste Ahnung von Sehnsucht. Sehnsucht nach Berührung. Und eine erste Ahnung von Verzweiflung ob der Unmöglichkeit einer angstfrei lebbaren Beziehung. Aber es waren nur Ahnungen. Gedanken, die man wegschieben konnte. Fürs Erste jedenfalls. Und Wig war es auch egal. Er war bereit, alles Leid auf sich zu nehmen für einen einzigen Kuss. Aber das hatte nicht einmal Jesus mit seinem Tod am Kreuz geschafft. Auch wenn es ihm angedichtet wird.

Seit seine Frau nicht nur das Bett, sondern das ganze erotische Spielfeld vermint hatte, spielte sexuelle Lust in

Wigs Leben keine Rolle mehr. Vor diesem Hintergrund gelang es Wig eine Zeitlang, Noras körperliche Anziehung auszublenden. Sein Nervensystem hatte jedoch von Anfang an die Weichen auf Berührung gestellt, und wäre es nach seinem Herzen und seiner Körpermitte gegangen, hätte er sie schon am ersten Abend, während des Abspanns im Kino, geküsst.

Und wäre Maria aufmerksamer gewesen, hätte sie die Veränderung bemerkt. Wig begann sich anders zu kleiden, flotter, sportlicher und bunter. Er tauschte die Schnürlsamthosen gegen Jeans, El-Naturalista-Öko-Schuhe gegen schicke Eccos und ließ sich die Haare kurz schneiden. Er verlor in wenigen Wochen überschüssiges Körpergewicht. Und wer ihn morgens bei der Haustür hinausgehen sah, wurde angesteckt vom Lächeln, mit dem er der Welt und dem Tag entgegentrat.

Vor allem Nora ließ sich davon anstecken. Sie freute sich auf die wöchentlichen Jours fixes im vertraut gewordenen Café Gschwandtner mit ihm. Sie freute sich, wenn er während des Unterrichts in die Klasse kam. Sie bewunderte seine Souveränität, den uneitlen, respektvollen Umgang mit den Kindern, die Zuneigung, die er ihnen entgegenbrachte und die sie ihm zurückgaben. All dies verzauberte Nora, und aus der schon bei der ersten Begegnung spürbaren Hingezogenheit wurde ein Zustand der Verliebtheit. Die Melancholie, die ihn umgab, und nicht zuletzt seine Zurückhaltung und manchmal süße Unbeholfenheit im persönlichen Umgang mit ihr trugen nicht unwesentlich dazu bei. Es verlieh ihm eine Aura der

Unnahbarkeit und weckte bei Nora den Wunsch, diese zu durchbrechen. Sie wollte ihn erobern.

Für Wig war sie seit jenem Moment unten am Fluss, als sie lächelnd in die Sonne blinzelte, zur Traumfrau geworden. Ihr Bild legte sich über seinen Alltag und versüßte ihm die bitteren Augenblicke zu Hause.

Allein das Gewicht des Altersunterschiedes hielt den Deckel der Phantasie fest verschlossen. »Sie könnte deine Tochter sein«, sagte er sich immer dann, wenn er in den roten Bereich kam. Und Nora ging es nicht anders. Es gab flüchtige Berührungen, die sie beide stets als zufällig abtaten. Hoffend, dass es nicht so war.

Sechs Monate später, an einem spätwinterlichen Gründonnerstag, lagen Wig und Nora hingegossen und erfüllt von samtigem Wohlgefühl auf dem Bett in ihrer Garçonniere. Vereint in einem paradiesischen Halbschlaf, den nur ein langes, beglückendes Liebesspiel zu spenden vermag. Noras rotblondes Haar fiel in sanften Wellen über ihre Schultern und umrahmte die entspannten Züge. Die Luft war getränkt mit dem Atem der Leidenschaft und dem Duft ihrer Jugend. Sie lag auf dem Bauch, einen Arm über den Kopf gestreckt, das Gesicht zu Wig gewandt. Ihre Augen waren geschlossen. Die helle Haut ihres Busens zeichnete eine sinnliche Kurve auf das dunkelbraune Bettlaken. Wigs Blick glitt über die Schultern und die Wölbung ihres Hinterns hinab bis zu den Zehen. Wenn es Gott gab, dann war Gott eine Frau, und sie lag gerade neben ihm.

Wig gab einen Brummton von sich. »Was ist?«, murmelte Nora, ohne die Augen zu öffnen. Sie kannte ihn inzwischen gut genug, um zu wissen, dass ihm eine irritierende Frage durch den Kopf gegangen sein musste.

Nora hatte nach dem Abbruch ihrer Beziehung mit Per aufgehört, die Pille zu nehmen. Die erotischen Stunden mit Wig kamen da zur Unzeit. Aber sie gewöhnten sich daran aufzupassen. Mit Ausnahme jener Tage, wo Nora ihre Monatsblutung hatte. Für Wig war es mehr Einschränkung als für Nora, aber er konnte gut damit umgehen und fand sogar Gefallen daran.

Sie öffnete die Augen, blickte ihn an und wiederholte ihre Frage: »Woran denkst du?«

»Was ist, wenn du schwanger wirst?«

»Gott behüte! Du bist doch nicht ...«

Wig lachte. »Nein, nein. Alles gut. Mach dir keine Sorgen. War nur so ein Gedanke. Außerdem muss es heißen: Gott verhüte!«

Noras Haltung zum Leben war nicht so kompliziert wie die von Herwig Berger. Während der zweiwöchigen Weihnachtsferien war sie sich zum ersten Mal einer Sehnsucht nach ihm bewusst geworden, und als ihr ein Monat später die Semesterferien erneut eine Abstinenz bescherten, rief sie ihn kurzerhand an, ob er samstags nicht Lust auf einen Kinoabend hätte.

Maria war das Wochenende über in Südtirol Schi fahren. Ein Betriebsausflug, wie sie sagte. Wig war zu allem bereit.

Diesmal ging es nicht um den Kalten, sondern um

einen heißen Krieg. Allerlei mit übernatürlichen Kräften ausgestattete Kreaturen hinterließen eine Spur der Verwüstung, aber die Sache gipfelte letztendlich doch in der Rettung der Menschheit. Nach dem Film hatte Nora Herwig einfach mit nach Hause genommen. Narr, der er war, ging er mit.

Es war das erste Mal, dass sie allein in einem Raum waren. Bisher waren ihre Gefühle unter der unauffälligen Zensur der Öffentlichkeit gestanden. Wie sehr, wurde ihnen jetzt erst bewusst. Es war, als hätten sich die Pole eines Magneten gedreht. Jene Kräfte, die sie bisher auf Distanz gehalten hatten, wirkten nun wie ein Sog. Sie standen sich nur kurz gegenüber, dann umarmten sie sich zum ersten Mal, ohne Argwohn oder Absicht, und es war, als fiele alles an seinen vorbestimmten Platz. Es regnete Botenstoffe des Glücks, und von da war es nur noch ein kleiner Schritt, dass sich ihre Lippen berührten.

Ohne den Blick voneinander abzuwenden, stolperten sie zum Bett und schliefen aus Selbstschutz so, wie sie waren, eng umschlungen ein. Es reichte ihnen vorerst, davon zu träumen, was sein könnte, aber nicht sein durfte. Wange an Wange, im Herzschlag vereint und die Atemluft teilend, vereinigten sich ihre Seelen. Und weil Alter angesichts der Unsterblichkeit von Seelen keine Bedeutung hat, jedenfalls nicht dieselbe wie für den endlichen Menschen, waren von nun an auch die dreiunddreißig Jahre Altersunterschied kein Hindernis mehr. Das Ereignis ihres feinstofflichen Beischlafs verdampfte auch die gesellschaftlichen Moralvorstellungen der grobstofflichen

Welt. Alle Schlagbäume hoben sich und gaben den Weg frei in die Schwerelosigkeit.

Nur lässt es sich auf Dauer darin nicht leben. Zumindest nicht für Menschen. Aber für Engel ist das kein Problem, und immer, wenn sie zusammen waren, betrachteten sie sich gegenseitig als solche.

Nun erinnerte sich Wig an jene erste Nacht bei Nora, und das Bild von Scarlett Johansson tauchte auf. Sie hatte in dem Fantasy-Film eine Figur namens Natasha gespielt und an einer Stelle gesagt: »Nichts ist für die Ewigkeit.« Warum fiel ihm das jetzt ein?

Er dachte an seine Jugend und suchte nach den Veränderungen. Sein Leben war im Laufe der Jahre verschnörkelt und barock geworden. Es gab nichts mehr, das ihn überraschen konnte. Jedenfalls dachte er das. Er hatte seine verlorengegangene Naivität vermisst. Naivität war das Privileg der Jugend. Und wenn es etwas gab, das er am Älterwerden nicht leiden konnte, so war es der Verlust seiner Naivität.

Warum sollte das ein Verlust sein? Wie konnte durch Mehrung, in dem Fall von Wissen, ein Verlust entstehen? Erich Fromms Diktum, jedes Stück Haben sei ein Stück weniger Sein, bekam eine neue Dimension. Wissen als Haben im Gegensatz zu Naivität als Sein? Der Unterschied zu damals war, dass er jetzt um seine Naivität wusste. Sonst war alles wie früher. Was sollte sich da auch ändern? Mann und Frau, Testosteron und Östrogen, Haut auf Haut, Phallus und Vulva, füreinander geschaffen. Von Gott oder aus sich heraus.

Jahrelang hatte er Erotik komplett aus seinem Leben ausgeblendet. Nora hatte die Tür wieder weit aufgestoßen. Seit der ersten Liebesnacht wanderten seine Gedanken immer wieder in ihren Schoß. Er konnte und wollte die Vorstellung auch gar nicht unterdrücken. Er wollte ihre Lust entfachen, sich ihr hingeben, in sie eindringen, sich mit ihr ineinanderschlingen, sie verschlingen und von ihr verschlungen werden. Ihr in die Augen und in die Seele schauen, den Kreis schließen.

Ja, sie hatten sich gefunden. Es war ein herrlicher Sonnenaufgang, aber es war, aller Einzigartigkeit zum Trotz, einer von vielen. Der Gedanke tat weh. War der Mensch doch auf der Suche nach dem Absoluten, nach dem Nicht-Austauschbaren.

Jahre später, wenn sie auf diesen Lebensabschnitt zurückblickten, wurde ihnen beiden klar, dass es, wenn auch vielleicht nicht die wichtigste, so doch mit Sicherheit die schönste Zeit ihres Lebens war. Es war eine Zeit außerhalb der Zeit. Damals genügten sie sich selbst. Der Rest der Welt war Hintergrund, austauschbare Kulisse, er zog vorbei wie die Landschaft, wenn man im Zug sitzt, und sie hatten ein Abteil ganz für sich alleine, mit einer Fahrkarte bis ans Ende der Welt. Nur das mit der Unendlichkeit war so eine Sache. Sie ist gedacht für das, was über das Menschsein hinausgeht.

Ein Jahr später bekam die Sache eine Wende. Oskar tauchte wieder auf. Für Wig war es, um beim Bild zu bleiben, als würde jemand zusteigen und es sich im selben Abteil bequem machen. Oskar war auch ein Reisender ohne Ziel. Treibend, nicht getrieben. Die Arbeit als Fremdenführer hatte ihm ein gesichertes Einkommen und damit die Unabhängigkeit von seinen Eltern beschert sowie seinen kommunikativen Knoten gelöst. Er war, wenn schon nicht eloquent, so doch gesprächig geworden, manchmal sogar unterhaltsam, und er befuhr zwar noch immer gerne die schäumenden und tosenden Oberläufe von Flüssen, aber er hatte in seine Sammlung von Wildwasserkajaks nun auch ein familientaugliches Kanu aufgenommen. Ein offenes Boot, mit dem man gemeinsame Fahrten auf den ruhigeren Abschnitten unternehmen konnte. So ergab es sich an einem den Sommer vorwegnehmenden und für die Jahreszeit viel zu warmen Tag im Mai, dass Oskar einen neuen Anlauf nahm, Nora für sich zu gewinnen. Sie saß bei einer Tasse Kaffee und überflog ihre Post. Über der Stadt hatte das morgendliche Siebenuhrgeläut gerade angefangen, sich auszubreiten, sodass es eine Weile dauerte, bis sie ihre Türglocke wahrnahm. Nora sprang zum Fenster und blickte nach unten. Da stand er, das Auto in zweiter Spur geparkt, auf dem Dach sein neu erworbenes, flaschengrünes Kanu festgezurrt, und rief ihr winkend zu, ob sie Lust hätte, mit an den See zu fahren.

Wenn Wig sie etwas gelehrt hatte, so war es, das Leben als Abenteuer zu sehen. Nicht nur in die Tiefe, sondern ab und zu auch in die Weite zu gehen.

Die Felder rings um den See leuchteten in saftigem, hellem Frühlingsgrün. Löwenzahn und Bocksbart streuten ihre dottergelben Blüten dazwischen. Ein schlankes Segelboot trieb gemächlich von der Thermik getrieben der Morgensonne entgegen. Oskar hatte an alles gedacht, Isomatte, Jausenbrote, eine Flasche Wein, zwei Trinkbecher ... Es war ein Tag zum Küssen und in den Himmel schauen.

Erst als es kühl wurde, packten sie zusammen und fuhren zurück in die Stadt. Oskar hatte noch immer dasselbe Basislager wie schon vor zwei Jahren. Aber seine Wohnung vermittelte nicht mehr das Gefühl eines Fuchsbaus wie damals. Die Wände waren frisch gestrichen. Er hatte die Phase dunkler Erdfarben hinter sich gelassen und sein Lebensgefühl in Gelb und Grün getaucht. Der Plafond war in hellblauer Farbe ausgemalt mit weißen Schlieren, die wie Wolken aussahen. Sein Zimmer war die Fortsetzung der Frühlingswiese, und in diese ließ Nora sich nun fallen. Sie begann ein Doppelleben zu führen. Es entsprach dem Lebensgefühl ihrer gerade vollendeten sechsundzwanzig Jahre und nahm etwas von ihrer Wehmut, mit Wig wohl nie eine normale Beziehung eingehen zu können. Ihr Herz war groß genug für zwei Geliebte. Auch das hatte sie sich von Wig abgeschaut. Sie genoss es, von zwei Männern geliebt zu werden, und lernte das Jonglieren.

Und sie mutete es Wig zu, Kenntnis von ihrer neuen Beziehung zu haben. Sie fand es fair, ihm gegenüber und auch ihrer im wahrsten Sinne außerordentlichen Liebe gegenüber. Also erzählte sie Wig von ihrem Verhältnis, und dieser schlitterte in eine mittelprächtige Depression.

Oskar verschonte sie. Wobei verschonen nicht das richtige Wort ist, jedenfalls nicht in Bezug auf Oskar. Es war eher so, dass sie sich und die Beziehung zu ihm von der unvermeidlichen Schwere verschonte, die eine Eröffnung mit sich gezogen hätte. Eine bis in ihre Eingeweide gehende dunkelblaue Mondlicht-Liebe reichte ihr. Jene zu Oskar sollte im Sonnenlicht gedeihen dürfen.

Herwig, gefangen von ihrer Anmut und ihrer Hingabefähigkeit, war bereit, jeden Preis zu bezahlen, jeden Schmerz auszuhalten. Für eine Liebe ohne Plan und ohne Ziel, ohne Perspektive, eine Liebe ohne Zukunft. Nein, das stimmte nicht ganz. Sie hatten kleine, bescheidene Mikroträume und dazu – nie ausgesprochen – einen verwegenen großen Traum, nämlich alles hinter sich zu lassen und am Ende der Welt einen Neuanfang zu machen.

Es war an einem jener seltenen und kostbaren Tage, die sie für sich allein hatten. Echtzeit, wie Herwig diese Stunden nannte, im Gegensatz zur virtuellen Wirklichkeit, die er mit Maria teilte. Auf dem Tisch ihres Hotelzimmers standen eine Flasche Schilchersekt und zwei Gläser. Nora und Herwig feierten den zweiten Jahrestag ihres Liebesbundes. Wig saß auf der Couch, die Füße auf dem Tisch, Nora lag im rechten Winkel daneben, den Kopf auf seiner Brust, und erzählte von ihrer Mutter.

Als sie fertig war, sagte er: »Lass uns zusammen wegfahren. Einmal länger zusammen zu sein als eine Nacht, als nur ein paar Stunden, wäre das nicht was?« Nora drehte sich und schaute ihn an. Dann strich sie mit dem Handrücken über seine Wange. »Ach, sag doch nicht solche Sachen. Wie sollen wir das denn je anstellen? Wir müssten eine komplizierte Lügengeschichte erfinden. So was kann ich nicht und mag ich auch nicht.«

»Wir müssten gar nicht lügen. Wir müssten nur das tun, was wir bisher auch getan haben, nicht die ganze Wahrheit sagen. Oskar ist doch Fremdenführer. Hast du nicht gesagt, er verdiene in der Karwoche so viel wie sonst in einem ganzen Monat? Er wird in der Zeit also sicher nicht verreisen wollen. Und Maria will über Ostern mit ihren Freundinnen durch Sizilien radeln. Das ist unsere Chance.«

»Aber wo könnten wir uns frei bewegen und sicher sein, nicht Menschen über den Weg zu laufen, die uns kennen?«

Wig verzog sein Gesicht zu einem verschmitzten Lächeln. »Lappland! Ich glaube, du solltest wieder einmal deine Mutter besuchen.« Nora legte den Kopf schief und schaute ihn von der Seite zweifelnd an.

»Wir könnten nach Tromsö fliegen, uns ein Auto mieten und uns dann Richtung Nordkap treiben lassen.«

Sie kniff Augen und Lippen zusammen. Dann drehte sie sich weg von ihm und blickte zum Fenster hinaus: »Hast du eine Ahnung, was das kostet? Norwegen ist die Schweiz Skandinaviens.«

»Ohne deren Bequemlichkeiten und Luxus, aber genauso teuer. Ich weiß, aber du hast doch immer erzählt, die Fjorde seien voller Fische. Wir werden uns das Essen angeln. Und vielleicht schenkt uns deine Mutter einen Rentierschinken.«

»Du hast ja einen Vogel!« Nora lachte und schubste ihn weg. Wig griff im Fallen nach ihrem Arm, und so kippten sie beide um und fanden sich Gesicht an Gesicht am Teppich wieder, Aug in Aug, Mund an Mund, in einem langen Kuss den Plan der Reise in den Norden besiegelnd.

Die Zeit in Lappland sollte ihre schönste und längste gemeinsame Zeit werden. Aber es war auch der Anfang vom Ende. Danach vergingen zwei Wochen, bis sie sich wiedersahen. Zwei ganze Wochen ohne Kuscheln, ohne Berührung, ohne Liebe, ohne Küsse, ohne Streicheln und Flüstern und all die Dinge, an die sie sich so gewöhnt hatten.

Trotzdem dachten sie, so weitermachen zu können wie zuvor, also ab und an zusammen essen, ins Kino, ins Theater oder in ein Konzert zu gehen und danach ins Bett. Ein Leben zwischen Sehnsucht und Erfüllung, zwischen Abstürzen und Abheben. Aber nachdem sie erlebt hatten, wie es sein könnte, wenn man sich nicht verstecken musste, wenn man sich nicht am Morgen oder gar noch in der Nacht verabschieden musste, zerbrach ihre Beziehung an Sehnsucht, oder vielmehr an der Unerfüllbarkeit dieser Sehnsucht.

Manchmal phantasierten sie noch von gemeinsamen Reisen. Auch wenn sie selber nicht mehr daran glaubten, wenigstens die Seele wollte weiterträumen.

Die wenigen Stunden, die sie zusammen verbrachten, fühlten sich irgendwann an wie Werbeunterbrechungen in ihrem Lebensfilm. Sie zeigten, wie es sein könnte, aber doch nicht war. War es zu schön, um wahr zu sein? Nein, sagten sie sich, nein und noch einmal nein! Es ist ja alles ganz wirklich. Der Frühlingsduft, die grenzenlose, hemmungslose Liebe. Das Leben in der Zeitlosigkeit. Wenn sie sich hatten, waren Vergangenheit und Zukunft ausgegrenzt. Erst wenn sie zu Hause waren, begann die Uhr wieder zu ticken, kamen Unrechtsgedanken und Zweifel auf.

Glück, dachte er bei sich, fühlt sich anders an. Glück braucht ein reines Herz. Wobei er zugeben musste, vor nicht allzu langer Zeit sehr wohl ein reines Herz gehabt zu haben und trotzdem nicht glücklich gewesen zu sein.

Stand seine Lust dem Glück entgegen? War Lustlosigkeit erstrebenswert? Oder das erträglichere, aber reizlose Mittelmaß? Er wollte und konnte es nicht glauben. Sein Glück war am vollkommensten, wenn Nora in seiner Nähe war.

Wenn sie in seinem Blickfeld war, verfolgte er hingerissen jede ihrer Bewegungen. Hörte er ihre Stimme, durchfuhr es ihn wie ein elektrischer Strom. Das Schönste aber war, wenn er in ihre Augen blickte. Dann sah er nämlich, dass es ihr genauso ging.

»Glaubst du, wir könnten für immer glücklich sein?«, hatte ihn Nora einmal gefragt, und Wig hatte mit Nietzsches »Alle Lust will Ewigkeit, will tiefe, tiefe Ewigkeit« geantwortet und hinzugefügt: »Ewigkeit ist leider keine Kategorie für Menschen, sondern für Götter. Unsere einzige Chance ist also, das Göttliche in uns nicht aus den Augen zu verlieren. Wenn uns das gelingt, ist unsere Liebe …« Er suchte nach dem passenden Wort.

»Unkaputtbar!«, ergänzte Nora.

»Ja genau, unkaputtbar.«

Aber im Herbst desselben Jahres tat Nora einen Schritt in die entgegengesetzte Richtung. Es war ein Schritt weg vom Abenteuer hin zur Normalität. Weg vom Ausnahmezustand und hin zur, ja sagen wir es ruhig, denn so viel Ehrlichkeit muss sein, hin zur Eintönigkeit. Sie wollte Sicherheit und festen Boden unter den Füßen, und sie bekam ihn, indem sie ihre Wohnung aufgab und bei Oskar einzog.

Wig gab sich tapfer, aber es trübte von nun an seinen Blick auf die Welt, auch wenn er Verständnis für ihre Entscheidung hatte. Er wusste, dass er mit Nora nie zusammenziehen und eine Familie gründen würde. Dazu fehlte ihm der Mut, man könnte auch sagen die notwendige Rücksichtslosigkeit; sowohl gegenüber Maria, die er trotz allem nicht loslassen konnte oder wollte, wie auch gegenüber Nora und sich selbst. Dem Gerede in der Stadt hätte man durch einen Ortswechsel entfliehen können, dem Altersunterschied auf Dauer nicht. Es war zum Verzweifeln.

Auch Nora haderte immer wieder mit ihrer Entscheidung. Am liebsten hätte sie mit beiden Männern unter einem Dach gewohnt. Oder mit einem Mann, der beide Qualitäten, die sonnige Unbekümmertheit von Oskar und die Gemütstiefe und Erotik von Wig, in sich vereinte.

Sie fanden nach wie vor Zeit und Gelegenheiten, einander zu sehen und zu lieben. Aber die Gelegenheiten wurden immer seltener. Statt miteinander über Gott und die Welt zu reden, schrieben sie sich E-Mails, diese gingen über in Kurznachrichten und endeten schließlich im ikonisierten Gefühlsaustausch. Dort ein Smiley, da ein Herz, je nach Stimmungslage rot, blau, durchbohrt oder gar gebrochen …

Wig begann sich überflüssig zu fühlen. Er kam sich vor wie ein Klotz an ihrem Bein. Sein Leben wurde zu einer 360-Grad-Depression. Dabei war sein Kopf so klar wie ein Bergsee. Seit Wochen rauchte er nicht mehr und trank keinen Tropfen Alkohol. Er haderte auch nicht mit seinem Schicksal, nur mit den Umständen.

Er ging in die Kirche, ein wenig Weihrauch schnüffeln, und um zu beten. »Frau, ich bin nicht würdig, dass ich eindringe in deinen Schoß, aber sprich nur ein Wort, so wird meine Seele gesund.« Wo immer er war, behielt er das Display seines Telefons im Blick. »Ein Kuss nur, so wird meine Seele gesund.« Hoffnung auf Erlösung hatte er keine, bestenfalls auf kurze Linderung.

Eines Abends, nachdem Nora zu Oskar gezogen war, traf sie sich mit Wig in einem Café in der Altstadt. Oskar war mit einer Gruppe Amerikaner in Tirol unterwegs und würde erst in zwei Tagen wieder zurück sein. Nora wollte Wig mit in die Wohnung nehmen, was dieser aber ablehnte. »Ich bring dich zur Haustür, aber hinauf komme ich nicht. Das musst du verstehen.« Vom Kaffeehaus zur Wohnung waren es vielleicht zehn Minuten. Wenn sie sich in der Öffentlichkeit bewegten, ließ Nora es nie zu, Hand in Hand oder gar Arm in Arm zu gehen. Diesmal hängte sie sich jedoch beim Versuch, ihn umzustimmen, bei ihm ein.

Als sie um die Ecke bogen, stand da Oskar vor der Haustür, der gerade nach dem Schlüssel suchte. Wig konnte gerade noch ihre Hand lösen und wegschieben, denn instinktiv drehte Oskar sich um. Ihre beiden Herzen setzten kurz aus. Noras sprang schneller wieder an. Sie schaltete blitzartig, lief auf Oskar zu und warf sich mit einem »Das ist aber eine Überraschung!« an seinen Hals, während Herwig unauffällig weiterging, als gehörte er nicht dazu. Und so war es auch, er gehörte nicht dazu.

Wig war sich sicher, von Oskar erkannt worden zu sein. Sie hatten zwar nur einmal Gelegenheit gehabt, sich kennenzulernen, aber dabei hatte er bestimmt einen bleibenden Eindruck hinterlassen. Es war bei einem Vortrag über die Bedeutung von »Sound of Music« für den Tourismus im Besonderen und für das Ansehen Österreichs im Allgemeinen. Sie hatten eine Kontroverse hinsichtlich der politisch schmeichelhaften Darstellung der Österreicher als Opfer des Nationalsozialismus. Ein Detail, das Oskar, wie er sagte, für vernachlässigbar hielt.

Es stimme sowieso nichts an diesem Stück außer die Kasse. Weder habe die Musik irgendetwas mit Österreich zu tun, noch die Darsteller. Selbst die Geschichte mit dem Kloster und der Novizin war erfunden. Also was soll's?

Oskar hatte kein Problem mit der Verkitschung seiner Heimat. »Wenn die so blöd sind und das für bare Münze nehmen, wer bin ich, um die Münze zurückzuweisen? Wir sollten froh sein, dass es das Stück und den Film gibt. Nicht nur der Einnahmen wegen, sondern gerade wegen des Geschichtsbilds, das vermittelt wird.«

»Aber das ist eine historische Lüge.«

»Na und? Haben Sie noch nie gelogen? War Ihnen Ihr Wohlbefinden denn noch nie wichtiger als die Wahrheit?«

Diese Worte hallten gemeinsam mit seinen Schritten auf dem Pflaster durch Herwigs Kopf. Seine verrückte Liebe zu Nora, was anderes war sie denn als eine wohlige Lüge?

Nun waren sie also aufgeflogen. Dessen war er sich sicher. Oskar musste ihn erkannt haben. Zu heftig war die Auseinandersetzung gewesen, als dass sie und damit er, Herwig Berger, keinen Abdruck in seinem Gedächtnis hinterlassen haben konnten.

Auch Nora war sich sicher und wartete darauf, dass Oskar sie darauf ansprach, warum sie in Begleitung ihres Kollegen war und warum er so schnell verschwunden sei. Aber es kam nichts. Weder an jenem Abend noch an einem der nächsten Tage. Das Leben ging weiter wie vorher. Das heißt, nicht ganz. Denn von nun an war das Gefühl der Unrechtmäßigkeit ihres Tuns nicht mehr zu beschönigen. Nora betrog Oskar, und Wig betrog Maria. Betrügen war kein schönes Wort, aber es war die Wahrheit. Sie ließen beide ihre Partner im falschen Glauben, die Einzigen zu sein, und das Gefühl des Verrats färbte auch ihre Liebe ein. Wer zu einem Betrug fähig war, geriet unter Verdacht, auch andere Geheimnisse zu haben. Warum, so dachten sie nun voneinander, warum sollte es da nicht noch andere geben? Die Erkenntnis der Abgründigkeit ihrer leidenschaftlichen Beziehung ließ Herwig Berger nur noch dankbarer sein für alle gemeinsamen Stunden, für die, die in der Vergangenheit, wie auch jene, die hoffentlich noch vor ihnen lagen. Herwigs Großmutter hätte gesagt: kein Schaden ohne Nutzen.

Kapitel 9

Es war Sonntagnachmittag. Vier Tage, nachdem die Sonne den Wendekreis des Krebses berührt hatte und sozusagen wieder im Krebsgang war. Maria stand am Fenster. Draußen blies ein heftiger Wind und trieb die Regenwolken aus dem Tal. Es hatte endlich aufgehört zu regnen. Seit sechs Wochen, eine triefende, gurgelnde, nasse, matschige Ewigkeit lang, war die Sonne nicht mehr durchgekommen, hatten dichte Wolken der Welt ein schattenloses Grau verpasst. Sie blickte nach oben. Schwarze Wolken gaben dem Himmel ein abendliches Dunkel, obwohl noch gar nicht Abend war. Am Horizont jedoch, hinter der winddurchrüttelten Krone einer Esche, die vor ihrem Fenster stand, schimmerte es hell und silbrig.

Der hoffnungsvolle Lichtstreifen durchschnitt das in der Fensterscheibe gespiegelte Bild des Fernsehers. Von Marias Position aus lag der helle Spalt genau auf Augenhöhe des Sprechers. Sie konnte durch ihn hindurch in die Ferne sehen. Die Fünfuhrnachrichten erreichten Maria also gespiegelt. Die Verkehrtheit wirkte sich leider nicht auf den Inhalt der Sendungen aus. Katastrophen waren trotzdem noch Katastrophen und keine bahnbrechenden Errungenschaften, Dummheit wurde nicht zu

Einsicht, Niederlagen keine Siege, Krieg nicht zu Liebe. Nur der Sprecher sah verkehrt herum irgendwie besser aus als sonst, geheimnisvoller. Wahrscheinlich, weil man durch ihn durch und bis in den Himmel schauen konnte …

Sie zappte mit der Fernbedienung durch die Kanäle. Kochsendungen ohne Ende. Wer bitte soll das alles essen? Sie fand einen, wo gerade Musik lief, die ihr bekannt vorkam, und drehte die Lautstärke auf. Leonard Cohen sang »Dance Me to the End of Love«. Sie bekam weiche Knie, und ihre Gefühle übernahmen die Regie über ihre Gedanken. Aus der Küche kam Wigs Stimme: »Ich arbeite, bitte mach leiser.« Sie bekam eine Wut und drehte noch lauter, bis zum Anschlag. Die Lautsprecher gingen über und ihre Augen ebenso.

Dance me to the children
who are asking to be born
Dance me through the curtains
that our kisses have outworn
Raise a tent of shelter now,
though every thread is torn
Dance me to the end of love …

Als das Lied zu Ende war, zog sie sich die Stiefel an und nahm ihre Jacke. Sie glitt Richtung Wohnungstür. Als sie an der Küche vorbeikam, sah sie Wig von hinten am Tisch sitzen, über die Tastatur seines Computers gebeugt. »Ich geh noch einmal hinaus!« Sie sagte es mehr zu sich, als dass Wig es hätte hören können. Das Schloss fiel hinter ihr zu, und sie wartete einen Moment. Dann ging sie die Treppe hinunter zur Haustür. Was jetzt, fragte sie sich und gab sich selber die Antwort: Scheiß drauf!

Ein Monat war vergangen seit jenem rabenschwarzen Tag. Einen Monat lang hatte sie auf die richtige Gelegenheit gewartet, Wig zur Rede zu stellen und auch ihren Vorgesetzten. Die Gelegenheiten kamen nicht. Wahrscheinlich gab es für so etwas überhaupt keine *richtige* Gelegenheit. Scheiß drauf!

Maria hatte vor Wochen aufgehört zu rauchen. Am Tag, an dem es zu regnen begonnen hatte. Vielleicht war es das Ende des Regens, vielleicht war es der Streifen draußen am Horizont, der begonnen hatte, sich rot zu färben, vielleicht hatte es etwas mit Leonard Cohen zu tun: Es überkam sie die Lust auf eine Zigarette. Am Bahnhof gab es eine Trafik, die auch am Sonntag geöffnet hatte. Der Kiosk war gleich neben dem Fahrkartenschalter. Auf dem geschlossenen Rollladen hing ein Zettel: »Wegen Urlaub bis 19. Juli geschlossen. Ein Zigarettenautomat befindet sich auf Bahnsteig 1.«

Wig an ihrer Stelle wäre sicher auf den Gedanken gekommen, das Universum hätte etwas dagegen, dass sie wieder zu rauchen begänne. Maria glaubte nicht an Fügung. Selbst als sie merkte, nicht ausreichend Münzen zu haben, und gezwungen war, zum Fahrkartenschalter wechseln zu gehen. Auch als ihr der Beamte bedauernd, aber bestimmt erklärte, dass er das Wechselgeld für Kartenkäufer brauche, ließ sie sich nicht beirren. »Gut, dann kaufe ich eben eine Karte. Die nächste Station. Zweite Klasse.«

Sie zog eine Packung Tschick aus dem Automaten und dazu eine Schachtel Zündhölzer, setzte sich auf eine Wartebank, riss die Packung auf, steckte den Fahrschein zwischen das Cellophan und den Karton, fischte sich eine Zigarette heraus und zelebrierte den ersten Zug mit Genuss und ohne jegliches schlechtes Gewissen. Sollte es sich um eine Fügung gehandelt haben, hatte sie dieser gezeigt, wo der Hammer hängt. Die Schienen begannen zu vibrieren und einen langgezogenen, stöhnenden Ton von sich zu geben. Ein Zug fuhr in die Station ein. Niemand stieg aus, niemand stieg ein. Der Schaffner erschien in einer der Türen, die rechte Hand am Halteholm, lehnte er sich hinaus, verschaffte sich einen Überblick, sah Maria, wartete einen Augenblick, bis er merkte, dass sie sitzen blieb, und gab mit einer Trillerpfeife das Signal zur Weiterfahrt. Eine Minute später waren die letzten Geräusche der Eisenbahn verklungen, und übrig blieb nur noch das entfernte Rauschen des Hochwasser führenden Flusses. Der Zug, das Wasser, alles drängte zum Tal hinaus, und dieses Drängen erfasste auch Maria.

Was hielt sie noch zurück, seit ihre Eltern letzten Herbst ihr Leben beendet hatten? Was war noch übrig geblieben von ihrer Beziehung? Nicht viel. Das heißt, gar nichts, seit sie die Nachricht auf Wigs Handy gelesen hatte. Nichts außer Schmerz. Und war noch etwas übrig von ihren Träumen? Die letzten wie viel Jahre hatten Wig und sie das Leben nur noch heruntergespult. Sowohl als

Paar wie auch für sich. Höfliche Routine im Umgang miteinander. Kein Krieg, aber auch keine Liebe. Ein Leben ohne Höhen und Tiefen.

Nach der fehlgeschlagenen Schwangerschaft und der Erkenntnis ihrer Unfruchtbarkeit hatte sie versucht, sich einzureden, ein einfaches, ausgeglichenes Leben könne sie vor weiterem Leid bewahren. Warum mit der Lebenslust auch ihre Liebeslust zum Erliegen kommen musste, verstand sie selber nicht. Sie wollte einfach nicht mehr. Anstatt Sex zu haben, lag sie nur noch im Bett und dachte über Sex nach. Sex, was war das überhaupt? Man drückt auf eine bestimmte Körperstelle, und alles begann sich zu drehen, alles schoss nach oben. Flugstunde mit Looping, Schraube und dann: rumms, Bruchlandung. Nur Sex mit Wig war lange Zeit die Ausnahme. Aber seit dem Unfruchtbarkeitsgau hatte sie das Gefühl, das Bett war für ihn zu einer Art Altar geworden und Vögeln zu einem Sakrament. Als könnte er ihren Schoß mit dem Segen seines Ergusses doch noch zum Blühen bringen. Es stresste sie so sehr, dass sie starr wurde, wenn er sie nur berührte.

Sie hatte deshalb immer wieder einmal einen Seitensprung. Wie jenen vor drei Jahren, mit einem jüngeren Kollegen. Das hatte letztendlich zu mehr Stress als Lustgewinn geführt.

Als ihr Vorgesetzter Wind davon bekam, drehte er komplett durch. Süßer und besser war da schon die Affäre mit Lukas. Während sie langsam die Zigarette zu Ende rauchte, wanderte die Vorstellung vom Fliegen durch ihren Schoß und den Geburtskanal nach oben, passierte die Sicherheitsschleusen ihres Herzens und den moralischen Spamfilter in ihrer Großhirnrinde. Ihr Unterbewusstsein nahm sich der Sache an, und einen tiefen Atemzug, bevor sie wusste, wie ihr Leben weitergehen würde, waren die Weichen bereits auf Abflug gestellt.

Am nächsten Morgen rief sie Lukas an. Mit Lukas hatte sie seit ein paar Jahren in regelmäßigen Abständen erquickenden, unverbindlichen Sex. Er war zehn Jahre jünger als Maria, hatte eine Familie mit zwei Kindern und arbeitete als Konditor. Seine Frau kam dem Bild der unbefleckten Empfängnis ziemlich nahe, was Lukas zum Ausleben seiner Lust nicht allzu viel Spielraum bot. Kennengelernt hatte Maria ihn am Weihnachtsmarkt. Lukas verkaufte an einem Stand Glühwein und Punsch für wohltätige Zwecke, und Maria trank unter dem Vorwand der Nächstenliebe so lange, bis die Lichter ausgingen. Anschließend vögelte sie ihn im dunklen, hinteren Teil der Bretterbude. Zwischen Pappbechern und Weinflaschen, eingehüllt von Nelkenduft und Zimtrinde. Eine Sinneswahrnehmung, die sie jedes Mal hatte, wenn sie Lukas verführte. Vor allem wenn sie sich gleich nach der Arbeit trafen und er nach Staubzucker, Marzipan und Vanille schmeckte.

Sie ließ es ein paar Mal läuten und legte dann auf. Einige Minuten später rief er zurück. »Hey, Maria, was gibt's?«

»Sagtest du nicht immer, du würdest gerne mit mir durchbrennen? Wie lange brauchst du zum Packen?«

»Was?«

»War nur ein Witz. Ich weiß, du hast es nie ernst gemeint. Aber für mich ist der Zeitpunkt gekommen abzuhauen.«

»Das ist nicht dein Ernst, oder?«

»Doch.«

»Was sagt Wig dazu?«

»Er weiß es noch nicht.«

»Was ist passiert?«

Maria hatte mit Lukas nie über existenzielle Dinge geredet, und sie wollte es dabei auch belassen. »Mag ich jetzt nicht drüber reden. Ist eine lange Geschichte und hat nichts mit dir zu tun. Ich wollte mich nur verabschieden.«

»Aber wo willst du hin?«

»Keine Ahnung. Mach dir keine Sorgen. Wie heißt noch das Buch, das du gerade liest? ›Die Welt ist groß und Rettung lauert überall‹. Möge es so sein. Ich werde es herausfinden. Servus, Lukas, und danke für alles.«

»Hey, bist du dir auch sicher, was du da tust?«

»Nein, aber das ist nichts Neues. Das Gefühl begleitet mich schon seit Geburt. Ohne Plan hat es eigentlich immer besser geklappt als mit.«

Nachdem sie aufgelegt hatte, löschte sie seine Nummer.

In den darauffolgenden Tagen löste sie sämtliche gemeinsamen Sparbücher auf, eröffnete ein neues Konto bei einem anderen Geldinstitut, deponierte darauf alles und ließ sich eine neue Kreditkarte ausstellen. Sie besorgte sich eine neue Sim-Karte für ihr Mobiltelefon, richtete Abbucher für Autoversicherung und Telefon ein.

Obwohl Maria und Wig das Haus unter der Woche zur selben Zeit verließen, frühstückten sie schon lange nicht mehr zusammen. An diesem Tag jedoch machte Maria Kaffee für zwei. Als Wig aus dem Badezimmer kam und sah, dass für ihn bereits eine Tasse auf dem Tisch stand, fragte er nach dem Anlass ihrer Aufmerksamkeit.

»Eine kleine Bestechung.« Sie lächelte ihn entwaffnend an. »Der Audi ist in der Werkstatt, irgendwas mit dem Partikelfilter. Kannst du mich mit dem Volvo zur Arbeit bringen?«

Sie wusste, Wig hasste es, im Morgenverkehr diesen Umweg zu machen, und spekulierte darauf, dass er ihr seinen Wagen anbieten würde. Wig nahm seinen Kaffee, ging ans Fenster und überlegte, was das für seine konspirativen Pläne, den Abend betreffend, bedeutete.

»Die Unzuverlässigkeit dieser Schüssel steht wirklich in keinem Verhältnis zu dem, was sie kostet. Warum nimmst du nicht die Vespa?«

»Weil ich heute einen wichtigen Termin habe, bei dem ich schick ausschauen möchte.«

Er nahm einen Schluck aus der Tasse, warf einen Blick in den Himmel und drehte sich dann zu Maria. Sie sah ihn geradeaus an, barfuß, in einem ärmellosen, blauen, blumigen Sommerkleid, das er noch nie an ihr gesehen hatte, und mit einem leicht unsicheren Lächeln, als müsse sie sich für die Jugendlichkeit ihres Körpers entschuldigen. Er war für einen Augenblick ungeordnet, fing sich aber schnell und sagte: »Sieht aus, als hätte es sich ausgeregnet. Weißt du was? Nimm du den Volvo. Ich fahr mit dem Moped. Es ist aber so, dass ich am Abend den Wagen brauche, um nach Salzburg zu fahren. Ich treffe mich dort mit ein paar Kollegen. Wir gehen ins Bräustüberl.«

Über ihr Lächeln huschte für einen Moment ein Schatten, und es kam Wig vor, als hätte sich über die eben noch leuchtenden Blumen ihres Kleides der Raureif gelegt. Maria sagte: »Ich habe heute einen kurzen Arbeitstag.« Wig war die Kühle im Tonfall nicht entgangen, aber im nächsten Augenblick trug sie schon wieder ein umwerfendes Lächeln im Gesicht, und das Alarmsignal seines Instinktes verflüchtigte sich.

Maria schlüpfte in ein Paar hochhackige Sandaletten, die er ebenfalls noch nie wahrgenommen hatte, und war nun ein Stück größer als Wig. Sie fischte sich seine Autoschlüssel vom Tisch, gab ihm im Vorbeigehen einen Kuss auf den Mund und war bei der Tür draußen, noch ehe er sich die Frage stellen konnte, wann sie ihn zuletzt geküsst hatte und wozu sie den Rucksack mitnahm.

Sie stellte den Volvo am Kundenparkplatz vor der Bank ab. Als sie durch die Mitarbeitertür das Büro betrat, wies sie ein eifriger junger Kollege gleich darauf hin, dass dieser Parkplatz für Mitarbeiter nicht erlaubt sei. Sie gab zurück, es sei nur für ein paar Minuten, ging in den

Schalterraum hinüber, wo sie einen Großteil des Geldes vom gemeinsamen Konto, das sie mit Wig unterhielt, abhob, und betrat ihr Büro. Dort packte sie die wenigen persönlichen Gegenstände in eine Schachtel und stopfte das Bargeld in ihren Rucksack. Dann klopfte sie an die Tür ihres Chefs und verkündete mit eisiger Freundlichkeit die sofortige Beendigung ihres Arbeitsverhältnisses. Mit fünfundfünfzig Jahren wolle sie sehen, ob das Leben für sie noch etwas anderes bereithielt, als im Schlamm dieses trüben Karpfenteiches auf die monatliche Fütterung zu warten. Es war schwer zu sagen, ob es Zornesröte oder die Farbe der Scham war, die sich über sein Gesicht ausbreitete.

»Es war Ihre Beurteilung, nicht wahr?«, fuhr sie fort, nachdem es ihm offenbar die Sprache verschlagen hatte.

Er konnte seine Betroffenheit nicht verbergen, wich ihrem Blick aus und starrte auf einen Punkt auf dem Boden zwischen ihnen, als würde er sich von ihm die Auflösung dieser unangenehmen Situation erwarten. Aber der auf Hochglanz polierte, uringelbe Betonboden spiegelte nur seine gekränkte Eitelkeit zurück. Natürlich gab es an Marias fachlicher Kompetenz nichts zu rütteln. Sie hatte alle Schulungen und Seminare mit Auszeichnung abgeschlossen, jede Kontrollprüfung ohne Beanstandung durchlaufen. Ihr Chef hatte es nur schwer verkraftet, dass sie ihn mehrmals zurückgewiesen hatte, doch er hatte sich schließlich damit abgefunden und es ihrer ehelichen Treue zugeschrieben. Bis er dahinterkam, dass sie mit einem jüngeren Kollegen ein ganzes Winterwochenende zusammen in Südtirol verbracht hatte. Da multiplizierte sich seine frustrierte Männlichkeit mit der Hitze der Eifersucht zu einem pulsierenden Zorn, der nach Rache sann.

»Ihr Schweigen gibt mir recht.« Er blickte auf. Seine Augen suchten um Vergebung. Aber Maria war nicht bereit dazu. Sie lächelte nur bitter und sagte: »Wissen Sie, was Sie sind?«, und als keine Antwort kam, fügte sie hinzu: »Ja. Ich sehe, Sie wissen es.« Dann drehte sie am Absatz um und ließ die Bank und diesen Teil ihres Lebens für immer zurück.

Zu Hause packte sie ein paar wenige Sachen zum Anziehen in ihre Reisetasche und legte den Brief, den sie schon vor drei Tagen für Wig geschrieben hatte, auf den Küchentisch. Sie betrat das Wohnzimmer und blickte sich noch einmal um. Das war es also gewesen? Dreißig Jahre Ehe. In dieser Wohnung hatte sie mehr als die Hälfte ihres Lebens verbracht, verlebt, vernichtet. Sie ging ins Schlafzimmer, öffnete das Fenster und setzte sich aufs Bett. Vom Nachbarhaus schmetterte eine Amsel ihre Revier-Anspruchs-Melodie über den Parkplatz. Am liebsten hätte sie sich jetzt hingelegt und wäre eingeschlafen und morgen in einer wiederhergestellten Welt aufgewacht. Sie ging zurück in die Küche und machte sich eine Tasse Kaffee. Während die Maschine gurgelte, fiel ihr Blick auf den eben abgelegten Brief auf dem Küchentisch. Sie faltete ihn auseinander und las noch einmal, was sie geschrieben hatte.

Mein lieber Wig,
das Mein streiche ich gleich wieder durch, denn du gehörst mir schon lange nicht mehr. Dass du ein Lieber sein kannst, weiß ich, auch wenn unsere Liebe nur noch Erinnerung ist. Ich weiß, ich habe deine Versuche, zurück in die Spur zu finden, nicht angenommen. Aber nun hast du ja eine Frau gefunden, die deinem romantischen Blick offensichtlich nicht nur standhält, sondern ihn auch erwidert.

Liebster, ist es wirklich wahr?
In einem Monat haben wir unseren dritten Jahrestag!
Unser erster Kuss, ein Kuss für die Ewigkeit. 😊😊😊
Ich freu mich schon so auf unser gemeinsames Wochenende in Berlin.
Ich hoffe, es kommt nicht noch etwas dazwischen.
Fühl dich geküsst und umkuschelt,
deine Nora

Kannst du dich daran erinnern? Du hast dieses Mail am 6. Jänner bekommen und am selben Tag geantwortet:
Ich bin dem Himmel dankbar, dass es dich gibt,
dass wir uns begegnet sind.
Unfassbar, der Zauber deiner Gegenwart, der Zauber deiner Blicke, jede deiner Bewegungen …
Es vergeht kein Tag,
an dem ich dir nicht alles Glück der Welt wünsche,
an dem ich nicht an dich denke,
an dem ich mich nicht an deine Seite träume,

an dem ich mich nicht beherrschen muss, zu dir zu fahren, an dem ich mir nichts sehnlicher wünsche, als endlich wieder in deine Augen zu schauen,
an dem ich nicht Pläne mache, dich zu entführen und mit dir durchzubrennen.
Mein Herz drängt dir entgegen.
Unendliche Sehnsucht nach deiner Nähe – Sehnsucht nach gemeinsamen Atemzügen, von denen jeder einzelne, wenn schon nicht ein ganzes Leben, so doch die Ahnung von Ewigkeit in sich trägt.
Ich kann dir gar nicht sagen, wie viel mir unsere Liebe bedeutet, dass es sie gibt, dass es dich gibt …
Berlin muss klappen, und es wird klappen.
1000 Küsse für jeden Schlag der Kirchturmuhr,
dein Herwig

So was hast du mir nie geschrieben – warum eigentlich nicht? War unsere Liebe nicht auch etwas für die Ewigkeit? Jedenfalls damals, in den ersten Jahren?
Ich weiß, es war dumm, deine Nachrichten-Ordner zu durchsuchen. Sträflich dumm und ungehörig. Aber jetzt ist es passiert, die Strafe mit eingeschlossen. Ich habe eigentlich nur nach der Adresse des Hotels in Venedig gesucht, das du für unseren Urlaub gebucht hast. Ich konnte mich erinnern, dass das Wort »Nord« drin vorkam. Also gab ich NORD als Suchbegriff ein und landete in deinem Ordner »Nordlicht«. Den Rest kannst du dir denken. Dabei habe ich dir nichts vorzuwerfen, was du mir nicht auch vorwerfen könntest. Denn auch wenn ich

ein Kind von Traurigkeit bin, habe ich es mit der Treue nicht mehr ernst genommen.
Wig, du hast den Sechziger vor dir, und ich bin heuer fünfundfünfzig geworden. Der größte Teil des Lebens liegt also bereits hinter uns. In der Zeit, die noch übrig ist (wenn überhaupt noch was übrig ist), will ich noch etwas erleben. Du hast doch immer davon gesprochen, man müsse dem Schicksal eine Chance geben. Aber das Schicksal, um es mit deinen Worten zu sagen, kam mir zuvor. Genau an jenem Tag, als ich so weit war und deiner zugegeben verrückten Idee etwas abzugewinnen begann, nämlich unsere Zelte abzubrechen und die Brücken in die Vergangenheit zu verbrennen, kam die Nachricht von deinem Nordlicht, dass sie von dir schwanger sei. Ich muss also ohne dich aufbrechen. Aber wie ich dich kenne, hast du sicher Verständnis dafür.
Ich kann mich eigentlich nicht daran erinnern, dass du mir irgendwann nicht recht gegeben hast. Vielleicht war das ein Fehler. Ich habe mir übrigens erlaubt, einen Großteil des Ersparten mitzunehmen.
Du fandest Mittellosigkeit ja stets erstrebenswert. Kannst du dich erinnern, wie oft du mich genervt hast mit deinem Erich Fromm und dessen Sein-und-Haben-Rechnung? Also habe ich mir gedacht, ich tu dir den Gefallen und erleichtere dich um einen Teil deiner Bürde. Dafür hast du die Wohnung jetzt für dich alleine beziehungsweise für deine neue Familie.
Ach ja, der Volvo. Ich habe mich immer geärgert, wenn du über den Audi hergezogen bist, und über deinen

ätzenden Spruch: »Er hält die Spur vor allem zur Werkstatt.« Ich habe mich geärgert, weil ich insgeheim gewusst habe, dass du recht hast. Es war wirklich dauernd etwas kaputt. Ich hatte nur nicht den Nerv, mir ein neues Auto zu kaufen. Du bist da gewiefter, also hab ich mir gedacht, das überlasse ich dir und nehme mir dafür deine »Funktionsschüssel«, wie du den Volvo nennst. Ich habe eine hoffentlich lange Reise vor mir, da brauch ich etwas Zuverlässiges.
Jetzt bist du sicher erleichtert. Ich meine nicht wegen des Geldes ;-), sondern weil du keine Lügenmärchen mehr erfinden und auftischen musst. Du bist frei für deine neue Liebe. Falls ihr heiraten möchtet, müsst ihr euch gedulden. Denn da müssten wir uns ja erst mal scheiden lassen, aber dafür habe ich jetzt keine Zeit. Ich muss weg, und das sofort. Es muss euch reichen, meinen Segen zu haben. Ich weiß aber nicht, ob er etwas wert ist.
Dass sich alles so entwickelt hat, ist auch meine Schuld. Du hast dich immer wieder bemüht, mich von meiner Enttäuschung und der Verzweiflung abzulenken. Es ist, wie es ist, und ich brauche keine Antwort, warum es so ist, sondern auf die Frage, was ich hier noch soll?
Im Radio spielen sie gerade dieses rührselige Lied, das du mir vor vielen Jahren vorgesungen hast. Du wirst dich nicht mehr erinnern. Ich glaube, es ist vom Heller:

Manchmal möcht i dir schreib'n,
daß d'ma fehlst und daß i wart.
Aber dann laß i's bleib'n.

Wast, jammern, des is net mei' Art.
Na, ich hätt mir das nie dacht,
daß ich di amal verlier.
Wie mei Herzschlag g'herst zu mir,
wie mei Herzschlag g'herst zu mir.
Langsam, langsam geh' i unter so allaan,
wundern, na na, wundern derf si niemand, daß i wan …

Wenn du mir damit eine Liebeserklärung gemacht haben solltest, so habe ich sie nicht verstanden. Jetzt ist es zu spät.
Ich kann es nicht fassen – noch nicht, vielleicht nie …

Leb wohl, deine Maria

Nein! Der ganze Brief war viel zu rührselig und viel zu lang. Und sie hatte jetzt keine Zeit und auch keine Lust, ihn umzuschreiben. Sie zerriss ihn und spülte ihn die Toilette hinunter. Dann trank sie den Espresso in einem Zug leer und stellte die Tasse in die Spüle. Die Frage, die sie sich vorher gestellt hatte, war falsch. Sie musste nicht heißen: warum jetzt?, sondern: warum erst jetzt?

Wig war während des ganzen Tages nicht wirklich fokussiert. Sein Kollege Wolfgang meinte: »Du schaust aus, als wärst du mit deinen Gedanken schon in den Ferien. Eine Woche heißt es noch Arschbacken zusammenzwicken, und dann ab in den Süden. Hast du schon einen Plan?« – Wig nickte und sagte: »Venedig.« Dann ging er in seine Klasse. Er war froh, als die letzte Stunde um war und er zusammenpacken konnte. Eine Weile suchte er irritiert sein Auto auf dem Schulparkplatz. Dann sah er das Moped stehen. Die Heimfahrt mit der Vespa war ein Blindflug. Tausend Gedanken, Selbstvorwürfe, Zweifel und Ängste gingen ihm durch den Kopf. Vor über einem Monat hatte ihm Nora mitgeteilt, dass sie schwanger war, und seither hatte er sie nicht gesehen. Bei den seltenen Telefonaten und in den Mitteilungen, die sie einander sandten, beschworen sie einander zwar ihre Sehnsucht, aber es lag Verzweiflung in den Worten und über ihrer Liebe. Heute Abend würden sie sich endlich treffen, und das machte ihn nervös. Er glaubte jetzt auf einmal zu wissen, was er auf keinen Fall wollte: nämlich mit sechzig Jahren noch Vater werden. Dabei hatte er sich bis vor kurzem genau das so sehr gewünscht! Nicht nur sein Schwanz hatte ihn da hineingeritten (und zwar im wahrsten Sinne), auch das Herz und der Kopf hatten das in seltener und bemerkenswerter Harmonie mitgetragen. War das Herz nicht sogar vorgeprescht? Warum empfand es das nun als absoluten Supergau? Vielleicht lag das Elend seines Herzens in Noras Mitteilung, dass er nicht der Einzige sei, der als Vater infrage kam – er könne sich entspannen. Das waren ihre Worte. Sie habe es Oskar auch schon gesagt, und der hege keinerlei Argwohn, weil er davon ausging, dass es sein Kind sei. Sie und Oskar würden jetzt heiraten, damit wäre Wig aus der Schusslinie.

Nein, das wäre er nicht! Gerade dann nicht. Wenn er der Vater war, dann wollte er auch der Vater sein. Denn sollte es so sein, war ihm die Vorstellung, sein Kind würde fern von ihm bei einem anderen Mann aufwachsen, die unerträglichste aller Lösungen.

Gedanken auf Gedanken erodierten wie die Brandung die Grenzen seiner Phantasie. Jede Woge ließ die Uferlinie seiner Insel der Seligkeit verändert zurück. Sein Utopia wurde weggewaschen, begann sich aufzulösen. Nach einer halben Stunde Fahrt, an die er keinerlei Erinnerung hatte, bog er in seine Straße ein und kam wieder zu sich. Er stellte das Fahrzeug ab, nahm zwei Stufen auf einmal bis hinauf in den zweiten Stock zur Wohnung, sperrte auf und betrat, inständig hoffend, dass es Maria nicht auffallen möge, wie sehr er durch den Wind war, mit einem etwas zu beherzt positiv intonierten »Halloo!« das Vorzimmer.

Keine Antwort. Nur leiser, ferner Vogelgesang aus der Richtung, in der das Schlafzimmer lag. Wig legte Helm, Jacke und Zündschlüssel auf die Kommode, und während er zur Küche schritt, wiederholte er seinen Ruf. Lauter jetzt. Vom bemüht fröhlichen Dur-Dreiklang war nur noch die kleine Moll-Terz übrig geblieben: Haallo?

Noch immer nichts. »Maria?« Er klopfte an die Badezimmertür, öffnete sie, warf einen Blick hinein, dann in die Küche und ins Wohnzimmer, ging zum Schlafzimmer, wunderte sich über das geöffnete Fenster, schloss es und schaute auf die Uhr. Es war kurz vor fünf. Sie hatte doch gesagt, sie würde heute früher nach Hause kommen. Er sah die benützte Tasse in der Spüle. Sie war also schon hier gewesen. Vielleicht war sie unterwegs zur Werkstatt, um ihren Wagen abzuholen. Erst mal erleichtert über ihre Abwesenheit, ging er zum Schlüsselbrett. Der Volvoschlüssel fehlte. Hatte sie vergessen, dass er heute nach Salzburg fahren wollte?

Wig griff zum Telefon und wählte ihre Nummer. Eine Mitteilung sagte ihm, die Nummer sei zur Zeit nicht erreichbar, die Mailbox ausgeschaltet, und man könne auch keine Nachricht hinterlassen. Man möge es zu einem späteren Zeitpunkt noch einmal versuchen. Wig dachte nach. Wahrscheinlich hatte sie den Wagen in die Garage gestellt und vergessen, den Schlüssel hierzulassen. Er holte den Ersatzschlüssel und ging zur Garage. Sie war leer. Er kontrollierte alle Parkplätze in der Umgebung und versuchte mehrmals, Maria zu erreichen. Ohne Erfolg. Er kehrte zurück in die Wohnung. Irgendetwas stimmte nicht. Inzwischen war eine Stunde vergangen, und sein anfänglicher Unmut begann langsam in Sorge umzuschlagen. Er schickte Nora eine Nachricht, dass er von zu Hause nicht wegkönne, weil sowohl Maria als auch sein Auto verschwunden waren, und bat sie, ihn anzurufen.

Sie rief nicht an. Er dachte daran, sich ein Bier aus dem Kühlschrank zu holen. Ging aber zu den Spirituosen. Als es Mitternacht geworden war, hatte er einen sitzen, und das Vorgefühl einer Katastrophe war zur Gewissheit angewachsen. Es nahm ihm die Luft. Er stellte das Telefon auf höchste Lautstärke und legte sich angezogen aufs Bett.

An Schlaf war lange nicht zu denken. Irgendwann, es

war zwar noch dunkel, aber der erste Vogel hatte schon begonnen zu pfeifen, vergaß er die Katastrophe und versank in einer traumlosen schwarzen Wolke, die seine Gedanken und sein Unglück gnädig verschlang. Nur zwei Stunden später, zum Sonnenaufgang, spuckte ihn die Wolke samt seinem Elend wieder aus. Er griff sofort zum Telefon. Es war fünf Uhr. Kein Anruf. Kein SMS. Weder von Maria noch von Nora. Er tippte auf Wahlwiederholung. Wieder nur die Nachricht, er möge es später noch einmal versuchen. Er suchte in seinen Kontakten nach der Festnetznummer von Marias Bankfiliale und ihrer Durchwahl. Eine automatische Ansage wies ihn auf die Geschäftszeiten hin. Es waren noch über drei Stunden bis zur Öffnung. Er hielt es nicht mehr aus. Nicht nur der Kopf, der ganze Körper schmerzte. Er zog die Kleider aus, die er seit gestern anhatte, stellte sich unter die Dusche und ließ kaltes Wasser über seine Haut laufen. Dann zog er sich frische Sachen an, löste in einem Glas Wasser eine Kopfwehtablette auf, machte sich Kaffee und versuchte seine Gedanken zu sortieren. Die Sorge, Maria könnte etwas zugestoßen sein, begann sich mit der Ahnung zu überlagern, ihr Verschwinden könnte etwas mit seiner Situation zu tun haben. Nach der dritten Tasse Kaffee und obwohl es erst sechs war, verließ er das Haus. Zu Fuß machte er sich auf den Weg in Richtung Werkstatt, wo Marias Audi stand. Sie lag außerhalb der Stadt. Der kürzeste Weg führte über einen schmalen Pfad den Fluss entlang. Es war eine Ewigkeit her, seit er das letzte Mal hier war. Als Kind hatte er viele Sommertage an diesen Ufern verbracht, hatte in den Gumpen unterhalb der Wehre schwimmen gelernt, war durch den Schwall getaucht, eine Mutprobe vor allem die ersten Male. Er hatte mit seinen Freunden totes Holz gesammelt, mit dem sie ein rauchendes Feuer gegen die Gelsen und Bremsen gemacht haben. Sie hatten Laubhütten gebaut und geschützt vor den Blicken der Erwachsenen ihre ersten Zigaretten geraucht, während sie tapfer die Hustenanfälle unterdrückten. Jetzt waren da keine Spuren von Kinderabenteuern mehr zu sehen. Man ging inzwischen lieber ins Parkbad und schwamm dort in gechlorter Pisse.

Wig brauchte eine knappe Stunde und kam gerade an, als die Werkstatt aufsperrte. Ja, der Wagen sei fertig. Frau Neuhauser wollte ihn gestern abholen, ist dann aber nicht gekommen. Natürlich könne er ihn übernehmen. Eine Unterschrift brauche man, mehr nicht. Die Rechnung würde man zusenden. Wig musste weder Lenkrad noch Sitz verstellen, Maria und er waren von derselben Statur. Als er den Audi vom Werkstattgelände auf die Bundesstraße hinauslenkte und aufs Gaspedal stieg, beschleunigte der Wagen so heftig, dass Wig erschrocken den Fuß wieder zurücknahm. Doch schnell gewöhnte er sich an die Präzision und Direktheit der Steuerung und entspannte sich. Ein Blick auf den Tacho zeigte ihm die für diese Strecke zulässige Höchstgeschwindigkeit von achtzig Kilometern pro Stunde an. Zwei leichte Kurven durchfuhr er mit unvermindertem Tempo und ohne merkbare Auswirkung auf die Federung, dafür aber mit dem satten Anpressdruck der Schalensitze. Dann folgte ein langgezogener Neunzig-Grad-Bogen. So unausgeglichen Wigs Geist war, so stabil hielt der Wagen seine Spur. Und weil ihm an diesem denkwürdigen Tag die Gelassenheit fehlte, beschleunigte er aus der Kurve heraus und brauste mit über hundert Kilometern pro Stunde in das mobile Radar der in einem Buswartehäuschen verschanzten örtlichen Polizeistreife.

»Die Papiere des Fahrzeuges sind auf Frau Eva Maria Magdalena Neuhauser ausgestellt.«

»Ja, das ist das Auto meiner Frau.«

»Und Ihr Führerschein?«

»Meinen Führerschein habe ich leider nicht dabei. Er liegt im Handschuhfach meines Autos, dem Volvo, mit dem meine Frau ...« Er stockte und wollte schon sagen: verschwunden ist, besann sich aber und ließ den Satz halbfertig stehen.

»Mit dem Ihre Frau was?«

»... unterwegs ist, wollte ich sagen.«

Nachdem seine Aussagen per Funk überprüft und bestätigt worden waren, gaben sie ihm die Papiere zurück und beließen es bei einer Verwarnung wegen der Geschwindigkeitsüberschreitung sowie der Aufforderung, im Laufe des Tages den Führerschein auf der Dienststelle vorzuzeigen.

Es war halb acht, als Wig den Audi auf der Straße gegenüber von Marias Bank abstellte, eine Stunde vor Schalteröffnung. Er blieb sitzen, drehte das Radio auf und wartete. Er hatte sowohl den Vordereingang wie auch jenen für die Mitarbeiter im Blick und ließ beide nicht aus den Augen. Die Vorstellung, sie könnte nicht nur ihrem Zuhause, sondern auch der Arbeit fernbleiben, war außerhalb seines Gedankenhorizonts. Aber Maria tauchte nicht auf. Als die Neunuhrnachrichten vorbei waren, stieg er aus, überquerte die Straße und betrat die Bank.

Da noch niemand von Marias Kündigung wusste, erfuhr er lediglich, dass sie noch nicht gesehen worden war. Wahrscheinlich ein Auswärtstermin, möglicherweise mit dem Direktor, denn der sei auch noch nicht da. Der sei bei einer Besprechung in der Zentrale, am Nachmittag sollte er wieder im Haus sein. Ob man etwas ausrichten könne? Wig dachte nach, aber sein Hirn war wie eine schnell rotierende Scheibe, und jeder Gedanke, der sich erhob, wurde von der Fliehkraft erfasst und weggeschleudert, bevor er Gestalt annehmen konnte. Er schüttelte den Kopf und ging zurück zum Auto.

Der Direktor, so viel hatte Wig mitbekommen, war keiner, mit dem Maria freiwillig auch nur einen Kaffee trinken, geschweige denn eine Nacht verbringen würde. Vielleicht ging es um die Beförderung, von der sie gesagt hatte, dass sie ins Haus stehe. Sagte sie nicht, sie hätte gestern einen wichtigen Termin gehabt? Er fuhr zurück zur Wohnung. Sie war leer und unverändert. In der Spüle stand noch immer ihre Kaffeetasse. Wig schloss die Augen. Er sah sie vor sich. Wie sie, den Rucksack über die Schulter geworfen, durch die Tür ging. Mit diesem eigenartigen Lächeln, das für Wig erst jetzt seine orakelhafte Dimension entfaltete. Und wozu der Rucksack?

War sie auf einen Berg gegangen? Das würde die Unerreichbarkeit erklären. Aber warum? Ihre Beförderung zelebrieren? Vielleicht war ihr etwas zugestoßen? Erneut wählte er ohne Erfolg ihre Mobilnummer. Scheiße. Auch von Nora noch kein Lebenszeichen. Gab es da einen Zusammenhang?

Kapitel 10

Der schnellste Weg in den Süden führt Richtung Norden. Hinaus aus dem Tal, den Fluss entlang zur Autobahn, deren breites Asphaltband sich allem hingibt, was motorisiert ist und willens, eine Gebühr zu entrichten, sowie fähig, sich mit mindestens sechzig Kilometern pro Stunde vorwärtszubewegen. Maria ging es aber nicht darum, schnell irgendwohin, sondern schnell von zu Hause wegzukommen. Also nahm sie den direkten Weg und fuhr zuerst flussaufwärts und dann über die Berge gegen Süden. Sie war auf der Flucht, auch vor sich selbst, vor ihrer Vergangenheit. Es war eine Sache, den Entschluss abzuhauen gefasst zu haben. Nun, nachdem sie das Ortsschild hinter sich gelassen hatte, wurde sie sich erst richtig bewusst, dass sie darüber hinaus keinen Plan hatte. Sie musste eine Weile gegen den Impuls umzukehren ankämpfen. Erst nachdem sie ein paar Berge zwischen sich und ihr bisheriges Leben gebracht hatte, begann sie sich besser zu fühlen. Die Sonne stand am Zenit, und im Wissen, dem Mittelmeer entgegenzurollen, stieg erstmals ein schüchternes Gefühl von Freiheit in ihr auf. Sie richtete sich auf, hob den Kopf und entspannte ihre Schultern. Sie drehte den Rückspiegel zu sich und warf einen Blick hinein. Die Frau, die Maria darin sah, war noch dieselbe von heute Morgen, doch die Augen erinnerten sie an das Mädchen, das sie einst war. Voller Erwartungen, Hoffnungen und Ungewissheit. Und sie kannte auch dieses trotzige Lächeln, das nun ihre Mundwinkel umspielte.

Das Tal öffnete sich, und die gemütliche Landstraße mündete in eine Hauptverkehrsader mit Fernverkehr und vielen Lkws. Als Maria sich einordnete, fuhr sie an zwei eigenwillig gekleideten Teenagern vorbei, die Rucksäcke neben sich in der Wiese und den Daumen in den Verkehr hinausgestreckt. Maria war nach ihrer Matura einmal nach Wien gestoppt. Ein Sattelschlepper hatte sie mitgenommen. Der Blick von der Fahrerkabine auf die Welt war wie aus einem Flugzeug, so hoch oben war sie gesessen. Sie erinnerte sich noch, dass der Fahrer sie raten ließ, was für eine Fracht er geladen hätte, und nach zig falschen Antworten stolz erklärte, mit einer Ladung vergoldeter Scheißhäuseln nach Saudi-Arabien unterwegs zu sein. Der Impuls, stehen zu bleiben und die Hitchhiker mitzunehmen, kam zu spät. Die Fahrzeuge hinter ihr, oder man könnte auch sagen ihr Schicksal, drängten sie vorwärts. Denn einen Kilometer weiter stand Lisa am Straßenrand. In ein luftig-buntes Baumwollkleid und eine etwas aus der Zeit gefallene Fransenjacke gekleidet, Blütenstaub und den Wind Gottes im Haar, als hätte sie auf Maria gewartet.

Sie wurden Freundinnen. Einen Sommer lang tauchte Maria ein in eine Welt, von der sie dachte, dass sie der Vergangenheit angehörte. Nicht ihrer Vergangenheit, sondern der Vergangenheit ihrer Eltern, vor allem jener ihrer Mutter. Maria kannte sie nur aus Erzählungen und von Fotografien. Lisa, nur halb so alt wie Maria, nahm sie mit auf eine Zeitreise. Sie tauchte ein in die Welt der Hippies, Flowerpower und der biologischen Abbaubarkeit.

Die junge Frau warf ihr Gepäck auf die Rückbank und ließ sich auf den Beifahrersitz fallen. »Ich heiße Lisa«, strahlte sie Maria an. »Und du?«

Diese zögerte. Hatte sie nicht gerade ihr gesamtes bisheriges Leben hinter sich gelassen? War da vielleicht auch der Name auf der Strecke geblieben?

Während Maria noch überlegte, sagte Lisa: »Du musst mir deinen Namen nicht sagen, wenn du nicht willst. Ich muss übrigens in die Ennstaler Alpen. Weißt du, wo die sind, und liegt das auf deiner Route?«

Maria räusperte sich. »Entschuldige bitte. Du hast mich mit deiner Frage auf dem falschen Fuß erwischt. Ich bin gerade dabei, meine Festplatte zu löschen, und suche noch nach einem Namen, der zu meinem neuen Leben passt. Von dem ich zugegeben aber noch gar nicht weiß, wie es aussehen wird. Hättest du einen Vorschlag?«

Sie dreht sich kurz zur Seite und warf Lisa ein Lächeln zu. Diese schaute sie aufmerksam an, die Lippen nachdenklich aufeinandergepresst. »Hmm, ich habe auch schon einmal daran gedacht, mir einen neuen Namen zu geben. Iris hätte mir gefallen. So nannten die alten Griechen die Göttin des Regenbogens, aber es hat nicht geklappt.«

»Warum?«

»Meine Freunde haben sich einfach geweigert, mich Iris zu nennen. Ich finde, Iris würde auch wunderbar zu dir passen. Wie hast du denn bis jetzt geheißen?«

»Maria, das heißt, eigentlich Eva Maria Magdalena. Aber alle nennen mich einfach Maria.«

»Eva Maria Magdalena? Ist das bitte geil!«

»Na ja …«

»Also das klingt doch mega!«

»Ja, megablöd.«

»Nein, mega …, mega …, mega …«, sie dachte nach, »megaweiblich! Mehr geht ja gar nicht. Eva die Urmutter, Maria die Gottesgebärerin und als Krönung: Magdalena, die Geliebte Jesu, alle drei in einem. Da müssen sich doch alle niederknien.«

»Eher davonlaufen.«

»Warte. Ich glaube, ich hab's.«

»Du hast was?«

»Einen neuen Namen für dich. Eva-Maria-Magdalena, das gehört einfach zusammen, ist aber zugegeben viel zu lang. Wir nehmen einfach die Anfangsbuchstaben deiner drei Vornamen. E, M, M und beim letzten noch den zweiten Buchstaben dazu. Heraus kommt: EMMA! Ist das nicht genial?«

Maria prustete. »Es klingt auf jeden Fall emanzipiert.«

»Dann werde ich dich ab jetzt so nennen. Ich sag Emma zu dir, und du nennst mich Iris. Abgemacht?«

»Nein. Ich finde, wir sollten das lassen. Heißt es nicht, Namen sind wie Schall und Rauch? Also wozu der Aufwand.«

»Wahrscheinlich hast du recht. Also, Maria, was hast du vor? Hast du ein Ziel?«

»Nein, nur die Himmelsrichtung Süden. Mehr weiß ich nicht. Hauptsache, weg. Und du? Hast du eine Adresse, wo du hinmusst? Die Ennstaler Alpen sind ein großes Gebiet.«

»Es soll da einen Platz mit dem Namen Kaiserau geben.«

»Noch nie gehört.«

»Und ein Kloster soll in der Nähe des Treffens sein.«

»In der Nähe von was?«

»Von dem Platz, wo das diesjährige Regenbogentreffen stattfinden soll.«

»Was ist das, ein Festival?«

»Mehr eine Zusammenkunft. Es wird zwar auch gesungen und getanzt, aber es gibt keine Bühne. Es findet jedes Jahr an einem anderen entlegenen Ort statt. Letztes Jahr war es im Baltikum. Du hast noch nie davon gehört?«

»Nein. Und was passiert da?«

»Menschen begegnen sich, tauschen sich aus. Es gibt auch eine große Feuerstelle, die Tag und Nacht brennt und um die herum sich die Leute zum Essen versammeln.«

»Warst du schon öfter bei so was dabei?«

»Zweimal, das ist mein drittes.«

»Und wie viele finden sich da ein?«

»Bei uns? Zweitausend oder so. Es soll aber auch schon Gatherings gegeben haben mit bis zu viertausend, und in Amerika kommen zehnmal so viele. Vierzigtausend! Und du hast echt noch nie was davon gehört? Krass.«

»Jetzt hast du mich neugierig gemacht. Ich bring dich hin. Vorausgesetzt, wir finden es.«

»Geil.«

»Du hast gesagt, es ist in der Nähe eines Klosters? Da kenne ich eigentlich nur eines. Ein Benediktinerstift. Es ist nicht weit von hier.«

Eine Stunde später fuhren sie an den beiden Glockentürmen der Stiftsbasilika vorbei und näherten sich einer Straßenkreuzung.

»Was meinst du?«, fragte Maria. »Links, rechts oder geradeaus?«

»Keine Ahnung, aber der Straßenname klingt gut. Schau mal.« Und Lisa zeigte auf das Straßenschild gegenüber.

»Paradiesstraße? Ja, das hat was.«

»Dort wollen wir doch hin!«

»Na ja, schon. Aber es hat hoffentlich noch etwas Zeit.«

Sie fuhren also geradeaus. Nach etwa einem Kilometer ließen sie das letzte Haus hinter sich und folgten einer Straße, die leicht bergauf mäanderte. Zuerst ging es durch Wiesen und nach einer Weile, immer steiler werdend, hinein in einen dichten Nadelwald. Außer ihnen schien hier keiner unterwegs zu sein.

»Das Paradies ist ziemlich duster, meinst du nicht auch?«

»Sollten wir lieber umkehren?«, fragte Lisa.

»Natürlich nicht. So schnell geben wir nicht klein bei. Per aspera ad astra.«

Lisa blickte Maria fragend an.

»Das war eines von Wigs Lieblingszitaten. Er sagt, es stammt von Seneca. Einem Zeitgenossen von Jesus, der auch eines unnatürlichen Todes gestorben ist. Wig meint, das sei das übliche Schicksal weiser Männer. So was kann auch nur ein Mann behaupten.«

»Was bedeutet der Spruch, und wer ist Wig?«

»Wig ist oder besser: war mein Mann. Und ich wiederhole jetzt das, was er mir gesagt hat. Ich habe nie überprüft, ob es stimmt. Er sagt, das Zitat werde meistens übersetzt mit ›Durch die Dunkelheit zum Licht‹. Aber richtig heiße es: ›Der Weg zu den Sternen führt über raue Pfade.‹ Die amerikanische Luftwaffe, ebenso wie jene Englands, Australiens und Neuseelands, habe es sich in abgewandelter Form auf ihre Fahnen geschrieben: ›Per ardura ad astra‹, was so viel heißt wie ›Durch das Elend zu den Sternen‹. Da sind wir wieder bei den Helden.«

Als sie höher kamen, lichtete sich der Baumbestand, und hinter einer Kuppe öffnete sich der Blick auf eine sonnige Almwiese. So eindrucksvoll und erhaben die Landschaft jedoch auch war, das Bild, das sich den beiden Frauen bot, war nicht von jener heiteren und gottgefälligen Betriebsamkeit, auf die Lisa Maria vorbereitet und eingeschworen hatte. Über die Wiese verteilt standen zwanzig Kleinbusse der österreichischen Polizei, etwa ein Dutzend Ambulanzen, ein fix und fertig aufgebautes Feldlazarett, ein Feuerwehrauto und daneben zirka zweihundert mit Schlagstöcken, Handschellen und Schusswaffen bewehrte Uniformierte samt einer Hundestaffel. Das alles wegen einer kleinen Schar jugendlicher Pazifisten, unter denen sich zwei hochschwangere Frauen und ein paar kleine Kinder befanden sowie ein überwuzelter Achtundsechziger.

Die Polizei bildete eine kompakte Gruppe, aus der sich einer mit einem Megaphon hervortat und mit quäkender Stimme die gut zwanzig Hippies zum Verlassen des Geländes aufrief, andernfalls sei man gezwungen, Gewalt anzuwenden.

Die bunt gekleideten Blumenkinder nahmen das jedoch nicht zur Kenntnis. Sie hatten ihrerseits eine Formation gebildet, standen im Kreis, hielten sich an den Händen und sangen erbauliche Lieder, zu denen sie ihre Hüften sanft im Rhythmus wiegten.

Es war weder physisches Eingreifen der Polizei und schon gar nicht der Einsatz des Spritzenwagens notwendig, um die friedlichen Nonkonformisten und Freigeister zum Weiterziehen zu bewegen. Nach zwei Tagen vergeblichen Verhandelns mit Bezirksbehörden und Pächtern, erschwert, wenn nicht verunmöglicht durch die anarchische, anführerlose Struktur der Hippies, nahm man das schlechte Karma dieses Ortes zur Kenntnis, und nachdem auch die Anrufung der Erdgöttin nichts gefruchtet hatte und es nicht gelang, eine positive Schwingung aufzubauen, beschloss man abzuziehen.

Wahrscheinlich war die Erdgöttin abgelenkt. Zur selben Zeit brachte nämlich eine der hochschwangeren jungen Frauen ihr Kind zur Welt. Unbemerkt von den zuhauf anwesenden Sanitätern und Ärzten. Als sie davon Wind bekamen, war der Knabe schon abgenabelt und nuckelte bereits an der Brust der strahlenden Mutter. Während die weltlichen Behörden das als einen weiteren Beweis für die Verantwortungslosigkeit der Regenbogenmenschen werteten, kam es bei den Mönchen, in deren Besitz sich das Stück Land befand, zu einem Umdenken. Sie fühlten sich an die Herbergssuche erinnert und signalisierten ihr Wohlwollen. Doch es kam zu spät und zu leise.

Nach dem disharmonischen und holprigen Start des Regenbogentreffens in den steirischen Bergen und Marias erster Nacht in einem Tipi begann sich die bunte Schar an Freigeistern ungeordnet Richtung Süden zu bewegen. Ein neues Ziel war ausgegeben: Friaul. Kundschafter hatten einen alternativen Platz ausgemacht, eine abgelegene Gegend in den friaulischen Dolomiten. Der Name Tolmezzo war gefallen. Von dort sei es noch eine Stunde. Nur wenige wussten, wo Tolmezzo lag, geschweige denn die Lage des neuen Versammlungsortes, aber irgendjemand zog los, und der Rest folgte.

Allein schon wegen der Anarchie und Desorganisation hegte Maria zu Beginn eine stille Ablehnung gegenüber den Traumtänzern. Nach und nach schlug diese in Staunen und Neugier um, und weil Lisa sie darum bat, schloss sie sich der Karawane an. Dankbar für die Ablenkung von ihrer eigenen Sinnsuche und dankbar für die anspruchslose Gesellschaft, war sie gespannt, wie sich die Dinge weiterentwickeln würden. Neben Lisa hatte sich zur Fahrgemeinschaft noch jenes Pärchen gesellt, an dem Maria tags zuvor vorbeigefahren war. Sie saßen auf der Rückbank. Maria brauchte gar nicht zu fragen, woher sie kamen. Sie hatten einen unüberhörbaren Schweizer Dialekt, waren blutjung und hatten erst vor kurzem die Maturitätsprüfung, wie sie es nannten, bestanden. Das Mädchen war zierlich, ihr langes blondes Haar gefilzt und zu Rastazöpfen zusammengedreht. Ihre großen braunen Augen verliehen ihrem schmalen Gesicht etwas Fragiles und dem Lächeln etwas einnehmend Elfenhaftes. Der Junge war etwas untersetzt und von robusterer Art. Auch er hatte ein hübsches Gesicht, aber seine Augen waren ruhelos. Maria hatte den Eindruck, er war genervt. Das Schwyzerdütsch der beiden war gespickt mit Diminutiven, und die breiten Vokale schmierten sich wie Landbutter um das krustige Brot ihrer kehligen Konsonanten. Freunde hätten ihnen von diesem Regenbogentreffen erzählt und dass es eine Orientierungshilfe sein könnte für die Ausrichtung ihres weiteren Lebens. »Dann ist das ja genau das Richtige für mich«, sagte Maria und warf Lisa einen konspirativen Blick zu. »Worum geht's bei diesen Treffen jetzt eigentlich?«, fragte sie ihre neuen Mitfahrer.

»Um Kollektivität, Pazifismus und Selbstorganisation, ergänzt von einer postreligiösen Spiritualität. Es ist gewissermaßen ein Gegenmodell zur gegenwärtigen hierarchischen Gesellschaftsordnung«, kam die Stimme des Jungen von der Rückbank.

»Es geht vor allem um einen respektvollen Umgang mit der Natur und untereinander«, ergänzte das Mädchen.

»Schon einmal etwas von John Lennon gehört?«, fragte Maria.

»Nee, warum? Wer soll das sein?«

»Ein Musiker. Er hat ein paar Lieder geschrieben, die euch gefallen würden. Vor allem eines davon.«

»Wie das?«

Maria begann »Imagine« zu singen.

»Ist das bitte geil. Wer hat das noch einmal geschrieben?«, fragte die Elfe.

»Das war John Lennon«, antwortete Maria.

»Warum war?«

»Ein Verrückter hat ihn erschossen. Wegen genau diesem Lied.«

»Schon wieder einer«, hustete Lisa, die sich verschluckt hatte, als sie gerade Wasser aus der Flasche getrunken hatte, die sie jetzt herumreichte. »Noch jemand?«

»Was meinst du mit schon wieder einer?«

»Na, die Hypothese deines Mannes, dass es besser sei, sich blöd zu stellen.«

»Weil man sonst Gefahr läuft, eines unnatürlichen Todes zu sterben. Ja, genau. Aber erzählt mir doch noch was von eurer Regenbogengemeinschaft. Seit wann gibt es diese Treffen?«

Lisa verschraubte die Flasche, nachdem sie wieder zu ihr zurückgekommen war. »Die Gatherings gingen aus einer Veranstaltung in Portland in Oregon hervor. Das war, glaube ich, im Jahr 1970. Es heißt übrigens, John Lennon und seine Frau Yoko Ono seien auch dort gewesen, und in den Tagen danach hätten sie ›Imagine‹ geschrieben. Man sagt, es war das erste biologisch abbaubare Festival der Welt.«

»Und was hat es mit dem Regenbogen auf sich?«

»Der Regenbogen steht für die vielen Hautfarben und Völker unsere Erde. Eine Legende der Hopi-Indianer besagt, nach einer Epoche der Ausbeutung und Kriege wird sich ein neuer Stamm bilden, aus Menschen aller Erdteile, um die Menschheit und die Natur wieder zu versöhnen und die Erde zu heilen.«

»Und wie lange dauern diese Treffen?«

»Einen Monat im Sommer. Immer von Neumond bis Neumond.«

»Einen ganzen Monat! Und wie versorgt ihr euch die Zeit hindurch?«

»Dafür gibt es den ›Magic Hat‹. Er wird herumgereicht, um Geld zu sammeln. Damit kaufen wir bei den Bauern in der Gegend, was es an Gemüse gerade gibt. Fleisch und tierische Produkte nehmen wir nicht. Das Gemeinschaftsessen ist vegan. Die Leute wechseln sich mit den Aufgaben ab. Die einen kaufen ein, andere übernehmen das Kochen, wieder andere graben Latrinen oder besorgen Brennholz für das Feuer …«

»Und das organisiert sich alles von selbst?«

»Ja, du wirst es sehen. Das heißt, du erlebst es ja gerade.«

Maria musste lachen. »Ich erlebe gerade ein Chaos. Dass ihr von hier abziehen musstet, ist ja wohl eher einer Fehleinschätzung geschuldet und nicht der Beweis, dass hier Leute am Werk sind, die das Ohr am Herzschlag des Weltgeistes haben.«

»Auch im Chaos ist Ordnung. Du musst das große Ganze sehen. Alles ist im Fluss, und Umwege gehören mit dazu. Die schönsten Flüsse sind doch jene, die mäandern, nicht die regulierten Kanäle. Allein dass uns beide das Schicksal zusammengeführt hat, ist es doch wert, dem Weltgeist ein Lob auszusprechen. Findest du nicht?«

»Wahrscheinlich hast du recht. Mein durchorganisiertes Leben der letzten Jahre war ja auch nicht gerade ein Beispiel für das, was man einen guten Plan nennen könnte. Es scheint, als verknotet und verwurstelt sich das Leben immer dann, wenn es so was wie einen Plan gibt.«

»Wäre es möglich, in der nächsten Ortschaft anzuhalten? Am besten an einem Supermarkt. Ich würde gern noch etwas Verpflegung aufstocken.« Die Ansage kam vom Schweizer auf der Rückbank.

»Kein Problem«, gab Maria zurück. »Aber wenn ich es richtig verstanden habe, ist dafür doch eh gesorgt?«

»Im Prinzip schon, aber ich brauche eine Ergänzung zum veganen Angebot. Ich brauch ebbs Chääs.« In seiner Stimme lag etwas Trotziges, und seine Freundin fügte hinzu, dass man ursprünglich einen ganzen Laib Gruyere mithatte. »Damit wären wir gut über die Woche gekommen, die wir bleiben wollen.«

»Ja. Aber diese Scheißhund haben ihn gfresse«, echauffierte sich ihr Begleiter.

»Red nicht so über Tiere.«

»Aber es ist doch wahr. Die Viëchhünd stële Gottsnahrig und schisse und brünzle überall hin. Angesichts der chlei Kinder ist das doch e Kataschtroph.« Der Erregungszustand brachte sein Sprachkontrollzentrum ins Wanken. Seine Freundin gab jedoch nicht klein bei und stellte klar: »Es gibt zwei Fraktionen. Mein Freund gehört zu jener, die gegen Hunde im Camp ist. Ich gehöre zu den Befürwortern. Man muss halt Obacht geben, auf die Kinder, auf die Hunde, auf seine Sachen und überhaupt.«

Es war nicht so schwer wie erwartet, die neue Versammlungsstätte der Regenbogler ausfindig zu machen. Lisa tippte immer wieder in ihr Telefon und erhielt hilfreiche Kurznachrichten von einem der »Seeds«, wie sie ihren Kontakt mit respektvollem Unterton bezeichnete. Wohl um den neuerlichen Aufmarsch von Behörden wenigstens zu erschweren, hatten die Keimlinge, wie Maria sie etwas respektlos übersetzte, sich für ein Hochtal entschieden, das nur über einen langen, mühsamen Fußweg erreichbar war. Ausgangspunkt des Pfades war ein über tausend Meter hoher Pass. Als sie ihn am Nachmittag von Norden kommend erreichten, stand zu beiden Seiten der Straße schon eine Anzahl von Fahrzeugen herum. Kombis, Lieferwagen, Camper und Kleinwagen. Je kleiner, so schien es, umso größer waren die Dachträger.

Maria stand unschlüssig neben ihrem Volvo und blickte zu den felsigen Bergen hinauf, die den Pass umrahmten. Kleinwüchsige, knorrige, wetterfeste Buchen, ein paar vereinzelte Fichten, dazwischen ein kleiner Flecken Almwiese mit zotteligen Schafen. Durch ein schotteriges Kar führte ein Steig bis hinauf zum Gipfelgrat.

Lisa und die beiden Schweizer hatten sich verabschiedet. Ihre Rucksäcke umgeschnallt waren sie in westlicher Richtung losmarschiert, einem Pfad folgend, an dessen Beginn eine in Klarsichtfolie geschweißte Notiz erklärte, wie man zum »Campground« komme: drei Stunden bis zum ersten »Welcome-Platz«, wo für Wasser und Verpflegung gesorgt sei, und von dort noch einmal zwei Stunden bis zum Lager mit der großen Feuerstelle. Der zweite Abschnitt sei anspruchsvoll und teilweise ausgesetzt, also nur für Trittsichere. Die gefährlichen Stellen könnten umgangen werden, wenn man eine zusätzliche Gehstunde in Kauf nähme. Lisas Überredungsversuche waren ins Leere gegangen, aber nicht wegen der Wegbeschreibung. Maria traute dem Wetter nicht. Sie war in den Bergen aufgewachsen und kannte solche Stimmungen. Sie verhießen nichts Gutes.

Ein gelblich graues Wolkenband schob sich unaufhaltsam über die letzten blauen Flecken am Himmel. Es roch nach Unwetter. Eine Stromleitung surrte unheilvoll.

Es war, als würde die drückende Schwüle ihren Geist verkleben. Die Gedanken kämpften sich durch eine zähe, trübe Vorstellung von Zukunft und kamen nicht voran.

Zum ersten Mal, seit Maria aufgebrochen war, spürte sie so etwas wie Orientierungslosigkeit. Aufgebrochen? Es war eine Flucht. Nicht um dem Leben zu entfliehen, sondern um ins Leben hineinzufliehen. Ach, das Leben. Wie schön, wie schmerzvoll, wie zauberhaft, wie verstörend, wie einfach und doch kompliziert. Und nun diese Zäsur. Ein glatter Bruch. Wenn man es als Gleichung sah, so war diese jetzt aufgehoben. Sie war wieder bei eins gelandet. Aber was nun?

Etwas Unheilvolles hing über dem Sattel. Auf einer Kuppe zur Linken stand ein bescheidenes Kriegerdenkmal. Die italienische Flagge hing schlaff und reglos auf Halbmast. Ein paar Hummeln schleppten sich träge von einer Distel zur nächsten. Der Geruch von Brennnesseln und die blassvioletten Dolden der Rossminze verdickten mit ihren Aromen die reglose Luft noch zusätzlich und gaben zusammen mit den sporadischen Brumm- und Summtönen der Insekten der Stille etwas Körperhaftes. Kein Vogel sang, und dunkelgraue Wolken bemächtigten sich jetzt auch der letzten blauen Flecken am Himmel. Einzelne schwere Regentropfen begannen zu fallen, begleitet von noch fernem Donnergrollen.

Dann ging es auf einmal sehr schnell. Maria schaffte es gerade noch in den Wagen, als es auch schon herabprasselte, was das Zeug hielt. Der erste Blitz schlug mit hellem Krachen ganz in der Nähe ein. Zornige Windböen wirbelten von allen Seiten über den Sattel und rüttelten an allem, was ihnen im Wege stand. Der Sturm fegte loses Zeug vor sich her und peitschte Wellenmuster in die knorrigen, aus Erfahrung schon demütig geduckten Buchensträucher.

Sie startete den Motor und lenkte in Richtung Süden. Die Passstraße tauchte gleich hinter dem Parkplatz steil in die Tiefe. Kühn in den Berg geschnitten, schraubte sich die Fahrbahn in den Abgrund. Die Buchen zogen sich nach und nach zurück und machten lichten Föhrenbeständen Platz, deren Bäume sich beherzt an den verwitterten Fels klammerten. An den ausgesetzten Spitzkehren blickte Maria jedes Mal in die gegenüberliegende Felswand, die nach unten hin kein Ende zu haben schien und nach oben in den Wolken verschwand. Und wenn sich die Motorhaube durch den engen Radius über den Abgrund drehte, sah man in der Tiefe ein Flussbett, das sich mäandernd durch eine fruchtbare Ebene bis hin zum Adriatischen Meer schob. Ein dunkler Himmel hing über der Landschaft, aber im Westen begann er sich langsam wie ein Deckel zu heben, und die Sonne flutete durch diesen Spalt die Welt mit apokalyptischen Farben.

Je tiefer sie kam, desto heftiger waren die Spuren der Verwüstung. Sie hatte augenscheinlich nur die Ausläufer des Sturmes erlebt. Mit fortschreitender Fahrt bot sich ein schlimmeres Bild. Anfangs übersäte nur Blattwerk die Bergstraße. Dann kamen Äste und Gesteinsbrocken dazu, und bald folgten Überflutungen, Straßensperren und Umleitungen. Scharen von Feuerwehrmännern waren mit dem Aufräumen beschäftigt. Ganze Alleen von Bäumen lagen umgeworfen und kreuz und quer über die Fahrbahnen. Mächtige Platanen, zersplittert und zerfetzt. Jene, die der Sturm nicht entwurzeln konnte, hatte er einfach in der Mitte abgebrochen und die kronenlosen Stämme zurückgelassen. Eine Allee sah aus wie die Reste des Unterkiefers eines Drachen, dessen Reißzähne aus der Erde ragten.

Zwei Stunden, nachdem sie vom Pass losgefahren war, hatte der Wind den Himmel wieder blau gefegt, und die Abendsonne goss versöhnliche warme Farbtöne über die geschändete Welt. Hinter Maria lag der Weltuntergang und vor ihr das kleine Städtchen Cividale. Dort kaufte sie eine Flasche Weißwein und ein großes Stück Kuchen, der aussah wie einer der Reinlinge ihrer Großmutter und den die Verkäuferin »Gubana« nannte. Beim letzten Licht des Tages suchte sie einen Platz, an dem sie den Volvo unbehelligt abstellen konnte.

Sie fand ihn auf einer Anhöhe, unweit eines aufgelassenen und von Kletterpflanzen überwucherten Klosters. Dort legte sie die Rücksitze um, öffnete den Wein mangels eines Korkenziehers, indem sie den Stöpsel hineindrückte, und packte den Kuchen aus. Sie legte sich den Rucksack mit den Geldscheinen als Kopfpolster zurecht, kroch in ihren Schlafsack, fiel halb sitzend, halb liegend über den Kuchen und den Wein her. Während sie die Flasche leerte, stellte sie in ihrem Kopf eine Liste von Dingen zusammen, die sie am nächsten Tag besorgen wollte. Denn sie hatte beschlossen, zurückzufahren und die Regenbogler zu suchen. Die Zeit zusammen mit Lisa, die gemeinsame Nacht im Tipi, als sie unter derselben Decke zusammengeschmiegt eingeschlafen und nebeneinander aufgewacht waren, die Geborgenheit, die sie miterlebt hatte, all das vermisste Maria. Sie vermisste Lisas Nonchalance, und am meisten vermisste sie ihr Lachen. Ein Lachen, das sie an den hellen Klang ihrer Fahrradglocke aus der Kindheit erinnerte. Sie wollte dieses Lachen wieder zurückhaben, sie wollte Lisa wieder zurückhaben.

Und Wig? Nein, ihn wollte sie nicht zurückhaben. Wie es ihm jetzt wohl ging, nachdem er den Brief gelesen hatte? Das heißt, er kann ihn ja gar nicht gelesen haben. Sie hatte ihn ja zerrissen. Jetzt tat ihr das leid. Sie hätte ihm irgendwas hinterlassen sollen, aber dafür war es jetzt zu spät. Sie würde ihm in den nächsten Tagen einen Brief schreiben. Sie fragte sich, ob er sie sich wieder zurückwünschte, oder ob er froh darüber war, sich ganz seinem »Nordlicht« widmen zu können. Es konnte ihr egal sein. Sie wollte ihn auf keinen Fall mehr zurückhaben. Eine Affäre hätte sie ihm verziehen, vielleicht sogar eine Romanze. Aber ein Kind mit einer anderen? Diese Wunde würde sich nie mehr schließen, da war sie sich sicher. Mit trüben, jammervollen, von Alkohol durchtränkten Gedanken schlief sie ein. Und träumte sich zurück (oder nach vor?) in eine Zeit, als sie noch oder wieder glücklich war.

Sie parkte das Auto unweit jener Stelle, an der sie am Vortag vom Sturm überrascht worden war. Während sie die neu erworbenen Bergschuhe an ihre Füße schnürte, knatterte ein Helikopter über sie hinweg. Maria stopfte die Geldscheine in die Reisetasche und verstaute sie unter dem Beifahrersitz. Dann packte sie eine Haube, Jacke, Trinkflasche, ein paar Schokoriegel und den Schlafsack in den Rucksack, zurrte eine Isomatte außen drauf und eine Plastikplane, die als Regenschutz dienen sollte, und folgte dem Weg, den Lisa gestern gegangen war.

Er führte in einen Wald mächtiger Buchen. Die Erhabenheit der weit auseinanderstehenden Bäume gab ihr das Gefühl, durch einen Tempel zu schreiten. Nach zwei Stunden begegnete ihr eine Gruppe schweigsamer Jugendlicher. Maria sprach sie an und fragte, wie weit es noch zu jenem ersten Welcome-Point sei. Der sei nicht mehr weit, sagten sie und erzählten, dass sich gestern dort ein Unglück ereignet hatte. Mit dem alpinen Terrain und dem Sturm seien viele überfordert gewesen. Als es dann zu hageln begonnen hatte, suchten viele von ihnen unter den Bäumen Schutz. Dabei wurde einer der Teilnehmer von einem herabstürzenden Ast erschlagen. Heute früh war ein Hubschrauber gekommen. Der hat den Toten und seine Familie rausgeflogen. Der Schock stand allen ins Gesicht geschrieben.

Marias Gedanken kreisten um Lisa, während sie ihren Marsch fortsetzte. Weitere zwei Stunden später lichtete sich der Wald, und sie gelangte auf einen mit Gras bewachsenen Sattel, von wo aus der Steig sich steil nach unten wand. Nach einer weiteren Stunde abschüssigen Kletterns über glitschignassen Waldboden, auf dem sie mehrmals den Halt verlor, erreichte sie mehr rutschend als gehend schließlich das Lager der Regenbogler. Kein Anzeichen von Tragik war zu spüren. Friede und Heiterkeit lagen über dem breiten, von steilen Felsbändern umrahmten Hochtal und über der weitverstreuten Zeltstadt. Durch die Mitte gurgelte ein seichter Wasserlauf, der an mehreren Stellen mit Steinen und Ästen aufgestaut war, sodass knietiefe Tümpel entstanden, in denen Kinder spielten. Erschöpft und durchgeschwitzt, mit Blasen an beiden Füßen von den neuen Schuhen, setzte sich Maria auf einen Stein und versuchte sich einen Überblick zu verschaffen.

Wenn sie die Menschen, die vielen bunten Zelte und die Rauchsäulen der Lagerfeuer in Gedanken wegretuschierte, erinnerte sie die Landschaft an ihren Schulweg, den sie am Bach entlang durch die Wiesen gestiefelt war. Die Plätze der Forellen suchend, ihnen beim Spiel in der Strömung zuschauend und wie sie sich um die Krumen stritten, wenn sie einen Teil ihres Jausenbrotes mit ihnen teilte. Sie erinnerte sich an die Spiegelung der Wolken und des Himmels in den Staubereichen oberhalb der Wehre, da, wo die Oberfläche des Wassers ganz glatt war. Wie oft hatte sie damals die Empfindung für jede Zeit verloren, war zu spät in die Schule und nicht selten erst mit Einbruch der Dunkelheit nach Hause gekommen. Manchmal setzte es für ihre Zeitvergessenheit eine Strafe. Als sie wieder einmal zu spät in den Unterricht gekommen war, hatte gerade die Religionsstunde begonnen. Auf die Frage des Pfarrers nach dem Grund ihrer Verspätung schwieg sie. Sie hatte ja selber keine Erklärung dafür. Daraufhin hieß er sie bockig. Sie dachte darüber nach und gab zu bedenken, dass nur Buben bockig sein konnten, da sie aber ein Mädchen sei, wäre sie, wenn schon, dann geißig. Das anschließende Gekicher der Klasse brachte ihn aus der Fassung, und er ließ sich zu der Prophezeiung hinreißen, dass sich eines Tages der Boden vor ihr auftun und sie hinab in die Hölle fahren würde.

Während die Erinnerungen an ihr vorbeizogen, hatte es wieder zu tröpfeln begonnen, und es begann sie zu frösteln. Nach der Anstrengung des Marsches fing ihr Körper an auszukühlen. Sie zog das schweißnasse Shirt aus und alles, was sie im Rucksack hatte, an. Dann machte sie sich auf die Suche nach ihrer Freundin. Das Gelände war weitläufig. Die Zeltstadt dehnte sich über einen Kilometer Länge und die ganze Breite des Tales aus. Maria umkreiste die Fläche und arbeitete sich spiralförmig durch die Zelte bis zur großen Feuerstelle vor.

Der zentrale Platz war von einem Respekt gebietenden Steinkreis umrahmt. Er maß an die zwanzig Meter im Durchmesser. Innerhalb dieses Kreises durfte man sich offensichtlich nur aufhalten, wenn man zu den Initiierten gehörte und barfüßig war. Einer hatte eine Gitarre umgehängt und begleitete sich beim Singen. Die Melodie kam Maria bekannt vor, aber sie wusste nicht, woher. Es dauerte eine Weile, bis sie den Text verstand. Der junge Mann sang englisch und wiederholte eine einzige Zeile in Endlosschleife. Jedenfalls seit Maria hier war, also sicher schon eine Viertelstunde lang.

... in the Lord and the life and the glory,
in the Lord and the life and the glory,
in the Lord and the life and the glory ...
are we, are we ...

Maria stellte sich zu einer Gruppe beschuhter, außerhalb des Steinkreises Stehender. Alle schienen sehr entspannt oder, wie einer mit bayrischem Akzent ihr erklärte: »getschüllld«. Ein anderer hatte auf seinem erdfarbenen Pullover ein selbstgestaltetes Schild angesteckt. Er hatte entweder etwas Entrückendes zu sich genommen oder dem Sänger schon zu lange zugehört. Die Botschaft war mit einem durch die Wollmaschen gefädelten Zweig befestigt und bestand aus nur einem Wort: ATME! Es war wohl in erster Linie für den Träger der Botschaft gedacht. Er sah aus, als könnte er die Erinnerung brauchen.

Der Regen wurde stärker, und noch immer keine Spur von Lisa oder den Schweizern. Maria schnürte die Plane vom Rucksack. Sie fand in der Nähe eines Latschenbusches ein Stück Wiese, wo noch kein Zelt stand, säuberte es von Steinen und rollte die Isomatte aus. Dann stellte sie den Rucksack drauf, breitete die Plane drüber, beschwerte sie auf einer Seite mit ein paar Felsbrocken und kroch darunter. Inzwischen hatte es regelrecht zu schütten begonnen. Einen Steinwurf entfernt tanzten ein paar hundert Menschen begleitet von Getrommel und heulendem Gesang in strömendem Regen um das prasselnde Feuer. Maria saß da und fühlte sich zunehmend fremd und verunsichert. Es war eine Sache, ausgesetzt in den Bergen eine Nacht im Biwak zu verbringen. Sie hatte das ein paar Mal gemacht, auch im Winter. Da war man allein mit sich und seinen Zweifeln, aber auch mit der Natur. Hier, inmitten dieser bizarren Menschen, die ihr alle fremd waren und von denen die meisten ihre Kinder sein könnten, fühlte sie sich ausgestoßen und der Welt nicht mehr zugehörig.

Sie vermisste ihre Heimat, ihre Freundinnen, ihr Zuhause. Und erstmals vermisste sie Wig. Er hätte mich jetzt zum Lachen gebracht, dachte sie. Er war immer dann am besten, wenn ich verzweifelt war. Vielleicht hätte sie öfter verzweifelt sein müssen? Warum hat er sein Licht immer erst angezündet, wenn alle anderen ausgegangen waren? Sie vermisste die Leichtigkeit seines Seins, auch wenn es schon lange zurücklag. Sie vermisste sein dionysisches Gemüt, das sie in den letzten Jahren so bekämpft hatte und das er nun mit einer anderen Frau auslebte. Damit entwich auch schon wieder die Luft aus ihrem Heimwehballon.

Ihr war elend zumute. Am liebsten hätte sie geheult. Und sie war nahe dran zu beten. Aber weder das Weinen noch das Beten wollten gelingen. Die klamme Kälte kroch durch den nassen Schlafsack in ihre Kleidung und von dort bis in ihr Innerstes. Sie probierte, sich in den Schlaf zu meditieren, sich wegzubeamen. Sie stellte sich den Verlauf ihrer Lieblingsradtour vor. Es wollte nicht gelingen. Was auch daran lag, dass in der Finsternis immer wieder Leute über sie stolperten.

Mitten in der Nacht wachte sie auf. Sie musste also

doch eingeschlafen sein. Ihre feuchten Haare klebten im Gesicht. Die Kleidung, der Schlafsack, alles war nass. Aber es hatte aufgehört zu regnen. Und das Getrommel hatte ein Ende gefunden. Dafür war der Sänger mit seiner Endlosschleife über zwei Akkorde wieder zurück, »... in the Lord and the life and the glory ...« Sie schob die Plane beiseite. Der Himmel war von einem gleichmäßigen und einheitlichen Wolkenwellenmuster überzogen, das vom Mond, der sich noch hinter dem Berggrat versteckt hielt, von unten beschienen wurde. Es sah aus, als schwebte der Ozean über der Erde.

Und dann ging er auf, der fast volle Mond. Und mit ihm der Vorhang zu einem Himmelsschauspiel. Die Wolken begannen sich neu zu formieren. Löcher entstanden und schlossen sich. Sterne blinkten, funkelten und zwinkerten ihr zu. Die Felsgrate wurden zu Riffen.

»... in the Lord and the life and the glory ...« Jetzt fiel es ihr wieder ein. Es war der Refrain eines alten Schlagers, nur träger und vereinfacht. Wie hieß der noch einmal?

»In der Nacht ist der Mensch nicht gern alleine ...«, genau, das war's. Im selben Moment schoss eine Sternschnuppe quer über den Himmel. »Schnell, wünsch dir was!«, sagte sie sich, aber es fiel ihr partout kein einziger Wunsch ein, und sie musste lachen.

War das jetzt ein Traum? Aber da blitzte schon die nächste auf und verglühte knapp über dem Horizont. Und noch eine und noch eine, so viele, dass Maria die Wünsche ausgegangen wären, selbst wenn ihr noch so viele auf der Seele gebrannt hätten.

Kapitel 11

Wig erinnerte sich daran, dass er auf den Posten kommen sollte. Also fuhr er zur Polizei. Das heißt, er musste sie erst einmal suchen. Wig wusste, dass sie letztes Jahr umgezogen war, konnte sich aber nicht mehr erinnern, wohin. Er fand sie draußen vor der Stadt, an der Bundesstraße unweit der Audi-Werkstätte, und während er in der Sicherheitsschleuse wartete, um vorgelassen zu werden, fiel ihm ein, dass er ja seines fehlenden Führerscheins wegen hierher gebeten worden war. Dieser war aber nach wie vor mitsamt dem Volvo und Maria unauffindbar.

Der Blick der diensthabenden Beamtin wechselte konzentriert zwischen Monitor und Computer-Tastatur, während sie seine Aussagen protokollierte. Wig hatte ihr das meiste, aber nicht alles gesagt. Dass Maria zum Beispiel noch einmal zu Hause gewesen sein musste, behielt er für sich.

Immer wenn die Frau mit dem Tippen seiner Antworten beschäftigt war, studierte Wig ihr Gesicht. In ihrer unnahbaren Art erinnerte sie ihn ein wenig an Maria. Sie offenbarte ihre Schönheit nicht jedem. Das lag zum Teil auch an ihrer Frisur. Wig fand sie verunglückt, jedenfalls den Haarschnitt. Dass man es absichtlich so wollte, konnte er sich jedenfalls nicht vorstellen. Die Strähnen standen auf Kriegsfuß miteinander. Die ungleich langen Stirnfransen wirkten abgenagt und konnten unmöglich das Werk einer Schere sein.

»Es handelt sich bei der abgängigen Person um ihre Gattin, und Sie wollen eine Vermisstenanzeige aufgeben. Habe ich das richtig verstanden?« Das Wort Vermisstenanzeige und das gleichzeitige Vibrieren seines Mobiltelefons in der linken Hosentasche samt dem schrillen Signalton (es war noch immer auf maximale Lautstärke eingestellt) versetzten ihm einen Schreck. Eine Nachricht war eingegangen. Wig fischte sich das Handy heraus und warf einen Blick auf sein Display. Die Augen der Polizistin waren gespannt auf ihn gerichtet. Das SMS war von Nora. »bin auf dem weg zu dir. 11 h, cafe gschwandtner?«

Wigs sichtbare Erleichterung war der Dame in Uniform nicht entgangen. »Ein Lebenszeichen von Ihrer Frau?«

»Leider nicht. Eine Nachricht von der Schule«, log er. »Einen Augenblick bitte.« Er tippte »passt – danke, w« und drückte auf Senden.

»Sie haben meine Frage noch nicht beantwortet, Herr Berger.«

Er schaute wieder zur Polizistin. »Ja, richtig. Eine Vermisstenanzeige, sagten Sie, heißt das. Ja, ich möchte eine Vermisstenanzeige machen.«

»Dann muss ich Sie jetzt einige Sachen fragen.« Sie öffnete ein neues Dokument auf ihrem Bildschirm. »Fangen wir mit den Personaldaten an. Familienname?« – »Neuhauser.« – »Geburtsname?« – »Ebenfalls Neuhauser.« – »Ich dachte, Sie sind verheiratet?« – »Ja, wir haben jedoch beide unsere Nachnamen beibehalten. Das heißt, eigentlich haben wir einen Doppelnamen: Neuhauser-Berger. Wir haben ihn nur nie verwendet.«

»Vorname?« – »Eva Maria Magdalena.«

Die Polizistin schmunzelte. »Geschlecht weiblich. Gehe ich jetzt einmal von den Namen her aus.« – »Ja.« – »Geburtsdatum und Geburtsort?« – »5. 1. 1962 über dem Karstein.«

»Das ist erstens kein Ort, sondern ein Berg, und wie kann man zweitens über einem Berg geboren werden? Kam sie in einem Flugzeug oder einem Hubschrauber zur Welt?«

»In einer Seilbahn. Meine Frau kam in einer Seilbahngondel zur Welt.«

»Ach so, verstehe. Der Karstein gehört zu Seehof. Dann ist ihr Geburtsort Seehof, Punkt«, sagte und tippte sie.

»Staatsangehörigkeit?« – »Österreich.« – »Name der Eltern?« – »Mathilde und Georg Neuhauser.« – »Haben Sie mit ihnen schon Kontakt aufgenommen?« Sie unterbrach ihre Eingaben und schaute ihn an.

»Sie sind beide verstorben, vor einem halben Jahr.«

»Richtig. War da nicht etwas mit einer Pilzvergiftung?« – »Genau die.« Sie sah ihn an, als würde sie an seiner Aussage zweifeln, dann blickte sie wieder auf den Monitor.

»Familienstand verheiratet, haben Sie gesagt.« Sie klopfte es in die Tasten.

»Kinder?« – »Keine.«

»Anschrift?« – »Weißenbachweg 21.«

»Haben Sie eine Telefonnummer und vielleicht auch eine E-Mail-Adresse von ihr?« Wig wusste beide auswendig und sagte sie ihr.

»Was macht Ihre Frau beruflich?« – »Bankangestellte.« – »Bei welchem Institut?« Wig nannte es und teilte ihr mit, dass er dort bereits ohne Erfolg nach ihr gefragt hatte.

»Jetzt muss ich Sie noch bitten, das Äußere Ihrer Frau zu beschreiben.«

»Sie ist 172 Zentimeter groß, Gewicht um die 55 Kilo. Sie betreibt viel Sport, ist schlank und durchtrainiert.« – »Haare?« – »Dunkelblond, schulterlang, Mittelscheitel wie Hedy Lamarr.«

»Wie wer?«

»Vergessen Sie's. Mittelscheitel reicht.«

»Augenfarbe?« – »Grün.« – »Brillen?« – »Nein. Nicht einmal Sonnenbrillen.«

»Schuhgröße?« – »Ist das denn wichtig?« – »Alles ist wichtig, sonst würde ich Sie nicht danach fragen.« – »Ich glaube, 38.«

»Sonst irgendwelche Besonderheiten? Narben, Tätowierungen ...?« – »Nein.«

»Was hat sie zuletzt getragen?«

Wig musste nicht lange überlegen: »Ein blau geblümtes Kleid und orangefarbene Sandalen mit Absätzen.«

»Irgendwelche Probleme? Krankheiten? Depressionen?«

»Nein, weder noch.«

»Hatten Sie Streit in letzter Zeit? Ich muss Sie das fragen.«

»Natürlich müssen Sie das. Nein.«

»Hat Ihre Frau irgendwelche Sachen mitgenommen?«

»Meinen Volvo.«

»Ihren Volvo?«

Sie wusste offensichtlich nichts von der Amtshandlung ihrer Kollegen vor drei Stunden. Wig sollte es recht sein.

»Ja, meinen Volvo. Selber besitzt sie einen Audi, aber der hatte einen Defekt und war in der Werkstatt.«

An der Wand über der Tür hing eine Uhr. Es war inzwischen Viertel nach zehn, und Wig fragte, wie lange es noch dauern würde. Er hätte um elf Uhr einen Termin.

»Wir sind fürs Erste durch. Für die Fahndung bräuchten wir noch ein aktuelles Foto Ihrer Frau und wenn möglich eine DNA-Probe. Ihre Zahnbürste und ihre Haarbürste wären gut, wenn Sie die vorbeibringen könnten.«

»Und was passiert jetzt? Wie geht es weiter?«

»Die Anzeige geht an die Kriminalpolizei. Die Kollegen werden mit Ihnen Kontakt aufnehmen. Nachdem Frau Neuhauser eine mündige Person ist und es keinen Hinweis auf ein Verbrechen oder Verdacht auf Suizid gibt, wird es vorerst keine Maßnahmen geben. Aber wir halten die Augen offen. Die Informationen kommen ins

Fahndungssystem und sind dann auch in allen Schengenstaaten abrufbar. Ihre Daten brauche ich auch noch, Herr Berger. Haben Sie Ihren Personalausweis dabei? Und eine Telefonnummer, unter der wir Sie erreichen können.«

Nachdem sie fertig war, druckte sie das Protokoll aus, bat Wig, es auf seine Richtigkeit zu überprüfen und dann zu unterschreiben.

Als er ins Freie trat, stand die Sonne schon hoch. Einen kurzen Moment lang suchte er seinen Volvo, bis sein Blick auf den schwarzen Audi fiel. Er öffnete die Tür, und die aufgestaute Hitze schlug ihm entgegen. Während der Fahrt brannte sich das heiße Sitzleder durch die Hose hindurch in seine Oberschenkel. Nora war schon da. Sie saß im kühlen Schatten eines Kastanienbaumes auf der Terrasse des Cafés Gschwandtner und sah Wig von Weitem den Audi abstellen. Man konnte es ihm ansehen, dass er nicht im Gleichgewicht war. Seine linke Schulter war hochgezogen, er hielt den Kopf schief, und sein Lächeln war bemüht.

Er wollte ihr einen Kuss auf die Wange geben, aber sie entzog sich mit einer schnellen Bewegung. »Spinnst du? Hier in aller Öffentlichkeit! Was ist los mit dir, und warum bist du mit Marias Auto unterwegs?« – »Sie ist noch immer nicht aufgetaucht.« Wig setzte sich Nora gegenüber und schilderte ihr die Ereignisse der letzten Stunden.

»Du hast eine Vermisstenanzeige gemacht?«, fragte sie ungläubig. »Ist das nicht übertrieben? Sie ist seit nicht einmal vierundzwanzig Stunden verschwunden, und du lässt sie schon suchen?« Wigs Telefon klingelte. Es war eine ihm unbekannte Nummer. »Berger?« Er wurde steif. »Wann?«, fragte er mit lebloser Stimme. »Danke.« Er legte auf. Sein Blick verlor sich.

»Wer war das?«

»Die Polizei. Sie haben gerade mit dem Bankdirektor gesprochen. Er hat gesagt, Maria hätte gestern gekündigt.« Wig rang um Selbstbeherrschung. Nora versuchte ihm Mut zuzusprechen: »Immerhin schließt die Nachricht einen Unfall aus.«

»Ein Unglück ist es trotzdem – und ein Rätsel. Warum tut sie so was? Ausgerechnet jetzt.« Ein rotes Kanu, gepaddelt von einem jungen Mann, glitt vorbei. Im Bug saß ein Bub mit einer Angel.

Wig schaute Nora in die Augen. Er zwang sich zu einem fröhlichen Gesichtsausdruck und wechselte das Thema.

»Wie geht es dir? Ist dir übel? Bist du müde?« Er berührte zärtlich ihren Bauch.

Nora schüttelte den Kopf und lachte. »Mir geht's gut. Es hat sich ja nicht viel verändert. Außer, dass ein kleiner Wurm in mir heranwächst. Es ist alles noch etwas unwirklich.«

»Ich versteh es auch nicht. Wir haben doch immer aufgepasst.«

»Wir vielleicht schon.« Seine fröhliche Fassade bekam einen Riss, und Traurigkeit begann durchzusickern. »Freust *du* dich denn?«, fragte er Nora.

»Ich weiß noch nicht, aber ich werde es auf alle Fälle austragen. Mein Gott, wie das klingt.« Sie entzog sich seiner Berührung und rührte nachdenklich mit dem Strohhalm in ihrem Eiskaffee. »Und wie geht es dir damit?«

»Es wäre ein Geschenk, in meinem Alter noch Vater zu werden.«

Wig sah ihre Mundwinkel ein Lächeln andeuten. »Das sagt noch nicht, dass du dich darüber freust.«

»Ist es dafür nicht zu früh? Wo wir doch gar nicht wissen, wer der Vater ist.«

»Wäre es dir denn lieber, es wäre von Oskar?«

»Nein. Gar nicht. Aber ich fühle mich ein wenig wie Abraham.«

»Wieso?«

»Er hat mit neunzig seine Magd geschwängert und mit hundert seine Frau.«

Nora lachte so laut, dass sie die Blicke anderer Gäste auf sich zog. Sie beugte sich Richtung Herwig und flüsterte ihm ins Ohr: »Du bist erstens gerade einmal sechzig, und zweitens bin ich nicht deine Magd. Oder denkst du jetzt daran, einen eigenen Stamm zu gründen?«

Kapitel 12

Mit dem in die Knie gehenden Juli neigten sich auch die Tage im Zeichen des Regenbogens ihrem Ende zu. Die Zeltstadt begann sich zu lichten. Rucksäcke wurden gepackt, Adressen und Telefonnummern ausgetauscht, Abschiede gefeiert, Wiedersehen geplant.

Maria und Lisa gehörten zu den Letzten, die sich auf den Weg zurück in die Zivilisation machten. Sie hatte ihre Freundin am Morgen jener Nacht schließlich doch gefunden. Kein Wunder nach dem unvergesslichen Meteoritenschauer – war doch einer ihrer allerersten Wünsche damit verbunden gewesen. Sie fand Lisa in paradiesischer Nacktheit bei der Morgentoilette am Bach.

Doch so dankbar Maria für die Aufnahme im großen Tipi und vor allem für den trockenen warmen Schlafplatz neben ihrer Freundin war, nach drei ganzen Wochen in diesem Zwischenuniversum mit Menschen aus aller Welt war ihr der Aufbruch willkommen. Auch einen siebzigjährigen Amerikaner soll es gegeben haben, einen Hippie der ersten Stunde. Maria hielt es für ein Gerücht. Er war ihr jedenfalls nicht über den Weg gelaufen. Im Gegensatz zu Menschen aus Israel, Polen, Ungarn, Deutschland, Estland, Litauen, der Ukraine, Österreich, Frankreich und Italien.

Sie war dankbar dafür, ungeachtet ihres Alters und ihrer alles infrage stellenden, illusions- und phantasielosen Diskussionsbeiträge mit dem Gefühl der Zugehörigkeit beschenkt worden zu sein. Es hatte sie zugegeben etwas irritiert, wie man ihre akute Lebensplanlosigkeit nicht als Makel, sondern ganz im Gegenteil als bewundernswerte Tugend auslegen konnte, aber erleichtert, weil niemand versucht hatte, sie von irgendetwas zu überzeugen, oder ihren Pragmatismus verurteilte.

Nun freute sie sich wieder auf die Zivilisation. Sie war froh, das allabendliche barfuß ums Feuer Tanzen bald hinter sich zu haben. Die Endlosschleifen der monotonen Gesänge, die fliegenumschwärmten Latrinen und nicht zuletzt die breiige Kost.

Es gab viele Umarmungen, und alle wünschten ihrer »Schwester«, der Weg möge sie dahin führen, wo der Regenbogen seinen Zauber entfaltet. »Du stehst unter seinem Schutz, wo immer du hingehst.« Auch wenn einige von ihnen leicht neben der Spur waren, die lachenden und sorglosen Gesichter der Blumenkinder würden ihr abgehen, dachte Maria, als Fahrzeug um Fahrzeug die Passhöhe verließ. Jene, die keine Mitfahrgelegenheit gefunden hatten, stellten sich an den Straßenrand und machten sich per Autostopp wieder auf den Weg.

Der Volvo stand noch da, wo sie ihn vor einem Monat geparkt hatte. »Und was hast du jetzt vor? Wirst du wieder nach Hause fahren?«

»Ich weiß zwar nicht, wie es weitergeht, aber zurück will ich auf keinen Fall.«

Lisa stand neben ihr und träumte laut von Griechenland und davon, dass dort noch drei Monate Sommer abzuholen wären. Maria wollte auch träumen und machte sich mangels eigener Vorstellung Lisas Traum zu eigen. Sie nahmen Kurs Richtung Athen.

Nach einem Zwischenstopp in Istrien, wo sie sich auf Marias Drängen und ihre Kosten für ein paar Tage ein Zimmer leisteten, um sich und ihre Habe wieder einmal einer gründlichen Reinigung zu unterziehen, standen sie in einem Stau kurz vor der mazedonisch-griechischen Grenze und schoben sich nur im Schritttempo vorwärts.

»Es muss doch irgendetwas geben, wovon du manchmal träumst«, sagte Lisa, während sie wieder ein paar Meter weiterrollten.

»Ja, Sex.« Sie lachten beide.

»Na, siehst du. Und jetzt musst du nur noch dran glauben.«

»Glauben ist nicht meine Stärke.«

»Dann mach es zu einer.«

»Und wie soll das bitte gehen? Das ist etwas, das man hat oder eben nicht. Wie Musikalität oder Geschicklichkeit und Bewegungstalent.«

»Das ist ein gutes Beispiel. Es mag nicht deine Stärke sein, aber deshalb muss es noch lange nicht deine Schwäche sein. Stell dir einfach vor, der Glaube ist wie ein Muskel. Alle sind von Geburt an mit einem ausgestattet. Wenn man ihn nicht benützt, verkümmert er. Oder schlimmer noch, er verselbständigt sich.«

»So wie bei mir. Ich glaube, da ist nichts mehr zu machen.«

»Ha! Siehst du? Du glaubst ja doch.«

»Was?«

»Du hast gerade gesagt: ›Ich glaube, da ist nichts mehr zu machen.‹ Genauso gut kannst du sagen: ›Ich glaube, das krieg ich hin!‹ Wenn schon glauben, dann etwas Positives.«

»Glaube ist doch etwas Biblisches, Fossiles! Ein Relikt aus Zeiten, als Menschen noch mit brennenden Dornbüschen Konversation gepflegt haben. Aus einer Zeit, als die ganze Welt übersinnlich interpretiert worden ist.«

»Hat sich daran denn so viel geändert?«

»Das hoffe ich doch! Der Glaube ist ein Überbleibsel der Evolution. Das ist der Blinddarm unseres Verstandes.«

»Ha!«, rief Lisa. »Inzwischen weiß man, dass der Blinddarm und sein Appendix eine wichtige Rolle in unserem Immunsystem haben.«

»Der Glaube als Immunsystem für den Verstand? Da gebe ich dir recht. Das erklärt die ganzen religiösen Spinner. Ein Grund mehr, ihn abzuschaffen.« Maria ließ einen drängelnden BMW passieren, um gleich darauf wieder zu ihm aufzuschließen. Der Verkehr wälzte sich im Schritttempo eine schmale Straße hinauf.

»Radfahrer!«, rief Lisa empört, als sich der Grund für den Stau offenbarte. »Diese Hobbyrennfahrer gehören verboten! Wer bitte bewegt sich freiwillig in einem bunten, mit Werbung bedruckten Kunststoffkostüm als

Verkehrshindernis durch die Landschaft, noch dazu bei dieser Hitze?«

»Ich zum Beispiel«, lachte Maria. »Zumindest bis vor kurzem. Dass du zu so etwas überhaupt fähig bist!«

»Wozu?«

»Na, Intoleranz. Radfahrer sind im Grunde doch harmlose Zeitgenossen.«

»Ich meine nicht die, die das Rad als Transportmittel verwenden, sondern die Freizeitsportler, insbesondere die, die das im Rudel machen. Also ich finde sie militant. Schon das Uniformierte. Überhaupt Sportler. Schau sie dir an. Vor allem die Spitzensportler. Die meisten haben doch einen Schatten! Und wen wundert's? Sie sagen ja selber, um an und über ihre Grenzen zu gehen, müssen sie das Hirn ausschalten. Die wenigsten denken leider daran, es wieder einzuschalten. Oder nimm dich. Du hast mir doch letztens auch gesagt, es hätte dich vom Elend deiner Situation abgelenkt. Wer überschüssige Energien hat und beruflich im Hamsterrad unterwegs ist, sollte das nicht auch noch auf seine Freizeit übertragen. Entschuldige, jetzt habe ich mich verloren. Wo waren wir gerade?«

»Beim Glaubensmuskel. Du sagtest, man könne ihn trainieren.«

»Ja, man muss es nur wollen.«

»Das Wollen kommt also noch vor dem Glauben?«

»Frau, du bist echt anstrengend.«

»Das hat Wig auch immer gesagt, nur nicht so schön gegendert wie du jetzt.«

»Tut mir leid. Es ist nur, wie soll ich sagen? Du zwingst mich dauernd dazu, meine Gedanken in Worte zu übersetzen. Aber jetzt haben wir schon damit angefangen. Also, es beginnt alles mit dem Träumen, man träumt oder erträumt sich etwas, und wenn es etwas Erstrebenswertes ist, kommt das Wollen dazu, und dann hilft es auf jeden Fall, wenn du daran glaubst, dass du es erreichen kannst. Es heißt, der Wille ist der ältere Bruder des Glaubens und die Utopie seine ungezähmte Schwester. – Die meisten Menschen überlassen das Träumen der Werbung. Es gibt auch Leute, die glauben an den Weltuntergang oder dass zweiundsiebzig Jungfrauen auf sie im Paradies warten, wenn sie mit einem Flugzeug in ein Hochhaus fliegen, oder dass die Erde eine Scheibe ist.«

»Vielleicht weil sie von der Vorstellung, auf einer Kugel zu leben, überfordert sind und Angst haben, sie könnten ins Aus rollen?«, gab Maria zu bedenken. »Wig meint: Die Menschen glauben an Gott, weil sie wollen, dass es einen Gott gibt. Sie wollen eine Instanz über sich haben, jemanden, der die letzte Verantwortung trägt. Gott ist die Unschuld, in der die Menschen ihre Hände waschen, wenn sie andere an Kreuze schlagen, verbrennen, vergewaltigen oder einfach verhungern lassen.«

Die Straße wurde wieder breiter, und alle konnten die Radler passieren. »Also«, fragte Maria, »wie geht die erste Übung? Woran soll ich jetzt glauben?«

»An was Schönes. Dass du vor dem Weltuntergang noch einmal guten Sex haben wirst zum Beispiel«, lachte Lisa entwaffnend. Sie drehte das Radio auf und drückte auf Sendersuchlauf. Griechische Musik auf fast allen Sendern. Dann ein vertrautes Gitarrenriff.

»Geh bitte noch einmal zurück und dreh lauter.«

»Wer ist das?«

»*And the wind, it cries Mary …* Maria. Das ist dein Lied!«, rief Lisa aufgeregt. »Das ist ein Zeichen.«

»Nein, das ist Jimi Hendrix.«

»Ja, vielleicht, aber er singt es für dich. Hör doch genau hin. Es geht um eine Königin, die weint, und einen König, der keine Frau hat. Die zerbrochene Vergangenheit wird weggefegt, und der Wind ruft Maria. Er ruft deinen Namen!«

»Ich kenne das Lied. Meine Mutter hat es geliebt. Sie hat Jimi geliebt. Er wurde am selben Tag geboren wie sie. Am 27. November 1942.«

»Krass! Dann sind sie also gleich alt.«

»Das waren sie. Siebenundzwanzig Jahre lang. Jimi ist gestorben, als ich acht war. Meine Mutter hat ihn um siebenundvierzig Jahre überlebt. Letztes Jahr ist sie ihm gefolgt.«

»Woran ist er gestorben?«

»An einem Mix aus Schlaftabletten und Alkohol.«

»Und deine Mutter?«

»Meine Eltern starben an einer Pilzvergiftung.«

»Wie? Beide?«

»Ja, sie waren leidenschaftliche Pilzsammler und kannten sich eigentlich gut aus. Ein Spitzbuckeliger Raukopf wurde ihnen zum Verhängnis.«

»Wie lange, hast du gesagt, ist das her?«

»Etwas mehr als ein halbes Jahr.«

»Scheiße. Das tut mir leid.«

»Ist schon okay. Außerdem hast du ja recht. Das Lied trifft meine Situation ganz gut. Kennst du den Ringsgwandl?«

»Ist das auch ein giftiger Pilz?«

»Giftig ja, aber kein Pilz. Georg Ringsgwandl, wie er mit vollem Namen heißt, hat eine Cover-Version von ›The Wind Cries Mary‹ gemacht. Bei ihm heißt es: ›Der Wind schreit leise Scheiße‹. Das bringt mein Leben noch besser auf den Punkt.«

»Du bist zu streng mit dir und der Welt.«

»Aber es ist ja wahr. Ich habe komplett den Boden unter meinen Füßen verloren.«

»Du kannst es auch anders sehen. Du hast keinen festen Boden unter den Füßen, weil du fliegst. Weißt du, wie viele Menschen genau davon träumen? Und du hast es gemacht. Du hast dir ein Herz genommen und bist gesprungen!«

»Ach, Lisa, so war es aber nicht. Ich bin nicht gesprungen, ich bin weggelaufen.«

»Für einen weiten Satz braucht es immer einen Anlauf. Am Anfang bist du gelaufen, aber dann bist du gesprungen, und du bist noch immer mitten im Sprung. Du bist noch nicht gelandet.«

Kapitel 13

Als sie die Grenze endlich hinter sich hatten, war es später Nachmittag. Bis nach Athen wären es noch gute sechs Stunden gewesen, und Maria schlug vor, einen Zwischenstopp in Saloniki zu machen. Athen konnte warten. Der vor zweieinhalbtausend Jahren erbaute Parthenontempel auf der Akropolis würde auch morgen noch an seinem Platz stehen.

Zwei Wochen später waren sie noch immer in Saloniki. Das Hotelzimmer hatten sie nach einer Woche gegen eine private Bleibe getauscht. So lange war es her, dass sich ihre Wege mit denen von Ioannis gekreuzt hatten. Es geschah zu nächtlicher Stunde im alten Bazar von Saloniki. Die beiden waren schon oft dort gewesen, aber immer nur tagsüber. Sie liebten das Treiben in den engen, belebten Gassen mit all den bunten Plastikschüsseln, Besen, Bürsten, Teppichen, Tischdecken, Kerzen- und Kleiderständern, Schafskutteln an Fleischerhaken, Kisten voller Gewürze, die alle Farben und Gerüche der Welt des Orients verströmten, die Gassen mit den Fischhändlern, mit den Obsthändlern und den Gebetsschnurverkäufern.

Nach Einbruch der Dunkelheit hatten sie die Gegend immer gemieden. Zu spärlich die Beleuchtung des nächtlich verwaisten Labyrinths, zu unheimlich die heruntergelassenen und graffitiverschmierten Rollläden und die vielen furchtlosen Ratten.

An jenem Abend aber hatten sie sich hineingewagt, angezogen von der klagenden Melodie einer dunklen Frauenstimme und dem melancholisch schleifenden Klang einer Geige.

Zwischen vergitterten Schaufenstern, hinter denen das Blattgold verstaubter Ikonen matt leuchtete, und Stapeln leerer Obstkisten saßen ein Dutzend Menschen auf Plastikstühlen und lauschten einer Gruppe von fünf Musikern. Auf einer der Kisten stand ein Plastikkanister mit Rotwein, aus dem man sich selbst bediente. Als sie dazustießen, verklangen gerade die letzten Töne der Sängerin und ihrer Begleiter. Es gab keinen Applaus, aber wie den Gesten und Gesichtern zu entnehmen war, anerkennende Worte und Wertschätzung. Man bemerkte die neuen Zuhörerinnen und winkte ihnen, näher zu kommen. Zwei Sessel wurden von irgendwo hervorgezaubert, und die Musiker begannen ein neues Stück zu spielen. Neben der Sängerin und dem Geiger gab es noch einen Gitarristen und zwei Bouzouki-Spieler.

Maria verstand kein Wort von dem, was gesungen wurde, aber es hörte sich an wie ihre eigene Geschichte. Es war eine Klage, aber keine Anklage, kein Jammern, kein Selbstmitleid. Es war eine Feststellung. Die nüchterne Bestandsaufnahme nach einer Katastrophe. Es war Blues in Reinkultur. Maria wurde erfasst von den Bildern, die aus den Melodien strömten, und Tränen stiegen in ihr auf. Wie damals, eine gefühlte Ewigkeit war es her, als Leonard Cohens Stimme sie durchdrungen hatte. An jenem Tag, als sie die Entscheidung getroffen hatte, abzuhauen, wegzulaufen, zu verschwinden. Doch diesmal waren es keine Tränen der Verzweiflung, sondern Tränen des Weltschmerzes. Sie verlor sich in den Musizierenden. Besonders in einen der beiden Bouzouki-Spieler. Sein schwarzes, krauses Haar erinnerte sie an Jimi Hendrix, und er liebkoste sein Instrument auch mit derselben Hingabe.

Als die Musik eine Pause machte, kam »Jimi Hendrix« zu ihnen. Er trug eine Karaffe Wein in der einen Hand, drei Gläser in der anderen und ein Lächeln im Gesicht, das bis zu den Ohren gegangen wäre, hätte ihm nicht eine brennende Zigarette im Mundwinkel Grenzen gesetzt. Er stellte Krug und Gläser auf eine der Obstkisten und nahm die Zigarette aus dem Mund. »Hello and welcome! I have not seen you here before. Where are you from?« Seine schwarzen Augen wanderten aufmerksam zwischen den beiden Frauen hin und her. Maria war noch immer in der gerade verklungenen Musik und den Bildern, die sie in ihr erzeugt hatte, versunken. Sie überließ die Antwort ihrer Freundin. Sie schätzte den Mann auf um die fünfundvierzig, und es fiel ihr auf, dass er die Zigarette auf die gleiche Art hielt, wie Wig es tat, wenn er einen Joint rauchte, nämlich mit Daumen und Zeigefinger und nicht wie die meisten Raucher zwischen Zeige- und Mittelfinger.

»She comes from Austria. Her name is Maria. I am

Lisa. And I'm from Germany. And you …?«, fragte sie zurück.

»Ich bin Ioannis«, antwortete er auf Deutsch, »kann ich mich zu euch setzen?«, und ohne die Antwort abzuwarten, angelte er sich eine leere Obstkiste als Sitzunterlage.

Es wurde eine lange Nacht, und als sie sich verabschiedeten, bot Ioannis, beschwingt vom Wein und der Musik, den beiden an, zu ihm zu ziehen. »Ihr könnt euch das Geld fürs Hotelzimmer sparen. Ich habe eine Wohnung oben am Berg. Sie ist eigentlich für eine ganze Familie gedacht, aber seit meine Eltern vor zehn Jahren nach München gezogen sind, bin ich der Einzige, der sie bewohnt. Ihr könnt ein Zimmer für euch haben. Also überlegt es euch. Hier ist meine Telefonnummer. Kali nichta.«

Am Heimweg zum Hotel entlang der Uferpromenade sagte Maria zu Lisa: »Ich glaube, Ioannis mag dich. Die Einladung gilt in erster Linie dir.«

»Meinst du?«, lachte sie und gab ihr einen Schubs. »Ich wollte dir gerade dasselbe sagen.« Dann legte sie ihren Arm um Marias Schulter und sagte mit Blick in den Sternenhimmel: »Vielleicht mag er uns beide.«

»Oder er hat sich noch nicht entschieden.«

»Muss er das denn?« Sie blieb stehen, drehte sich zu Maria und küsste sie auf den Mund.

Am nächsten Tag wachte Maria mit Musik im Kopf und einer schon lange nicht mehr gefühlten Freude im Herzen auf. Lisa war schon auf und saß, das dunkelblaue Meer zu Füßen, mit geschlossenen Augen auf dem Balkon.

»Kaliméra! Bist du schon lange auf?«

Sie öffnete ein Auge und blinzelte in die Morgensonne, als sie Marias Stimme hörte. »Kannst du Griechisch?«

»Nein. Ich habe vor langer Zeit zwar einmal einen Sprachkurs gemacht, für Anfängerinnen, aber das ist alles weg. ›Guten Morgen‹ ist so ziemlich das Einzige, woran ich mich noch erinnern kann. Wig und ich haben in den Achtzigern vier Sommer hintereinander Urlaub nicht weit von hier gemacht. Wir schlugen unser Zelt immer an derselben Stelle in einer traumhaft schönen Bucht auf.«

»Nicht weit von hier, sagst du? Dann könnten wir doch da hinfahren. Was meinst du? Oder hast du für heute schon was vor?«

»Nein. Aber ich habe noch einmal nachgedacht über das, was Ioannis gestern gesagt hat. Ich finde, du solltest das Angebot annehmen.«

»Wie meinst du das?«, fragte Lisa und stand auf, um die Sonne im Rücken zu haben und Maria ins Gesicht sehen zu können. »Was heißt das?«

»Dass sich unsere Wege trennen sollten.«

»Aber das ist doch ... Nein, tut mir leid, so geht das nicht. Vielleicht mag er mich ja auch. Aber wie er auf dich abgefahren ist und wie er dich angeschaut hat ... Ist dir das nicht aufgefallen?«

»Nein. Mein Eindruck war, er hatte nur Augen für dich.«

»Das ist Blödsinn. Und du weißt es.« Lisa hatte sich wieder neben Maria gesetzt und strich ihr mit den Fingern über den Handrücken. »Oder haben dich meine Küsse verschreckt?«, fragte sie leise. »Ich war in einer verwegenen Stimmung. Dieser Abend, diese Musik, der Wein ...«

»Ich weiß. Und dazu noch dieser Mann ... Er ist echt süß.« Maria machte einen tiefen Atemzug und schaute verträumt auf ihre nackten Füße. »Nein, ich möchte weder den Kuss noch die Nacht missen oder ungeschehen machen. Es war wunderschön. Vom Moment, wo die Musik eingesetzt hat, bis jetzt.« Sie drehte sich zu Lisa und lachte. »Deshalb macht mir die Vorstellung, dich mit einem Mann teilen zu müssen, auch zu schaffen.«

»Aber das ist doch kein Grund, getrennte Wege zu gehen! Gibt es einen besseren Beweis für Liebe als Eifersucht?«

Am nächsten Tag zogen sie beide bei Ioannis ein.

Aus der Sommerglut war ein wärmendes Herbstfeuer geworden. Und nicht nur die Sonne hatte inzwischen einen spürbar milderen Winkel auf die Welt eingenommen, auch Marias Blick auf sich selbst war zärtlicher geworden.

Ihr einstmals sehniger Körper begann weichere und rundere Formen anzunehmen. Das köstliche Essen, das Olivenöl, der Retsina, das wundersüße, klebrige Baklava, der dickzuckerige griechische Kaffee, die salzige Luft und die südliche Sonne gaben ihr ein vergessen geglaubtes Gefühl für Sinnlichkeit zurück. Und dann waren da noch Ioannis und Lisa, mit denen sie sich die Tage und die Nächte teilte und die ihre Seele und jeden Zentimeter ihrer Haut verwöhnten. Alle Erinnerungen an lustvolle Zeiten der Vergangenheit verblassten gegenüber dem, was sie mit ihnen erlebte. Es war, so empfand sie es jedenfalls, der beste Sex, den Frau haben konnte. Sie konnte ihr Glück nicht fassen, konnte sich nicht erinnern, je so geliebt worden zu sein, je so geliebt zu haben. Sie konnten sich stundenlang küssen, liebkosen, streicheln, einander trinken. Sie konnten nicht genug voneinander bekommen. Und am allerschönsten war es, das Glück und die Verzückung, die Losgelöstheit von allem Irdischen in Lisas Augen zu sehen, wenn die Wollust sie überfraute, wenn sich ihre Stirn in Falten legte und sie das Zucken ihrer Schenkel spürte, oder Ioannis' kindlich ernsten Gesichtsausdruck, wenn sich seine Lust in Wellen zu entladen begann. Die Erwiderung jeder ihrer Bewegungen. Das Grübchen, das auf seiner Oberlippe entstand, wenn er lachte. Es war eine wochenlange, nie enden wollende Lust. Nach dem Orgasmus war vor dem Orgasmus. Das Federkleid der Lust und die Flügel der Liebe trugen sie über die Wolken hinaus. Over the rainbow sozusagen, und die Welt geriet außer Sichtweite.

Doch wie viel Erfüllung vertragen wir? Was passiert, wenn wir übergehen vor Glück? Musste es nicht auch unerfüllte Tage geben? War eine schattenlose Welt nicht genauso schlimm wie eine ohne Licht? Braucht unser Leben nicht beides? Ist es nicht unsere Bestimmung, um das Licht zu tanzen wie die Erde um die Sonne? Und ihm immer wieder auch den Rücken zuzuwenden?

Drei Monate waren vergangen seit Marias Abschied

von ihrem bisherigen Leben und ihrem freien Fall in ein Paralleluniversum. Was davor gewesen war, schien ihr ebenso unwirklich wie die Gleichzeitigkeit von irgendwelchen Ereignissen, die gerade zu Hause stattfinden mochten. Die Zeit hatte sich aufgelöst oder verformt, wie in einem Salvador-Dalí-Bild. Chronos war ins Chaos zurückgeworfen worden. Nur die Formationsflüge der Zugvögel deuteten auf bevorstehende Veränderungen.

Maria und Lisa hatten es sich auf Ioannis' Terrasse bequem gemacht und tranken frisch gebrühten Kaffee. Die einfache Bank, auf der sie saßen, war der Lieblingsplatz ihres neuen Zuhauses geworden. Sie bestand aus drei übereinandergelegten Holzpaletten, an deren Längsseite im rechten Winkel eine vierte genagelt war, die als Lehne diente. Auf der Sitzfläche lag eine Matratze, und über alles war ein großes Baumwollsegel gebreitet, das nach Meer roch und nach Abenteuern. Die Wärme des pechschwarzen, bittersüßen Getränks breitete sich in ihren Körpern aus. Die dickwandigen Tassen in Händen lauschten sie zurückgelehnt der tief unter ihnen liegenden Stadt. Das gleichmäßige Rauschen des Verkehrs hätte auch ein Wasserfall sein können oder die Meeresbrandung. Ein paar Möwen riefen sich Botschaften zu, und aus der Küche drang die gedämpfte Stimme von Ioannis, der schon seit einer Weile telefonierte.

Sie liebten es, hier zu sein in diesem oberen, von den Einheimischen Ano Poli genannten Teil der Stadt. Die Gassen waren enger, die Luft kühler und die Betriebsamkeit der Welt ferner. Ioannis hatte gesagt, er wohne am

Berg, und das war nicht übertrieben. Zu Fuß dauerte es eine gute halbe Stunde, bis man oben war. Der Ausblick von der Terrasse war grandios. Zu Füßen die Ägäis, und dahinter leuchteten bei klarer Sicht die bewaldeten Bergflanken und die Schneefelder des Olymp.

Ioannis lebte in der Wohnung seit seinem dritten Lebensjahr. Eigentlich war er ein halber Deutscher: Auf die Welt gekommen war er in Dresden, von dort stammte seine Mutter. Er war noch ein Kleinkind, als sein Vater mit Frau und Sohn nach Griechenland zurückgegangen war und sich in Saloniki niedergelassen hatte. Vor zehn Jahren hatten Ioannis' Eltern, die Finanzkrise vorausahnend, ihre Firma verkauft und waren wieder nach Deutschland gezogen. Seitdem hatte er die Wohnung für sich allein. Schon deshalb steckte Ioannis, immer wenn er dort vorbeikam, drei dünne Kerzen in die Sandschale am Eingang der Agia-Sofia-Kirche. Eine für die Mutter, eine für seinen Vater und eine aus Dankbarkeit für sein eigenes glückliches Leben.

Ioannis sah sich als glücklichen Menschen. Er betrachtete es vor allem als Glück, die Gabe der Musik in die Wiege gelegt bekommen zu haben. Auch wenn er von ihr allein nicht leben konnte. Um seinen Lebensunterhalt zu verbessern, verdingte er sich auch als Portier in einem Hotel und organisierte für Pilger Wallfahrten zum Heiligen Berg. Das rüttelte jedoch nicht an seinem Selbstverständnis, Musiker zu sein. Er war als Musiker geboren. Die Musik war einfach immer schon da. Im Gegensatz zu allem anderen musste er sie nicht erst lernen. Im Gegensatz zum Reden, Lesen, Schreiben, Rechnen, Autofahren oder Fischfangen. Letztere Fähigkeit hatte ihn schon das eine und andere Mal davor bewahrt, hungrig ins Bett gehen zu müssen. Wenn gar nichts mehr ging, konnte er sich immer noch einen Fisch fangen.

Lisa stand am Geländer und blickte auf das milchig weiße Häusermeer, das sich den Berghang zum Hafen hinunter ergoss. Draußen in der Bucht lagen große Schiffe vor Anker, deren Ladung darauf wartete, gelöscht zu werden. Ein Fährschiff legte gerade ab und drehte seinen Bug hinaus ins offene Meer.

»Maria, denkst du manchmal an deine Heimat?«

»Heimat? Was ist das überhaupt?« Sie hatte sich die Frage selber gestellt, aber Lisa fühlte sich angesprochen und antwortete: »Für viele ist Heimat ein heiliger Ort. Ich habe einmal jemanden sagen hören, Heimat sei das, wofür man bereit wäre, ein Verbrechen zu begehen.«

»Dann habe ich lieber keine Heimat.«

»Und Herwig? Denkst du manchmal an ihn?«

»Ja, das tu ich. Ich frage mich ab und zu, wie es ihm wohl geht. Ob er sein Glück gefunden hat, und wie's ihm mit seinem schwangeren Nordlicht geht.«

»Glaubst du, er ist um dich besorgt?«

Diese Frage erwischte sie unvorbereitet. Sie gab zuerst nur ein kurzes »Hm« von sich, und nach einer Pause sagte sie: »Vielleicht sollte ich ihm schreiben. Aber nicht gleich. Ich will noch keine Worte finden müssen für mein jetziges Leben.«

Ioannis stand noch immer telefonierend in der Küche.

So viel hatte Maria sich schon wieder in die griechische Sprache eingehört, dass sie mitbekam, es ging um eine Gruppe russischer Pilger, die vom Flughafen abgeholt und zum Heiligen Berg gebracht werden musste. Nachdem er aufgelegt hatte, kam er auf die Terrasse und wandte sich an Maria. »Hast du Lust, etwas Geld zu verdienen?« Sie lachte. »Lust und Geld vertragen sich nicht. So viel habe ich schon gelernt. Also, die Antwort ist nein. Aber wenn ich dir bei etwas helfen kann, gerne.«

Er beugte sich zu ihr hinunter und küsste sie.

»Ja, du könntest. Am Flughafen sitzen elf Russen, die auf den Heiligen Berg wollen. Ich habe ihnen versprochen, sie morgen in die Himmelsstadt zu bringen.«

»Welche Himmelsstadt?«, wollte Lisa wissen.

»Die Himmelsstadt oder Ouranopolis ist das Tor zum Heiligen Berg. Dort endet nicht nur die Straße, sondern gewissermaßen auch die Welt. Dahinter liegt die abgeschirmte Mönchsrepublik des Heiligen Berges. Keine Straßen führen hinein oder heraus. Man kann nur über den Seeweg dorthin gelangen. Und selbst das nur, wenn man entweder Mönch in einem der Klöster ist oder im gnadenvollen Besitz einer ausschließlich männlichen Pilgern vorbehaltenen Einreiseerlaubnis. Schon der Name des Dokumentes bezeugt seine Kostbarkeit: ›Diamonitirion‹. Aber selbst wenn man eins bekommt, ist der Aufenthalt auf drei Tage beschränkt.

Wie alle geschlossenen Gesellschaften fürchten sie um die Reinheit ihrer Lehre. Deshalb ist es zu jeder Zeit auch nur zehn Andersgläubigen gestattet, sich dort aufzuhalten. Rechtgläubig sind nur solche, die dem orthodoxen Christentum angehören. Auch für diese ist der Zutritt beschränkt. Von ihnen geht jedoch weniger Gefahr aus, deshalb dürfen zehnmal so viele von ihnen anwesend sein. Aber mehr als hundert eben auch wieder nicht, und da gibt es keine Ausnahmen, auch nicht für russische Pilger. Das habe ich dem Mann am anderen Ende der Leitung gerade klarzumachen versucht. Ich habe ihm gesagt, jetzt helfe nur beten. Am besten zur heiligen Gottesmutter. Wenn es jemanden gibt, der es einrichten kann, dass zum Beispiel eine Gruppe ausfällt und Plätze frei werden, dann sie.«

»Und wenn nicht, haben sie den ganzen Weg umsonst gemacht?«

Ioannis lachte. »Ich werde schon dafür sorgen, dass sie ein Visum bekommen. Gegengeschäfte haben eine längere Tradition als Gebete und sind in ihrer Wirkung zuverlässiger. Ich habe dem Mönch von der Visastelle versprochen, ihm zwei Ikonen abzukaufen. Wenn die Russen morgen die frohe Botschaft von mir erfahren, werden sie glauben, es seien ihre Gebete gewesen. Das bestärkt ihren Glauben an Wunder. Genau deswegen sind sie ja hier.«

»Und wo komme ich ins Spiel?«, fragte Maria.

»Beim Transport nach Ouranopolis. Ich habe drei Plätze zu wenig im Bus, und dein Volvo wäre die Lösung. Natürlich ginge auch ein Taxi. Das kostet allerdings 160 Euro, und wir haben es nicht mit Aktionären von Gasprom zu tun. Wenn wir 100 Euro verlangen, sparen sie 60, und uns bleiben, das heißt, dir bleiben abzüglich Spritkosten noch immer 70 Euro. Was sagst du? Traust du dir das zu, morgen mit drei Russen nach Ouranopolis zu fahren?«

»Ja. Aber sie müssen zu dritt auf der Rückbank sitzen, denn ich will, dass Lisa mitkommt.«

»Megálos! Efcharistó! Abgemacht. Wir fahren morgen Mittag los, liefern sie dort ab und fahren danach zu meinem Großvater.«

»Der, von dem du einmal erzählt hast, er hätte dich die Sprache des Meeres gelehrt?«

»Ja genau der. Ich hab ihm von euch erzählt, und er freut sich sehr, euch kennenzulernen.«

»Was hast du ihm denn erzählt?«

»Dass eine Österreicherin und eine Deutsche bei mir zu Besuch sind. Er will unbedingt seine zehn deutschen Wörter, die er noch kann, an euch ausprobieren. Na ja, vielleicht sind es zwanzig, oder auch hundert.«

»Er kann auch Deutsch?«

»Ist eine lange Geschichte, und er wird sie euch sicher erzählen.«

»Und was hat es mit diesem Heiligen Berg auf sich? Warst du selber schon einmal dort?«, fragte Lisa.

»Ja, vor vielen Jahren. Ich war auf der Suche nach meinem Freund Aegidius. Als man mir erzählte, er sei Mönch geworden und einem der Klöster dort beigetreten, konnte ich es einfach nicht glauben und bin der Geschichte auf den Grund gegangen.«

Kapitel 14

Aegidius und Ioannis waren sich vor nicht ganz zwanzig Jahren über den Weg gelaufen. Ioannis war damals fünfundzwanzig und Aegidius neunzehn Jahre alt.

Das Dorf, in dem Aegidius aufgewachsen war, liegt im Norden Griechenlands. Seine Familie, das heißt, eigentlich das ganze Dorf lebt dort seit vielen Generationen vom Weinbau. Der Legende nach soll Dionysos, der Gott des Weines, dort geboren sein. Zum Gipfel des Olymp, dem mythischen Sitz der griechischen Götter, sind es von dort nur schlanke fünfzig Kilometer, vorausgesetzt, man ist ein Gott und kann die Luftlinie fliegen. Für Sterbliche sind es doppelt so viele Straßenkilometer, etwa gleich viele wie nach Saloniki. Aegidius' Familie besaß neben ihrem Weingarten noch einen Esel, ein paar Schafe und Ziegen und einen alten, inzwischen lachsfarbenen japanischen Pritschenwagen, der, bevor ihn die raue Zunge der Witterung blass geleckt hatte, einmal leuchtend rot gewesen war.

Aegidius war das zweitjüngste von fünf Kindern. Als er zwölf war, nahm ihn sein Vater erstmals mit nach Saloniki, wohin er jedes Frühjahr zwei Fässer seines Rotweines brachte und wo er mit dem Geld, das er dafür bekam, Sachen für zu Hause kaufte. Aegidius gefiel die Stadt.

Das Gewurl am Hafen, das Gedränge im Bazar und die luftig-bunten jungen Frauen und Männer, die von seinem Vater abschätzig, und weil er kein stimmloses H am Anfang eines Wortes aussprechen konnte, Chippies genannt wurden. Als Aegidius mit der Schule fertig war und der Lehrer ihn fragte, was er denn jetzt mit seinem Leben vorhätte, war seine Antwort: »Chippie in Saloniki werden.«

Der Lehrer lachte und meinte, dies wäre eine gute Wahl. Aber erstens heiße es Hippie, und zweitens sei das kein Beruf, sondern eine Lebenseinstellung. Er würde daneben auch noch eine Aufgabe brauchen. Saloniki sei eine Universitätsstadt und er, Aegidius, ein vifer Bursche. Er riet ihm zu einem Studium und versprach, ihm dabei zu helfen, ein Stipendium für die Aristoteles-Universität und einen Platz in einem Studentenheim zu bekommen. Wenn er das wolle. Aegidius wollte, und so kam es, dass er nach tränenreichem Abschied von seiner Familie, ausgestattet mit einem Rucksack voller Zwiebeln, Schafskäse, Gläser mit Honig und eingelegten Oliven, den Bus in die Stadt bestieg.

Aber schon nach einem Jahr hatte sich das bunte Treiben in Saloniki für Aegidius ebenso abgenützt wie sein Interesse für naturwissenschaftliche Studien, für die er inskribiert hatte. Er war die nächtlichen, musikbeschallten und alkoholgetränkten Diskussionen über Gott, die Welt und die Unergründlichkeit des Lebens satt geworden. Er bekam den Blues. Zu seinen Freunden sagte er, es sei die Unbegrenztheit und Unergründlichkeit des

Meeres, auf das er stundenlang hinausschauen konnte, die seinen Gefühlen den Boden entzogen hätten. Aber das sagte er nur, weil er zu stolz war, die Wahrheit zu sagen. Die Akephiá, das griechische Wort für Blues, ist weiblichen Geschlechts. So wie Helene, die engelhafte, blondgelockte deutsche Touristin, in die Aegidius sich unsterblich verliebt hatte und die, nachdem sie ihm seine Unschuld geraubt hatte, genauso mir nichts, dir nichts aus seinem Leben entschwebte, wie sie hineingeflattert war.

Er verlor den Zugriff auf sein Denkvermögen, und als er eine Prüfung nach der anderen schmiss, verlor er auch seinen Platz im Studentenheim. Zurück ins Dorf wollte und getraute er sich nicht mehr. Zu groß die Scham und die Gewissheit, für sein Scheitern verspottet zu werden. Also blieb er in Saloniki, lebte von der Hand in den Mund, schlief einmal dort und einmal da, jobbte als Tellerwäscher, Kellner, Botengänger, Hafenarbeiter, Parkplatzwächter und Verkäufer von Marihuana an Touristen.

Als er sich eines Tages gerade noch einer Polizeikontrolle entziehen konnte, indem er sich in einer Kirche versteckt hielt, kam er in der langen Zeit des bangen Wartens mit Gott ins Gespräch. Von den unzähligen Kirchen, die es in der Stadt gab, war er just in jene gelaufen, welche die Weisheit schon im Namen trug. Die Agia Sofia.

Anfangs tat er nur zur Tarnung so, als würde er beten. Doch aus dem Als-ob wurde ein ernsthafter Dialog mit sich selbst, an dessen Ende der Vorsatz stand, in Zukunft die Finger von illegalen Geschäften zu lassen.

Von nun an stattete Aegidius dem Gotteshaus regelmäßig Besuche ab und zündete auch allabendlich zwei Kerzen an. Eine für seine Rettung vor der Polizei und eine zweite für Helene. Er tat es den anderen Trost- und Ratsuchenden gleich, küsste wie sie demütig alle Ikonen, besonders jene der Gottesmutter mit Jesuskind, beugte sein Haupt, bekreuzigte sich unzählige Male und betete für Helenes Rückkehr. Zugegeben, ein Teil von ihm war nicht wirklich bei der Sache. In gewissem Sinn war er staunender Zeuge seiner Rituale.

Nachdem sein Bemühen kein Resultat zeitigte, wurde die Verzweiflung quälender, und er betete bald nur noch um sein Seelenheil, das er in Gefahr sah, auf immer und ewig verlorenzugehen. Denn Aegidius überlegte sich ernsthaft, seinem Leben ein Ende zu setzen.

Als er wieder einmal zusammengesunken und resigniert ob ausbleibender Zeichen und Hilfe von oben auf seinem ihm vertrauten Betstuhl saß, vernahm er ein metallisches Geräusch. Es kam aus dem Altarraum. Dieses Allerheiligste war durch eine Wand goldener Ikonen vom großen Gemeinschaftsraum der Kirche getrennt und Priestern vorbehalten. Da teilte sich mit einem Rascheln der schwere, bestickte Vorhang, und begleitet von zwei leisen, hellen Glockentönen trat eine Gestalt in wehendem schwarzem Talar heraus. Das heißt, nicht nur der Umhang, alles an ihm war schwarz. Alles außer Stirn und Nase. Auf dem Kopf trug er einen hohen, zylindrischen, krempenlosen Mönchshut, über den ein Tuch wie ein Schleier nach hinten über die Schultern fiel. Ein mächtiger krauser Bart umrahmte sein Gesicht und gab ihm etwas Strenges, aber die Augen unter den schweren Lidern blickten wohlwollend. In seinen Händen hielt er eine Schatulle, die er wie einen Schatz fest umschlossen an die Brust drückte.

Es war Emilianos, ein griechisch-orthodoxer Priester, der auf dem Heiligen Berg lebte. Er kam jedes Jahr einmal in die Stadt, um der heiligen Maria Magdalena zu Ehren eine Messe zu zelebrieren. Am Vortag war er zu Fuß von seinem Kloster aufgebrochen, das hoch über dem Meer auf einem Felssporn thront. War mit dem Pilgerschiff in die Himmelsstadt und von dort mit dem Bus weiter nach Saloniki gefahren.

Als Emilianos die bedrückte Gestalt von Aegidius bemerkte, ging er auf ihn zu und grüßte ihn mit den Worten: »Christos Anesti – er ist auferstanden!«

Aegidius wusste nicht, was er sagen sollte, und tat, wie er es als Kind bei den Erwachsenen gesehen hatte. Bevor er noch darüber nachdachte, küsste er die Hand des Priesters.

»Woher kommst du, junger Mann? Gibt es etwas, das ich für dich tun kann?« Aegidius schüttelte nur den Kopf. »Fehlt dir etwas?« Aegidius nickte. Der Priester legte fragend den Kopf leicht zur Seite. »Bist du krank?« Wieder Kopfschütteln. »Hast du jemanden verloren?«

»Ja, Helene«, brachte er kaum hörbar hervor.

»Helena, die Schöne. Verdreht sie noch immer den Männern den Kopf und bricht ihre Herzen? Sind zehn Jahre Krieg, eine zerstörte Stadt und ich weiß nicht wie viele Tote nicht genug? Jetzt hat sie auch noch dein Herz gebrochen?«

Aegidius nickte, obschon ihm der homerische Kontext ein wenig verstiegen vorkam und er den Priester verdächtigte, sich über ihn lustig zu machen. Aber es traf die epische Dimension seines Schmerzes.

»Dann haben wir Glück«, frohlockte der Priester. »Denn wenn du Fieber gehabt hättest oder Syphilis, müssten wir den heiligen Georg bemühen, und gegen Rückenschmerzen, oder wenn du was mit den Augen hättest, bräuchten wir den heiligen Thomas. Weder zum einen noch zum anderen haben wir im Moment direkten Zugang. Aber für dein Leid habe ich genau das Richtige.« Er bedeutete ihm augenzwinkernd mitzukommen. Aegidius folgte ihm zu einer Nische mit einem Tisch, auf dem liturgische Bücher lagen. Nachdem er diese zur Seite geräumt hatte, stellte er die Schatulle ab und öffnete mit einem Schlüssel, den er an einer Kette um den Hals trug, das Schloss.

»Was ist denn das, bitte?«

In der Schatulle lagen, eingebettet in einem samtroten Tuch und von Resten pergamentartiger Haut zusammengehalten, die Knochen einer Hand.

»Diese Hand«, sagte der Mönch mit einer Stimme voller Ehrfurcht und Stolz, »hat Jesus berührt. Das ist die linke Hand der heiligen Maria von Magdala. Weißt du, wer das ist?«

Aegidius war entsetzt, aber der Schreck hatte auch sein Gutes und verjagte für einen Augenblick seinen

Kummer. Er lachte laut auf. »Sollte es nicht heißen: Wer das *war*?«

»Nun ja, es ist tatsächlich nicht viel übrig von ihr. Aber es reicht, um Wunder zu wirken. Hast du noch nie von Maria Magdalena gehört?«

»Doch. War sie nicht die Freundin von Jesus?«

»Sie war Teil der Apostelgemeinschaft, aber nicht seine Freundin.«

»Meine Großmutter hat mir erzählt, dass sie es war, die er am meisten geliebt hat. Sie war an Jesus' Seite bis zu seinem Ende, als er ans Kreuz geschlagen wurde. Alle Jünger hatten sich versteckt. Weil sie Angst davor hatten, selber auf eines genagelt zu werden. Nur die Frauen waren mutig genug und gingen hin. Meine Oma hat mir das Evangelium vorgelesen. Dort steht es so geschrieben. Dort steht auch, dass Maria von Magdala die Erste war, der Jesus nach seiner Auferstehung erschienen ist. Ihr hat er den Auftrag gegeben, den Aposteln davon zu berichten. Und Jesus hat zu ihr nicht gesagt, berühre mich nicht, wie es immer falsch übersetzt wird, sondern halte mich nicht fest.«

»Halleluja! Gott segne deine Großmutter. Und Gott segne dich. Du hast gut aufgepasst. Dann weißt du auch, dass sie die Schutzpatronin der Verführten und der Liebenden ist.«

»Und warum schleppst du diese Knochen mit dir herum?«

»Es ist eine wundertätige Reliquie. Sie heilt alle, die mit ihr in Berührung kommen. Sie verwandelt Schmerz in Freude. Und wenn ich dich so anschaue, wirkt sie bereits. Gerade eben warst du noch betrübt.«

»Ja, vielleicht.« Aegidius wollte dem Mönch und der fröhlichen Harmonie, die sich während des Gespräches in ihm ausgebreitet hatte, nicht widersprechen, und Emilianos ermutigte ihn, die Gebeine zu berühren.

»Es verstärkt die Heilkräfte. Die meisten wollen sie küssen. Aber das erlaube ich nicht mehr, seit ihr einer das letzte Glied vom kleinen Finger abgebissen hat und dann davongelaufen ist.«

»Schade.«

Emilianos entging die gespielte Enttäuschung nicht, und er sagte strahlend: »Aber bei dir mach ich eine Ausnahme. Du darfst sie küssen.«

Aegidius blieb nichts anderes übrig, und nachdem er die Reliquie geküsst und der Priester die Schatulle wieder verschlossen hatte, legte dieser segnend seine Hand auf seinen Scheitel, rief die Frohbotschaft »Christos Anesti« in die Kuppel, schlug das Kreuz nach Art der Ostkirche, verbeugte sich dreimal in Richtung Allerheiligstes und eilte, ein mehrfaches Kyrie Eleison singend, aus der Kirche.

Aegidius wollte ihm folgen, doch als er ins Freie hinaustrat, war er für ein paar Augenblicke vom Sonnenlicht so geblendet, dass er ihn aus den Augen verlor, und bis er sich an die Helligkeit gewöhnt hatte, war weit und breit nichts mehr von einem Mönch zu sehen.

An den folgenden Tagen kam er immer wieder zurück an den Ort der Begegnung. Er sah einige schwarzbekuttete, rauschbärtige Kirchenmänner kommen und gehen, aber keiner von ihnen hatte eine Schatulle dabei, keiner sah aus wie der, nach dem er suchte, und wenn er jemanden fragte, konnte niemand mit seiner Beschreibung etwas anfangen. Auch von einer Reliquie der heiligen Maria Magdalena wollte keiner etwas wissen.

In dieser Zeit ist Ioannis ihm zum ersten Mal begegnet.

Es war brütend heiß. Seit Wochen hatte eine Hitzewelle die Stadt fest im Griff. Und es gab keine Aussicht auf Abkühlung. Ioannis hatte ein paar Münzen in den Opferstock geworfen und sich drei Kerzen aus dem Regal genommen. Nachdem er sie angezündet hatte, blieb er eine Weile stehen, um die Kühle des Gotteshauses noch ein wenig zu genießen. Dann trat er hinaus auf den Vorplatz. Die blendend weißen Marmorplatten reflektierten nicht nur das Licht der Sonne, sondern auch ihre Glut. Ioannis beeilte sich, in den Schatten der Bäume zu kommen, und steckte sich gerade eine Zigarette an, da steuerte Aegidius, dessen suchender Blick ihm vorher schon aufgefallen war, auf ihn zu. Ioannis dachte, er wolle sich eine Zigarette schnorren, und hielt ihm die Packung entgegen. Aegidius lachte und machte eine abwehrende Geste. Dann erzählte er von seiner Begegnung mit dem Mönch und dessen knochigem Schatz und fragte Ioannis, ob er irgendetwas über ihn wüsste oder gehört hatte.

Ioannis sagte ihm, seine Beschreibung des Mannes träfe auf praktisch alle Popen zu. Das Besondere daran war nur die Schatulle mit der Hand beziehungsweise den Knochen, die er gesehen hatte. Dem müsste man nachgehen. Ioannis wusste von einigen Priestern, die mit Reliquien zu tun hatten. Aber das sind meist nur kleine Stückchen von Knochen. »Ich habe einen Mönch gesehen, der mit einem Küchenmesser Späne von einem Schienbeinfragment des heiligen Cyrill abgeschabt hat, um dem Abt eines befreundeten Klosters ein Geschenk zu machen. Der hat sich dermaßen darüber gefreut, dass er zwei Tage lang nicht aufgehört hat zu singen.« Von einer ganzen Hand hatte er aber nur einmal gehört. Eines der Klöster am Heiligen Berg soll im Besitz der Hand des heiligen Georg sein. Jener Hand, mit der er den Speer geführt und den Drachen getötet haben soll. Aber die Hand einer Frau? Noch dazu am Heiligen Berg, wo Frauen ja tabu sind?

Als die Sonne barmherziger wurde und die Häuser längere Schatten über die Gehsteige zu stülpen begannen, meinte Aegidius, nun wäre ein guter Zeitpunkt, zur Uferpromenade hinunterzugehen, er würde Ioannis gerne auf ein Bier einladen. Aber Ioannis winkte ab: »Spar dir das Geld und lass uns zu mir gehen. Meine Eltern sind in Athen. Ich habe Wein im Kühlschrank und eine Dachterrasse.«

Der steile Anstieg und die Hitze des Tages hatten sie durstig gemacht. Der geharzte Wein war erquickend und stieg Aegidius zuerst in den Kopf, dann senkte er sich in sein Gemüt und machte ihn euphorisch. Er glaubte aber zu spüren, dass es weniger der Alkohol war, sondern etwas mit der knochigen Hand zu tun hatte. Der Kuss lag zwar schon einige Tage zurück, aber genau seither, so stellte er fest, ging es ihm von Tag zu Tag besser. Das konnte ein Zufall sein, aber von seiner Großmutter hatte Aegidius gelernt, dass Zufälle eben deshalb so heißen, weil sie einem von oben zufallen. Und oben ist nun einmal der Himmel. Damit war der göttliche Ursprung geklärt.

Ein halbes Jahr lang teilte Ioannis sein Zimmer mit Aegidius. Seine Eltern nahmen ihn auf wie einen zweiten Sohn, und Aegidius tat alles, um das Vertrauen, das sie ihm entgegenbrachten, zu rechtfertigen. An den Tagen, wo er keine Arbeit fand, putzte er die Wohnung. Er ging auf den Markt und kaufte ein. Er wusste ein gutes Tzatziki und Salat zu machen. Und von seiner Großmutter hatte er gelernt, wie man Bifteki zubereitet. Mit faschiertem Lammfleisch, Ei, Zwiebel, Knoblauch und einem Stück Schafskäse in der Mitte. Jeder Tag war ein Geschenk. An den Abenden, an denen Ioannis musizierte, begleitete er seinen Freund zu den Auftritten. Meistens spielte er mit seinen Freunden im selben Restaurant. Auch dort machte Aegidius sich nützlich und half beim Geschirr-Wegräumen und Abwaschen. Dafür bekam er zu essen, und nicht selten steckte ihm der Wirt auch einen Teil vom Trinkgeld zu. Die Gäste waren fast ausschließlich Griechen. Nur selten verirrte sich ein ausländisches Pärchen in die Obere Stadt. Es wurde gegessen, getrunken, getanzt, gelacht, und manchmal, wenn spät in der Nacht Rosa, die Frau des Wirtes, aus der Küche kam, die Schürze abband und sich auf den Sessel neben Ioannis setzte, konnte es vorkommen, dass auch geweint wurde.

Ihre Stimme war von einer anderen Welt. Denn sie sang die alten Lieder, die ihre Mutter noch aus Kleinasien mitgebracht hatte. Es waren Melodien, die schon seit vielen Generationen auf Wanderschaft waren, und wenn sie gespielt und gesungen wurden, verbreitete sich der Duft des Orients und der Ferne.

Aegidius hatte noch nie jemanden so schön singen gehört. Als er Ioannis am Heimweg einmal darauf ansprach, nickte dieser und sagte: »Sie ist eine Aschkenasi.«

»Und was heißt das?«

»Hast du noch nie von den Aschkenasi gehört? Von den Juden aus dem Osten? Rosas Mutter war eine von ihnen. Vor achtzig Jahren mussten sie aus Kleinasien flüchten, um den Pogromen der Türken zu entkommen. Aber sie kamen vom Regen in die Traufe. Denn zwanzig Jahre später marschierte Hitler ein. Hast du gewusst, dass Saloniki einmal das Jerusalem des Balkans genannt wurde? Die ersten Juden kamen vor fünfhundert Jahren aus Spanien. Nach der Zurückeroberung der Iberischen Halbinsel durch die Christen flüchteten viele von ihnen hierher. Man nennt sie Sepharden. Dieses letzte Lied, das Rosa gesungen hat, das war in Ladino gesungen, der Sprache der Sepharden.«

»Also gibt es noch welche?«

»In Saloniki sind nicht mehr viele übrig. Von den sechzigtausend, die noch vor hundert Jahren hier gelebt haben, sind vielleicht gerade einmal tausend übrig. Da, wo deine Universität steht, darunter liegt eine halbe Million Juden aus den vergangenen Jahrhunderten begraben. Die Deutschen haben den Friedhof eingeebnet und das Land bebauen lassen.«

»Was haben sie mit den Knochen gemacht?«

»Sind wir wieder einmal bei den Knochen gelandet? Ich weiß es nicht. Pappous Mikis kann dir vielleicht mehr erzählen. Ich fahre übrigens in ein paar Tagen zu ihm. Magst du mitkommen?«

Natürlich sagte Aegidius zu. Sie nahmen den Bus, der Richtung Südosten fuhr, und stiegen zwei Stunden später an einer Haltestelle wenige Kilometer vor der Himmelsstadt und gegenüber einer kleinen Insel aus. Eine Schotterstraße führte zu einem Anlegeplatz, wo eine Fähre soeben dabei war anzulanden. Die heruntergelassene Laderampe schabte knirschend über den betonierten Teil des Ufers. Nachdem sie zum Stillstand gekommen war, verließ zuerst eine kleine Schar Fußgänger das Boot und machte sich eilig auf den Weg zum Bus, der mit laufendem Motor wartete. Dann rumpelten noch zwei Pkws und ein Lastwagen an Land. Einer der Fahrer winkte Ioannis zu und rief etwas, aber das Scheppern der Rampe und das Brummen des Schiffsdiesels überlagerten alles. Ioannis hob die Hand und winkte zurück.

Die Überfahrt dauerte nicht lange. Die Zeit reichte gerade für einen Kaffee aus dem obligaten Pappbecher der Schiffskantine, dann hatten sie auch schon wieder festen Boden unter den Füßen. Sie verließen den Fährhafen und wanderten auf der einzigen Straße eine Viertelstunde lang geradeaus, bis sie nach Überqueren einer

Anhöhe die gegenüberliegende Seite der sichelförmigen Insel erreicht hatten. Dort lag, in einer zauberhaften, kreisrunden Bucht, im Südosten von einer betonierten Mole vor Winterstürmen geschützt, ein Fischerhafen. Auf der Mole stand ein funkelnagelneuer karmesinroter Opel Corsa mit offener Heckklappe und offenen Seitenfenstern. Großvater Mikis' Haus stand auf einer kleinen Anhöhe und war das Einzige auf dieser Seite der Insel. Die Zufahrt war von einem Container mit Kühlaggregat blockiert. Eine schläfrige Ruhe lag über der ganzen Insel. Umflattert von kleinen, orangefarbenen Schmetterlingen stiegen sie über ausgewaschene Stufen den Weg zum Haus hinauf. Mikis saß auf der Terrasse im Schatten eines Eukalyptusbaumes auf einem Schemel und winkte ihnen zu. Eine alte Tür, über ein paar Kisten gelegt, diente als Arbeitstisch. Er war gerade mit dem Ausnehmen seines Fanges fertig geworden. Sieben Makrelen, die ihm heute Morgen ins Netz gegangen waren, lagen küchenfertig vor ihm. In einem Respektabstand lauerten drei Katzen auf Abfälle. Mit einem Auge beobachteten sie die Bewegungen des alten Mannes, mit dem anderen eine Möwe, die auf dem Süllrand eines halbverfaulten, mit Erde gefüllten Beibootes, das offenbar der Zucchinizucht diente, auf und ab patrouillierte. Allesamt auf eine passende Gelegenheit wartend.

Mikis streifte die Innereien in einen Plastikkübel, nahm die Schürze ab und wischte sich die Hände an ihr sauber. Sein Haar war schneeweiß und kurz geschnitten, das Kinn und die Wangen bartstoppelig. Ein mächtiger

Schnauzbart verdeckte zur Gänze seinen Mund und delegierte das Lachen an seine Augen.

»Jásou, Pappous! Kala isse?«, rief Ioannis. Sein Großvater kam ihm mit ausgebreiteten Armen entgegen und küsste ihn auf die Wangen. Dann schob er Ioannis von sich weg, hielt ihn aber weiter an den Schultern fest und gab ihm einen prüfenden Blick. »Sieht er nur gut aus, oder geht es ihm auch gut? Was macht unser Künstler? Sind ihm die Musen hold, oder zieren sie sich? Den Göttern gleicher, erdgeborener Freund des Gesangs.« Das Zirpen der Zikaden steigerte sich zu einem wabernden, pulsierenden Kreischen, um bald darauf wieder in einzelne schabende Geräusche zu zerfallen. »Hört, hört!«, rief Mikis. »Die unsterblichen Boten der Musik und des Tanzes scheinen dir gewogen. Ich hoffe, du hast deine Cithara mitgebracht. Meine Ohren sind seit einer Ewigkeit auf Diät.«

»Dafür verwöhnen dich hier die Vögel mit ihrem kunstvollen Gesang und der Rhythmus der Meereswellen. Ist das denn kein Ersatz für die Musik?«

»Das sind möglicherweise die allergöttlichsten Melodien. Aber nur, wenn man wie du die Phantasie hat, Gottes Stimme in der ganzen Natur zu hören. Mir fehlt diese Gabe. Daher bin ich auf deine Kunst angewiesen, mir den Gesang der Natur in Melodien zu übersetzen, die mein Herz versteht, und in einen Rhythmus, der meine Füße zum Tanzen bringt.«

Ioannis wandte sich nach Aegidius um und winkte ihn heran: »Ich möchte dir meinen Freund Aegidius vorstellen.«

»Jásou, Aegidius. Willkommen! Ich hoffe, ihr habt noch nichts gegessen. Es gibt Fisch mit Reis.«

Stunden später, als von den Fischen nur noch die Köpfe und Gräten auf den Tellern lagen und der schwere Wein begonnen hatte, den Gedanken Leichtigkeit zu verleihen, als die Nacht schon hereingebrochen und der Mond zwar noch nicht aufgegangen war, aber dem Gipfel des Heiligen Berges schon sein überirdisches Licht verlieh, da holte Ioannis seine Bouzouki aus dem Koffer und begann zu spielen. Melodie um Melodie reihte sich aneinander. Großvater Mikis saß in seinem Korbsessel und schien zu schlafen. Auch als Ioannis eine Pause machte und nach dem Weinglas griff, blieben Mikis' Augen geschlossen, aber sein Bart begann sich zu bewegen, und er fragte seinen Enkel: »Ioannis, weißt du noch, welches Lied sich Sophia immer von dir gewünscht hat?«

»Da gab es viele. Aber ich glaube, ich weiß, welches du meinst. ›Ta pedia tou Pirea‹ – ›Die Kinder von Piräus‹, stimmt es?« – »Ja, das war Sophias Lieblingslied.« Mikis' Augen öffneten sich und fixierten für eine Weile einen imaginären Punkt am Boden zwischen den Tischbeinen. »Sie und Manos waren Nachbarn, wusstest du das?«

»Sie kannte Manos? Sie kannte Manos Hadjidakis?« Ioannis schaute ihn ungläubig an. »Warum hat mir das bis jetzt keiner erzählt?« Mikis machte mit den Schultern eine entschuldigende Bewegung. »Manos und Sophia stammten aus der gleichen Stadt, aus Xanthi. Nicht weit von hier Richtung Osten. Sie wuchsen zusammen auf. Ich glaube, sie wohnten sogar im selben Haus. Jedenfalls bis sie zehn Jahre alt waren. Dann zog Manos mit seinen Eltern nach Athen. Immer wenn sie mich ärgern wollte, erzählte sie mir die Geschichte, dass Manos sie überreden wollte mitzukommen, und dass sie mit ihm wohl ein besseres Los gezogen und mehr von der Welt gesehen hätte als mit mir. Ich musste ihr natürlich recht geben.«

Ioannis zog den Kopf skeptisch zurück, als müsse er etwas Abstand zu dieser Nachricht gewinnen. »Davon hat sie mir nie etwas erzählt.«

Er griff nach seinem Tabakbeutel und begann sich eine Zigarette zu drehen. »Dreh mir doch eine mit«, bat ihn sein Großvater. Nachdem er sie in Empfang genommen hatte, fischte er sich die Streichholzschachtel vom Tisch und steckte die Zigarette an. Nachdenklich ließ er das Holzstäbchen bis an seine Finger brennen, bevor er die Flamme ausblies. »Sie wollte nicht gerne Rückschau auf ihre Kindheit halten. Sie glaubte, die Erinnerung daran zu verlieren, wenn sie zu viel darüber sprach. Sie hatte Angst, dass sich die Bilder ihrer Jugend in Rauch auflösen würden.« Er machte einen Zug und stieß eine mächtige Wolke aus. »So wie diese Zigarette. Sie war der festen Überzeugung, das Lied über die Kinder von Piräus sei ein Andenken an ihre Jugendzeit und Manos hätte es für sie beide geschrieben.«

Ioannis umspielte die ersten Takte der Melodie auf seinem Instrument und sagte zu seinem Freund Aegidius: »Mit diesem Lied hat Manos Hadjidakis 1961 in Amerika den Oscar gewonnen. Viele seiner Lieder gingen um die ganze Welt. Auch dieses hier.« Er wechselte in eine andere Tonart und spielte eine neue, melancholische Weise. Mikis übernahm mit seiner Bariton-Stimme die Melodie, während Ioannis die Zwischenräume mit einem Ornament von Noten füllte, das wie funkelndes Sternenlicht den Gesang umspielte und dem sehnsuchtsvollen Lied Leichtigkeit verlieh.

San sfirixis tris fores
Tha s' agixo sto skotadi
Tha me dis mes stis foties
San sfirixis tris fores …

»Wenn du dreimal flüsterst, werde ich dich in der Dunkelheit berühren und deiner Seele Zärtlichkeit schenken«, hieß es in dem Lied.

Aegidius war schon müde und wohl auch ein wenig entrückt vom Wein und der Musik. Sein Geist war so weit wie schon lange nicht mehr. Er war frei von Wollen und Streben, frei von Trauer und frei von Freude, frei von Ängsten und auch frei von Hoffnungen. Er spürte, wie die Luft seine Lungen füllte und aus ihnen herausströmte, er spürte das Schlagen seines Herzens und spürte das Blut durch seinen Körper strömen.

Just da rollte der noch nicht ganz volle Mond hinter dem Vorgebirge des Heiligen Berges hervor. Da war ihm, als würde das Meer zu einer silberglänzenden Ikone, und der Schatten, den das Gebirge auf die Wasserfläche warf, nahm für einen Augenblick die Gestalt einer Frau an, die ihm ihre ausgestreckte Hand entgegenhielt.

»Aegidius!« Die Stimme Ioannis' weckte ihn am frühen Morgen aus einem Traum, von dem er nicht mehr wusste, worum es ging, außer dass er absurd gewesen war. »Ja, was gibt's?«

»Ich muss zurück nach Saloniki. In einer halben Stunde sollten wir an der Fähre sein.«

Aegidius befreite sich strampelnd von der Bettdecke, in die er sich eingedreht hatte, und trat barfuß hinaus auf die Veranda. Sie lag noch im Schatten, aber die Morgensonne blinzelte schon durch das Blattwerk des mächtigen Eukalyptusbaumes, der hinter dem Haus stand und seine Äste schützend über das Haus breitete.

Noch etwas orientierungslos setzte sich Aegidius auf einen der Stühle. Gähnend durchwühlte er mit den Händen sein Haar, um sich seinen Kater aus dem Kopf zu kratzen. Ioannis verstaute gerade sein Instrument in einem Koffer und rief ihm etwas zu, das er nicht verstand.

»Was?«

»Auf dem Herd steht Kaffee. Mikis ist unten bei seinem Boot.« Aegidius ging das alles ein wenig zu schnell, und Ioannis sah es ihm an. »Hey. Wenn du magst, kannst du auch gerne noch hierbleiben.«

»Meinst du wirklich?«

Ioannis' Mundwinkel zogen sich in die Breite: »Mikis hat gerne Menschen um sich, die seine Geschichten noch nicht kennen. Du würdest ihm eine große Freude machen, ihm zuzuhören.«

»Dann bleibe ich gerne noch ein paar Tage.«

Jetzt erinnerte sich Aegidius wieder an seinen Traum.

Er hatte sich gerade von einer Klippe über dem Meer abgestoßen in der Meinung, er wäre eine Schwalbe und könne fliegen.

Ioannis hängte sich seine Tasche um und schnappte sich den Koffer mit der Bouzouki. »Ich muss gehen. Und glaub nicht alles, was er dir erzählt. Wenn du von Geschichten, Fischen und Kalamari genug hast, kommst du mit dem Bus nach.«

»Abgemacht.«

Niemand, am allerwenigsten Aegidius selbst, konnte an jenem Morgen ahnen, welcher Weg vor ihm lag. Denn wenn die Zeit reif ist, passieren die Dinge wie von selber, ohne Anstrengung und ohne dass man das Gefühl hat, sich dafür entschieden zu haben.

»Bis zum Wiedersehen mit Aegidius sollte ein ganzes Jahr vergehen«, schloss Ioannis seine Erzählung. »Als mein Großvater mir erzählte, dass er den Heiligen Berg besucht habe und gedenke, bis auf Weiteres dortzubleiben, fiel es mir schwer, das zu glauben. Als er nach einem Jahr noch immer nicht zurückgekommen war, begab ich mich auf die Suche nach ihm und fand ihn schließlich auch.

Er war ein anderer geworden, nannte sich Zosimas und trug bereits den schwarzen Talar und den Hut der Novizen. Auf die Frage, was er denn so den ganzen Tag mache, sagte er lachend: beten, arbeiten, essen und schlafen. Er kümmere sich um die Rebstöcke im Klostergarten, helfe dem Ikonenmaler beim Grundieren seiner

Bildtafeln und sei gerade dabei, von ihm zu lernen, wie man die Farben anrührt.

Angesprochen auf seine Suche nach dem Popen mit der knöchernen Hand in der Schatulle, wurde er ziemlich verlegen. Er versuchte zuerst, mich abzulenken, und begann mir zu erklären, dass es drei Klassen von Reliquien gebe, Reliquien erster Klasse, das seien ausschließlich Körperteile von Heiligen, also Knochen, Haare, Haut, gestocktes Blut, Fingernägel, Zähne und so weiter, Reliquien zweiter Klasse, das seien Objekte, die von Heiligen berührt worden sind, und dann gebe es noch Reliquien dritter Klasse, das seien dann Gegenstände, die mit einer Reliquie erster Klasse in Berührung gekommen sind.

Erst als ich ihn bedrängte und versprach, ihn nicht für verrückt zu erklären, erzählte er mir die Geschichte der Hand Maria Magdalenas. Er hatte herausgefunden, dass es eine solche Reliquie einst wirklich gegeben hatte, und zwar genau in jenem Kloster, in dem wir uns befanden. Die Reliquie sei jedoch vor über hundert Jahren einem Brand zum Opfer gefallen und zusammen mit vielen wertvollen Schriften und anderen heiligen Gegenständen zu Asche geworden. Ebenso wie der Mönch, der versucht hatte, sie zu retten. Sein Name war Emilianos.«

Kapitel 15

Maria saß entspannt auf Ioannis' Terrasse. Die Oktobersonne neigte sich dem Horizont zu und mischte Orange ins türkise Blau des fernen Meeres. Lisa saß mit einem Buch neben ihr.

»Auch ein Bier?« Ioannis kam, drei Flaschen Mythos in der Hand, lächelnd aus der Küche heraus und setzte sich den beiden gegenüber. »Morgen um acht Uhr geht's los. Ich habe alles vorbereitet. Mein Großvater weiß auch Bescheid.«

»Dein Großvater lebt also als Fischer auf einer Insel?«, fragte Maria. »Stammst du aus einer Fischerfamilie?«

»Nein. Die Familie meines Großvaters stammt aus Stagira. Sie waren Bauern und Handwerker, bis der Krieg alles durcheinanderbrachte. Mikis hatte sich auf die Seite der Kommunisten geschlagen und gegen die Faschisten gekämpft. Als nach dem Krieg der Aufruf zur Entwaffnung kam und er sein Gewehr abgab, hat man ihn trotzdem verhaftet und zur Umerziehung auf einer entlegenen Insel interniert. Nachdem Mikis freikam, hat er mit heimlicher Unterstützung aus der DDR das Studium der Rechtswissenschaften abgeschlossen und als Advokat den Kampf für Gerechtigkeit weitergeführt. Fischer wurde er erst, nachdem er sich zur Ruhe gesetzt hatte.

Seither lebt er unten an der Chalkidiki, auf einer Insel im Golf von Agion Oros. Er hat sich ein kleines Fischerboot gekauft und liebevoll restauriert. Anfangs haben ihn alle belächelt. Nur Vassilis, sein Freund aus der Partisanenzeit, hat ihn ernst genommen. Er hat ihm gezeigt, in welcher Tiefe, an welchen Stellen, zu welcher Zeit die Fische stehen. Er hat ihm beigebracht, dass man mit den Fischen, den Kalmaren und insbesondere mit den Schildkröten und Delfinen reden könne. Dem Meer jedoch könne man nur zuhören. Das Meer sei wie eine Frau, es lässt sich nichts sagen. Man könne lernen, es zu verstehen, müsse aber immer auf der Hut und darauf gefasst sein, dass es die Meinung wechselt. Besonders jener Teil des Meeres rund um das Kap des Heiligen Berges. Viele Boote, ja ganze Flotten seien dort schon untergegangen, weil sie die Sprache des Meeres nicht verstanden haben.

Mein Großvater kennt viele Geschichten. Viele hat er aus Erzählungen der Mönche, mit denen er manchmal zusammen auf dem Meer draußen auf die Fische wartet. Während man auf die Fische wartet, hat man viel Zeit zum Zuhören, und die Mönche sind voller Geschichten, die in keinen Büchern stehen.«

»Wie ist der Name deines Großvaters noch einmal?«, wollte Lisa wissen.

»Mikis. Wie der größte lebende Komponist Griechenlands, Mikis Theodorakis.«

Nachdem sie am folgenden Tag die russischen Pilger, versorgt mit den nötigen Visa für die Einreise in die Mönchsrepublik, am Hafen von Ouranopolis abgeliefert hatten, machten sie sich auf den Weg zu Mikis. Eine schwarzgelbe Gewitterwolke entlud sich gerade prasselnd über dem Meer und dem angrenzenden Küstenstreifen, als der Volvo, begleitet von wilden Blitzen und krachenden Donnerschlägen, von der Fähre auf die Insel rollte. »Einfach der Straße folgen und immer geradeaus.« Ioannis hatte seinen Bus am Festland zurückgelassen und saß jetzt auf dem Beifahrersitz des Volvo. Er wischte mit der flachen Hand über die beschlagene Windschutzscheibe. »Vorne rechts kommen wir gleich an einem Laden vorbei. Kannst du dort anhalten? Ich besorg uns sicherheitshalber noch Kaffee.«

Wenig später saßen sie auf Mikis' Terrasse und blickten hinaus aufs Wasser. Drei Fischkutter waren an der Mole festgebunden, ein weiterer lag etwas weiter draußen vor Anker. Ein Großteil der Wolken war in Richtung Norden weitergezogen, der Regen hatte die Luft vom Staub gereinigt, und die letzten Sonnenstrahlen färbten das Meer tiefrot. In der Ferne konnte man im Gegenlicht die schon im Schatten liegende Küstenlinie von Sidonia ausmachen. Dahinter schob sich die Silhouette eines Gebirges aus dem Meer, und ihm gegenüber glühte ein mächtiger Berg in der Abendsonne. Der Heilige Berg. In der Kupferkanne begann der Kaffee aufzuschäumen, und knapp bevor er überging, nahm Ioannis ihn mit einer eleganten Bewegung von der Flamme, während er mit der anderen Hand gleichzeitig das Gas abdrehte. Nachdem er alle Tassen vollgeschenkt und seinem Großvater einen schlierigen, weil mit etwas Wasser verdünnten Tsipouro dazugestellt hatte, bemerkte er die in die Ferne gerichteten Blicke der beiden Frauen. »Ja, das ist er, der Heilige Berg, auch der ›Garten Marias‹ genannt.«

»Der Garten Marias? Dann versteh ich es noch weniger, warum er für Frauen tabu sein soll«, ereiferte sich Lisa.

»Du hast recht«, sagte Ioannis, »aber so ist es nun einmal. Es gibt viele Dinge, die nicht so sind, wie sie sein sollten. Die Mönchsrepublik gehört da zu den harmlosen Seltsamkeiten unserer Welt. Bevor wir aber jetzt über Dinge reden, die geändert werden müssen, lass uns lieber Mikis zuhören.«

Die weißen Schlieren im Anisschnaps hatten sich inzwischen gleichmäßig verteilt und gaben ihm eine milchige Farbe. Mikis nahm einen Schluck davon, lehnte sich zurück und erzählte.

»Deutsch habe ich von den Deutschen gelernt. Im Zweiten Weltkrieg. Ich bin mit achtzehn Jahren zu den Partisanen gekommen. Zuerst haben wir gegen die Italiener, dann gegen die Deutschen und dann gegen die Engländer gekämpft. Am Ende haben sich sogar die eigenen Leute gegen uns gewandt oder wir uns gegen sie. Das ist Ansichtssache. – Schon während des Krieges sind Deutsche zu uns übergelaufen und haben sich unserem Widerstandskampf angeschlossen. Als nach dem Krieg die deutschen Truppen abgezogen wurden, blieben viele von ihnen in Griechenland. Sie schlugen sich auf die Seite der Partisanen und kämpften mit uns zusammen gegen die Faschisten. – Kämpfen war das Einzige, das wir gelernt hatten. Vier sinnlose und verlustreiche Jahre haben wir noch Waffen getragen.« Mikis sprach langsam und nahm sich zwischendrin immer wieder Zeit, an seinem Tsipouro zu nippen und nach Worten zu suchen.

»Warum haben die Deutschen nicht abgerüstet und sind nach Hause gegangen?«

»Der Krieg war verloren. Sie wussten, Deutschland lag in Trümmern. Sie wussten, und das war das Schlimmste, dass eine Schande über ihrer Heimat lag. Sie taten mir leid. Einer von ihnen wurde mein Freund. Horst und ich waren gleich alt. Mit achtzehn sind wir in den Krieg gezogen. Als er vorbei war, waren wir dreiundzwanzig und standen beide auf den Fahndungslisten der Faschisten. Wer nicht Gefahr laufen wollte, eingesperrt, gefoltert oder standrechtlich erschossen zu werden, musste zusehen, dass er untertauchte oder wegkam. Wir haben uns eine Zeitlang hier auf dieser Insel versteckt. Hier haben wir auch Vassilis kennengelernt, der bis heute mein bester Freund ist. Später sind die meisten Deutschen und auch viele Griechen nach Deutschland gegangen. Aber nicht in den Westen, sondern in den kommunistischen Osten, in die DDR.

Horst und meine Schwester Ioanna fühlten sich von Anfang an zueinander hingezogen. Im Jahr 1948 flüchteten sie zusammen über die bulgarische Grenze. Vassilis schloss sich ihnen an. Er war damals erst vierzehn oder fünfzehn, und seine Eltern waren in einem Umerziehungslager interniert. Horst und Ioanna landeten nach einer Odyssee schließlich in Dresden. Während der Flucht brachte Ioanna ihren Sohn Carlos zur Welt. Carlos ist der Vater von Ioannis. – Ioannis, da ich gerade von dir spreche: Mach uns doch noch einen Kaffee. Aber diesmal Metrios. Der Kaffee, den du mitgebracht hast, ist nicht so bitter wie der letzte. Da braucht es nicht so viel Zucker. Ah ja, ich habe ganz vergessen, dich zu fragen: Was ist jetzt eigentlich mit deinen Russen? Konntest du sie alle versorgen?«

»Sie sind überglücklich. Nachdem sie vom positiven Visumbescheid erfahren hatten, haben sie die restliche Fahrt eine Hymne nach der anderen gesungen. Sie sind sicher der Meinung, ihre Gebete hätten es gerichtet.« Ioannis ging ins Haus und machte sich daran, Wasser aufzustellen.

»Was wurde aus Ioanna und Horst?«, fragte Maria, einerseits um das Schweigen zu brechen, aber auch aus Neugier.

»Nachdem Griechenland 1975 per Volksabstimmung die Monarchie abgeschafft und eine neue Verfassung bekommen hatte, kamen sie zurück und kauften sich das Haus, vor dem wir jetzt sitzen. Vassilis war schon viele Jahre vor ihnen wieder heim auf seine Insel gekommen – er hat es ohne Meer nicht lange ausgehalten. Carlos ist noch in Dresden geblieben, um dort sein Architekturstudium abzuschließen. Auch er hatte inzwischen eine Familie gegründet. Seine Frau und er haben sich auf der Uni kennengelernt und, als Ioannis unterwegs war, geheiratet. Ute ist ebenfalls Architektin.

Nach ihrem Umzug nach Saloniki eröffneten sie zusammen ein erfolgreiches Bauunternehmen. Vor zehn Jahren haben sie alles verkauft und sind zurück nach Deutschland gegangen.

Aber um deine Frage, was aus Ioanna und Horst geworden ist, fertig zu beantworten. Sie starben beide, wie auch meine Frau, noch vor dem Fall des Eisernen Vorhanges. Horst überlebte seine Frau um nur zwei Monate, und ein Jahr darauf folgte ihnen meine Sophia. Damals bin ich hierhergezogen. Das Haus gehört inzwischen Ioannis. Ich habe ihn gefragt, ob er es mir verkaufen würde. Aber er wollte kein Geld dafür und hat es mir einfach so überlassen.«

»Entweder ich steh auf der Leitung, oder …?« Ioannis kam mit einer Kanne fertigem Kaffee zurück und bemerkte Marias verwunderten Gesichtsausdruck. »Was ist? Hab ich etwas versäumt?«

»Du nicht, aber ich vielleicht. Dein Vater Carlos, der jetzt mit deiner Mutter in Deutschland lebt, ist doch der Sohn von Ioanna und Horst, oder?«

»Ja. Warum?«

»Und Mikis ist Ioannas Bruder.«

»Richtig.«

»Wie kann dann Mikis dein Großvater sein?«

»Du hast recht. Streng genommen ist Mikis mein Großonkel«, gab Ioannis zurück. »Aber wir sind eben nicht so streng. Außer mit den Abfahrtszeiten der Fähren. Wir sollten zusammenpacken, damit wir die letzte Überfahrt zum Festland erwischen.«

»Können wir nicht die Nacht über hierbleiben und erst morgen nach Saloniki fahren?«

»Ihr schon. Pappous Mikis hat sicher nichts dagegen. Aber ich muss noch heute den Bus zurückbringen.«

So kam es, dass Ioannis, in frohgemuter Erwartung eines baldigen Wiedersehens, wieder einmal jemanden auf der Insel zurückließ und vom Schicksal eines Besseren belehrt wurde. Das fiel ihm jedoch erst auf, als es schon zu spät war.

Am nächsten Morgen, die beiden Freundinnen nahmen gerade zusammen ihr Frühstück zu sich, da setzte sich Pappous Mikis zu ihnen und fragte, ob sie vielleicht Lust hätten, mit ihm aufs Meer hinaus und ein Stück die Küste des Heiligen Berges entlangzufahren. Er wolle ein paar Netze auslegen, und sie könnten bei der Gelegenheit einen Blick auf ein paar Klöster erhaschen.

Maria war gleich dafür. Lisa, die nie richtig schwimmen gelernt hatte, war nicht so begeistert, aber die Neugier siegte über die Angst.

Während der ersten Stunde musste sie immer wieder gegen ihre Panik ankämpfen. Mit der Zeit fand sie aber Zutrauen zu dem kleinen Fischerboot und seinem zuverlässig tuckernden Dieselmotor und zu Mikis' sicherer Hand an der Pinne. Nach und nach verlor die dunkelblaue Tiefe ihren Schrecken. Vor allem fand sie Gefallen an der friedvollen, unberührten Landschaft und den stillen Buchten. Maria und Lisa waren fasziniert von den geheimnisvollen Klöstern. Stoisch und abweisend schienen sie über die Welt zu wachen. Abweisend nicht nur ihren Blicken gegenüber, auch abweisend gegenüber der Zeit. Sie hatten etwas Unvergängliches und auch Verwunschenes. Sie schienen außerhalb jeder Zeit. Mikis sagte ihnen, sie stünden hier seit über eintausend Jahren. Eintausend Jahre waren für die fünfundzwanzigjährige Lisa nur unwesentlich weniger weit entfernt als der Urknall. Als sie in der windstillen Abenddämmerung zurückfuhren, um Netze und Reusen wieder einzuholen, lag eine sinnliche Stille über den dicht bewachsenen Bergflanken. Vereinzelt rollten melodiöse Glockentöne von den Klöstern herab ins spiegelglatte Meer und verschwanden in seiner Tiefe. »Der Ruf zum Gebet«, murmelte Mikis und bekreuzigte sich. Lisa war sich nicht sicher, ob das eine Aufforderung war, übernahm aber sicherheitshalber die Geste und bekreuzigte sich ebenfalls. Alles, was zu einer sicheren Rückkehr an Land beitragen konnte, war willkommen.

Aber alles ging gut, und nachdem sie trockenen Fußes wieder auf Mikis' Insel waren, bekamen sie Hunger. Mikis war verschwunden, also machten sie sich allein auf die Suche nach einem Restaurant und fanden eine Pizzeria. Der Ofen war leider kaputt, deshalb bestellten sie Gyros mit Salat und Pommes.

»Also ich weiß nicht, wie's dir geht«, sagte Lisa, während sie auf das Essen warteten, »aber ich habe eigentlich genug gesehen. Schon ein komischer Ort, findest du nicht? Mir ist hier alles viel zu mittelalterlich. Lass uns morgen wieder abreisen. Wir könnten noch ein paar Tage in Saloniki abhängen und dann hinunter nach Athen fahren.«

»Ich versteh, was du meinst. Mir ist diese Welt auch nicht geheuer. Aber es gibt etwas, das mich anzieht. Und hast du mich nicht gelehrt, das Leben anzunehmen? In allen Farben des Regenbogens? Ich muss das auch mit meinen Ängsten machen. Solange ich mich ihnen nicht stelle, werden sie mich verfolgen. Keine Ahnung, was da auf mich zukommt, aber ich will es wissen. Und du kannst mir auch nicht dabei helfen. Ich muss das alleine machen. Also folge deiner Stimme und geh zurück nach Saloniki. Und sag Ioannis, ich komme nach. Versprochen!«

Am nächsten Morgen, drei Monate nachdem sie sich kennengelernt hatten, gingen die beiden Freundinnen wieder getrennte Wege. Lisa brach nach Athen auf, und Maria ging Mikis bei der Fischerei zur Hand.

In den ersten beiden Tagen holten sie mit dem Netz nur ein paar kleinere Fische aus dem Meer. Auch an den behakten Ködern der Leine, die sie hinter dem Boot nachzogen, verfing sich nichts. Am dritten Tag zog Maria ihren ersten Oktopus aus einer Reuse und ließ sich von Mikis zeigen, wie man damit umgeht. Sie waren auf der Rückfahrt und gerade dabei, die vorgelagerten Felsen zu umschiffen, hinter denen der Hafen lag. Maria war immer noch beeindruckt von dem vielarmigen Wesen, dessen Saugnäpfe im Todeskampf kreisrunde rote Flecken auf ihren Unterarmen hinterlassen hatten, und befühlte neugierig den leblosen, weichen Körper. Da spannte sich mit einem Ruck die Schleppleine. Mikis stellte sofort den Antrieb auf Leerlauf und rief ihr zu, schnell an die Kurbel zu gehen und die Schnur vorsichtig einzuholen. »Nicht zu schnell, nicht zu schnell. Ich glaube, das ist ein großer Bursche. Du musst ihn erst müde machen. Er wird versuchen abzutauchen. Wenn er sehr stark zieht, musst du ihm Leine geben, und wenn der Zug schwach wird, gleich wieder einholen. Das wird jetzt dauern. Zieh die Handschuhe an und lass dir Zeit. Und greif nicht in die Haken, wenn die Köder aus dem Wasser kommen.«

Dann wendete er das Boot und fuhr langsam wieder aufs offene Meer hinaus. Als sie weit genug von den Klippen weg waren, stellte er den Motor ab. Mikis legte den Enterhaken zurecht und zündete sich eine vorgedrehte Zigarette an. Nur die Geräusche der Wellen, wenn sie gegen das Boot schlugen, waren zu hören und das leise Ächzen der Ruderanlage sowie hie und da das Quietschen der Rolle, wenn Maria an der Kurbel drehte, um die Leine aufzurollen. Sie tat wie geheißen. Sie spürte die Kraft und das Gewicht des Fisches und seine Bewegungen in der Tiefe. Wie er immer wieder die Richtung änderte, aber auch wie er an Kraft verlor. Jedes Mal, wenn die Spannung der Leine nachließ, machte sie ein paar Drehungen mit der Kurbel.

Nach einer gefühlten Ewigkeit, in der sie beide gespannt den Bewegungen der Schnur folgten und wie hypnotisiert in die schwarzblaue Tiefe spähten, bildete sich Maria ein, ein großes schimmerndes Etwas unter sich durchziehen gesehen zu haben.

»Hast du ihn gesehen? Er ist riesig. Er wird noch einmal alle seine Kräfte mobilisieren und ein letztes Mal versuchen, in die Tiefe zu gehen. Sei auf der Hut und gib sofort Leine, wenn er zieht, aber nicht vorher. Sie darf kein Spiel haben, wenn er Fahrt aufnimmt, sonst reißt er sie ab.«

»Was muss ich tun, wenn er aus dem Wasser springt?« Maria hatte noch nie einen Fisch gefangen, aber sie erinnerte sich an die Fliegenfischer zu Hause und an die wilden Sprünge der Forellen.

»Er wird nicht springen. Das ist ein Tónos. Tónoi springen nicht.«

Es war ein langer Kampf. Vassilis sah ihnen vom Ufer aus mit einem Feldstecher zu und fieberte mit. Bis zum Zeitpunkt, wo sie den Thunfisch im Boot hatten und in den Hafen einfuhren, war das halbe Dorf zusammengelaufen und stand ehrfürchtig an der Anlegestelle. Er maß über einen Meter, und auf der Waage zeigte die Nadel auf fünfundzwanzig Kilogramm. Seit Jahren war das der größte Fisch, den man hier gesehen hatte. Vassilis hatte im März einen mit der Leine gefangen, der fast zwanzig Kilo wog, das war eine Sensation gewesen. Und jetzt dieser hier! Vor zehn Jahren noch waren Tónoi mit über dreißig Kilogramm keine Seltenheit gewesen. Von Jahr zu Jahr wurden sie kleiner und immer seltener.

Eine feierliche, fast ehrfürchtige Stimmung griff um sich. Tsipouro wurde gereicht. Der Dorfpriester kam vorbei und segnete den Fisch sowie die beiden, die ihn an Land gezogen hatten. Mangels Weihwasser besprengte er alles mit Schnaps, und zu guter Letzt bekam auch noch das Meer eine Gabe ab.

Nachdem der Wirbel verflogen, der Fisch im Kühlraum und die Leute in ihren Betten lagen, ging Maria noch einmal hinunter an die Mole. Sie setzte sich auf einen Poller und versuchte ihre Gefühle zu ordnen. Der Kampf mit dem Fisch war ihr durch und durch gegangen. Manchmal war ihr gewesen, als sei sie es, die am Haken hing und um ihr Leben kämpfte. Dann erinnerte sie sich an das Bild des toten Fisches, wie er da kopfunter gehangen war, und an seine großen, leeren Augen. Und sie begann bitterlich zu weinen. Warum hatte sie ihm das angetan? Hätte er überleben können, wenn sie die Leine durchtrennt hätte? War es das, wofür sie hiergeblieben war?

Kapitel 16

Dieser Gedanke begleitete sie in den Schlaf, und er weckte sie am nächsten Morgen auch wie ein juckender Mückenstich auf.

Mit Lisas Abreise hatte Maria ihr Schlaflager in das Heck ihres Volvos verlegt. Einerseits um Mikis' Ruf zu schützen und dem Dorf keinen Anlass für Phantasien zu bieten, andererseits weil das Auto sie mit zu Hause und ein wenig auch mit Wig verband. Sie drehte den Kopf zur Seite und blickte geradewegs auf das wolkenbedeckte Haupt des Heiligen Berges. Sie hätte mit Lisa das Weite suchen sollen, das war kein Ort für Frauen.

Maria schälte sich fest entschlossen aus dem Schlafsack, verstaute alles so, dass es während der Fahrt nicht herumrutschen konnte, und war drauf und dran, die Insel mit der ersten Fähre hinter sich zu lassen. Allein, ihr Auto wurde von einem roten, rostfleckigen Opel Corsa blockiert, und weil der Lenker unauffindbar war, blieb ihr nichts anderes übrig als auszuharren. Da erinnerte sie sich an das Buch, das Ioannis ihr geschenkt hatte. Es war verstaubt in seinem Wohnzimmer zwischen ein paar Klassikern der deutschen Literatur gestanden, und Maria war aufgefallen, dass es als Einziges noch in der Cellophanhülle steckte. Aber nicht deswegen hatte sie es aus dem Regal genommen, sondern wegen seines eigenartigen, märchenhaften Titels: »Der fliegende Berg«.

Maria hatte das Buchgeschenk mit dem Argument zurückweisen wollen, Lesen sei nicht ihre Stärke, doch Ioannis meinte, nachdem es nun zehn Jahre unberührt und unbemerkt im Regal gestanden war, wolle es nicht mehr dorthin zurück.

Sie kramte es aus ihrer Tasche, setzte sich in den Schatten der geöffneten Heckklappe ihres Volvos und las den Umschlagtext auf der Rückseite des Buches.

»Immer noch ist jemand da,
der zumindest von uns weiß, der uns nicht losläßt
oder von dem wir nicht lassen können,
jemand, der durch unsere Erinnerungen,
Ängste und Hoffnungen geht ...«

Galt das nicht auch für sie? Immer noch, ja immer noch war da jemand, der sie nicht losließ. Nein, es war nicht Herwig. Es war jene Seele, die sie vor dreißig Jahren kurze Zeit unter ihrem Herzen getragen hatte.

Sie schlug das Buch hinten auf und las den letzten Absatz. Er endete mit den Worten: »... auf das Nachlassen des Windes, auf ein sanfteres Meer.« Dann blätterte sie zum Anfang. Das erste Wort war »Auferstehung«, im selben Moment kamen Mikis und sein Freund Vassilis die Straße herunter und riefen ihr schon von Weitem strahlend zu: »Die Makrelen sind da! Komm, mach dich fertig. Heute fahren wir ums Kap herum und versuchen in den Gewässern vor der Megisti Lavra unser Glück. Dann siehst du den Heiligen Berg einmal von der anderen Seite. Pack unsere Netze und alle unsere Bojen hinüber in Vassilis' Boot. Wir fahren mit seinem. Es hat mehr Platz und einen stärkeren Motor. Ich hole noch Wasser zum Trinken und etwas Essen. Wir bleiben die Nacht draußen im Boot und kommen erst morgen gegen Mittag zurück.«

Vassilis stand an der Pinne und steuerte den Kutter Richtung Südosten. Maria hatte es nicht fertiggebracht, Mikis' euphorischer Stimmung mit der Ankündigung ihrer Abreise einen Dämpfer zu versetzen. Deshalb saß sie jetzt in schwarzer Hose und mit aufgekrempelten Ärmeln eines viel zu großen blauen Hemdes auf der Kiste mit den Rettungswesten, die zusammengeknoteten blonden Haare versteckt unter einer schwarzen Seemannsmütze. »Was der Mönch nicht weiß, macht ihn nicht heiß«, hatte Mikis gemeint. »Das Betretungsverbot für Frauen gilt auch für das angrenzende Meer. Mit einer Frau an Bord müssten wir einen Abstand von fünfhundert Metern zum Ufer halten, und wir wollen ja keine Krise heraufbeschwören. Es ist also besser, man erkennt dich nicht als solche.«

Mikis hatte es sich im Bug gemütlich gemacht. Sie tuckerten die Küste entlang und ließen Insel und Himmelsstadt hinter sich. Sie kamen an den ersten Klöstern und deren Anlegestellen vorbei. Dann wurde die Küste immer steiler und die Klosterbauten immer kühner.

»Wisst ihr eigentlich, welcher Tag heute ist?« – Vassilis' Frage fiel in die kontemplative Stimmung wie ein Kieselstein in stilles Wasser.

»Du wirst es uns gleich sagen«, antwortete Mikis.

»Heute ist der Ochi-Tag.«

»Oh Gott! Musstest du uns daran erinnern?«, stöhnte Mikis.

»Wieso, was ist der Ochi-Tag?«, fragte Maria.

»Du hast damit angefangen, jetzt musst du es ihr auch erklären.«

»Also«, sagte Vassilis, »heute ist es genau siebenundsiebzig Jahre her. Es war im Oktober 1940. Da hatte Mussolini uns Griechen höflich um Erlaubnis gefragt, unser Land besetzen zu dürfen, da er uns andernfalls den Krieg erklären müsse. Wir haben die Einladung abgelehnt. Unsere Antwort war: ochi, also nein! Drei Stunden später sind die Italiener über Albanien einmarschiert. Wir haben sie zwar zurückgeschlagen, aber dann ist Hitler Mussolini zu Hilfe gekommen, und am 23. April 1941 haben wir kapituliert.«

Mikis hob seine Hand und schwenkte seinen ausgestreckten Zeigefinger. »Die Regierung hat kapituliert. Wir nicht!« Er wandte seinen Blick Richtung Ufer. »Aber können wir jetzt bitte die Vergangenheit ruhen lassen?« Er wies auf die Felsen, an denen sie gerade vorbeifuhren. »Seht, wir kommen zur Karoulia.«

Vassilis umschiffte mit Respektabstand ein paar Felsnadeln, die aufgefächert wie ein Verteidigungsring um das Kap herum aus dem Wasser ragten. Auf der größten stand ein eisernes, mit Stahlseilen verankertes Kreuz. Dahinter stiegen die roten Marmorklippen mehrere hundert Meter senkrecht aus dem Meer empor.

»Die Karoulia?« Maria blickte zu Mikis. »Was ist damit?«

»Die schreckliche Karoulia, oder die senkrechte Wüste, wie dieser Teil des Heiligen Berges auch genannt wird. Der Name Karoulia kommt von den Flaschenzügen, über die sich die Mönche mit dem Allernotwendigsten versorgen. Hier leben nur die strengsten und kompromisslosesten Asketen und Einsiedler. Zurzeit sind es, glaube ich, vier oder fünf. Siehst du ihre Zellen? Sie haben sie in die Felsnischen hineingebaut wie Schwalbennester.«

»Wie kommen sie überhaupt dorthin?« Maria, die selber viele Berg- und Klettertouren gemacht hatte, wusste um das Geschick und vor allem den Mut, den es brauchte, um solche Wände zu bezwingen.

»Man sagt, diesen Mönchen stünden Engel zur Seite. Und dass einige von ihnen sogar fliegen können. Durch die jahrelange Askese und Buße, durch die Versenkung und die Gebete seien sie federleicht geworden. Sie seien nicht mehr den Gesetzen der Physik oder jenen von Raum und Zeit unterworfen.«

»Glaubst du das?«

Mikis zuckte mit den Schultern. »Ich bin schon genug damit gefordert, meinen Glauben an Gott aufrechtzuerhalten. Konzentrieren wir uns lieber darauf zu glauben, dass wir heute viele Fische fangen.«

Während die Felswände der Karoulia vorbeiglitten, begann das Boot immer mehr zu schlingern und hatte zunehmend Mühe voranzukommen. Die Wellen wurden unberechenbarer und die Strömung tückisch. Dafür verloren die Klippen an Höhe und gaben den Blick frei auf den mächtigen Berg, um dessen Gipfelpyramide Nebelschwaden waberten. Auf einem Plateau hoch über dem Meeresspiegel lag verstreut eine kleine Siedlung weißgetünchter Häuschen, die ebenso gut in den Alpen hätte sein können. Entgegen der Tradition orthodoxer Kirchenbauten hatte das Gotteshaus sogar einen Glockenturm.

»Ein Dorf? Am Heiligen Berg? Ich dachte, hier gibt es nur Klöster?«, fragte Maria erstaunt.

»Das ist eine Skite, ein Mönchsdorf. Ein Mittelding zwischen klösterlicher Gemeinschaft und Einsiedlerleben. Neben den zwanzig Klöstern gibt es auch ein Dutzend Mönchsdörfer. Sie sind verstreut über den ganzen Berg. Dieses hier trägt den Namen Kavsokalyvia. Was so viel heißt wie verbrannte Hütten. Man erzählt, der erste Asket, der sich hier im 15. Jahrhundert niederließ, hätte die Angewohnheit gehabt, seine Hütten regelmäßig niederzubrennen und ein Stück weit entfernt neu zu errichten.« »Weiß man, warum er das gemacht hat?«, fragte Maria.

»Keine Ahnung. Vielleicht wegen des Ungeziefers.«

»Oder weil er keine Lust hatte aufzuräumen«, warf Vassilis lachend ein.

Sie hatten das Dorf schon eine Weile aus den Augen

verloren, und die nachmittägliche Sonne lag in ihrem Rücken. Sie fuhren bereits gegen Osten, da wich das Ufer zurück und offenbarte einen mächtigen Geröllhang, der sich über eine Breite von einem halben Kilometer aus mehreren hundert Meter Höhe in die See ergoss. Ein gewaltiger Felssturz, der aber länger zurückliegen musste, denn zwischen den Steinen wuchs schon wieder Gras und Buschwerk. Über einen Pfad, der das obere Drittel der Schrofen durchschnitt, bewegten sich Gestalten in schwarzen Kutten. Das Trümmerfeld war an seiner rechten Seite von einem Kar begrenzt, das in eine senkrechte, ehrfurchtgebietende Wand überging, ein über hundert Meter hoher Fels aus spiegelglattem, weißgrauem Marmor, der sich einer Halbschale gleich nach innen wölbte. Einige Möwen hatten Gefallen an den thermischen Winden gefunden und wohl auch am besonderen Echo dieses Ortes. Die Schreie, mit denen sie ihre Flugkünste kommentierten, pfiffen als akustische Querschläger durch die Wände. Vassilis blickte zu den Vögeln hinauf. »Es heißt, das seien Seelen ertrunkener Schiffsleute. Mit ihren Rufen warnen sie Schiffer davor, den Felsen zu nahe zu kommen.«

Mikis' Hand zeigte über den Bug hinaus. »Dort vorne ist es, das berüchtigte Kap Akrathos. Genau hier hat fünfhundert Jahre vor Christus ein Sturm die gesamte persische Flotte des Königs Darius versenkt und seinem Eroberungsfeldzug damit ein Ende gesetzt. Dreihundert Boote mit zwanzigtausend Mann sollen hier untergegangen sein. Xerxes, sein Sohn, hat aus Zorn darüber, dass die Elemente seinen Befehlen nicht gehorchen wollten, das Meer auspeitschen lassen.«

Als Vassilis Marias besorgten Blick sah, lachte er: »Sie hatten schlechtes Wetter. Also keine Sorge. An einem Tag wie heute, bei Sonnenschein und ruhiger See, droht kein Unheil.«

»Solange uns der Motor nicht im Stich lässt«, gab Mikis zu bedenken. Den Untiefen und dem Sog der Brandung ausweichend, steuerte Vassilis in einem großen Bogen um die letzten Ausläufer der Halbinsel.

»Siehst du die Felsnische dort oben?« Mikis wies auf eine exponierte Stelle in den Klippen, zu der ein steiler Steg vom Plateau hinabführte.

»Ja, was ist damit?«

»Das ist die Höhle des heiligen Athanasios. Er gilt als Gründervater der Mönchsrepublik. Es gab zwar auch schon vor ihm ein paar Asketen hier, Menschen, die ein weltabgewandtes Leben führen wollten und auf dieser Halbinsel einen geeigneten Platz dafür gefunden zu haben glaubten, aber Athanasios hat dem ganzen Treiben eine Struktur und Regeln gegeben. Natürlich ist er bei vielen auf Widerstand gestoßen. Einsiedler wollen ja vor allem Ruhe haben, auch von Regeln. Aber Athanasios hatte die Herrscher von Konstantinopel auf seiner Seite, und so konnte er sich durchsetzen. Er hat das erste richtige Kloster gebaut, die Megisti Lavra. Das war vor mehr als tausend Jahren, noch vor dem Zerwürfnis zwischen Rom und Byzanz, vor der großen Kirchenspaltung. Da vorne liegt es, auf der Anhöhe, etwas zurückgesetzt vom Meer.«

Nachdem sie das Kap umschifft hatten, tauchten sie in den Schatten des Berges ein, und das Meer wurde wieder ruhiger. Vassilis drosselte den Motor, denn sie fuhren jetzt mit der Strömung. Nachdem sie eine Weile Richtung Norden gedriftet waren, stellte er den Motor ganz ab und wandte sich an Mikis: »Was meinst du? Sollen wir hier beginnen?«

Wenig später tanzte eine Reihe kleiner Bojen auf der Meeresoberfläche und markierte die Position des ersten Stellnetzes. Sie ließen sich gemächlich weiter nach Norden treiben, dann setzten sie das nächste Netz und auf der Höhe der Mündung eines ausgetrockneten Flussbettes noch ein drittes. Die Dämmerung schritt zügig voran, und das Gegenlicht tauchte das Bergmassiv in wenigen Minuten in ein schwarzes Blau, über dessen Silhouette sich dunkelorange der Himmel wölbte. Bald glühten die ersten Sterne auf dem nächtlichen Firmament, und nach einem kurzen Zwischenspiel in Violett waren alle Farben und auch alles Licht aus der Welt gewichen. Es gab, abgesehen vom Funkeln der Himmelskörper, nur noch Schwarztöne – das Schwarz des Meeres, das Schwarz des Himmels, das Schwarz des Berges – und ein paar beleuchtete Fenster des Lavra-Klosters. Ihr warmer Lichtschein verströmte ferne, unerreichbare Geborgenheit.

Nachdem sie mit dem Netzauslegen fertig waren, entzündete Vassilis eine Laterne und hängte sie an die Reling. Dann brachte er den Korb mit dem Essen, stellte ihn auf die große Kiste in der Mitte des Schiffes und löschte, nachdem sie Platz genommen hatten, wieder die Lampe. So aßen sie schweigend das einfache Mahl aus Brot, Käse, Oliven und Nüssen und tranken Wasser aus einem Kanister, während ihr Boot in der Dunkelheit lautlos und mit gleichbleibendem Abstand zur Küste von der Strömung dem Sternbild des Großen Wagens entgegengetragen wurde.

Maria ging eine Frage durch den Kopf, aber sie stellte sie erst, als sie mit dem Essen fertig waren.

»Was war der Grund des Streites zwischen den Römern und den Byzantinern?«

»Dummheit, was sonst? Gepaart mit Macht- und Geldgier. Ausgetragen über theologische Spitzfindigkeiten. Daran hat sich bis heute nichts geändert. Außer dass die Spitzfindigkeiten inzwischen politischer und nicht mehr theologischer Natur sind. Jedenfalls was den christlichen Teil dieser Welt angeht. – Der römische Papst und der Patriarch von Konstantinopel haben sich im Jahr 1054 gegenseitig exkommuniziert. Kennst du Jonathan Swifts Geschichte von Gullivers Reisen nach Liliput? Da führen zwei Völker Krieg gegeneinander. Die einen fordern, ein weiches Ei müsse an seiner Spitze geöffnet werden, während die anderen sich auf ihren Propheten berufen, der gesagt haben soll, wahre Gläubige erkenne man daran, dass sie das Ei auf der runden Seite, oder wie wir sagen, am Arsch aufschlagen.«

»Jaja, Jonathan Swift. Großartiger Mann. Und das, obwohl er Engländer war«, kam es vom Heck.

»Ich muss dich enttäuschen, Vassilis. Swift war Ire.«

»Und seit wann und mit welcher Begründung dürfen Frauen den Berg nicht betreten?«

»Die Wollust gilt als eines der sieben Hauptlaster. Es gibt Menschen, die meinen, der sinnlichen Welt entfliehen zu müssen, weil sie ihre Triebhaftigkeit anders nicht in den Griff bekommen. Verbannung der Verlockung ist die einfachste Lösung. Und die fleischliche Lust steht da an erster Stelle. Vor dem Hochmut, der Habgier, dem Zorn, der Völlerei, dem Neid und der Faulheit. Warum Letztere allerdings ein Laster sein soll, weiß ich auch nicht.«

»Also glauben die Mönche, es ist besser, den Baum der Erkenntnis zu fällen, als von ihm zu essen.«

»So sieht es aus. Aber man gelangt nicht zum Heil, indem man etwas nicht tut. – Das Betretungsverbot bezieht sich übrigens nicht explizit auf Frauen, sondern, wie es in der ersten Verfassung des Athanasios festgeschrieben ist, auf alle Bartlosen sowie Eunuchen. Kinder und Jugendliche dürften also den Berg genauso wenig betreten wie Frauen. Das Verbot gilt auch für weibliche Tiere. Es gibt hier weder Kühe noch Schweine oder Eselstuten. Nur bei Katzen hat man eine Ausnahme gemacht, wohl um der Mäuse und Ratten Herr zu werden.

Das Frauenverbot wird noch mit einer zusätzlichen hübschen Legende untermauert, die man sich zurechtgebastelt hat. Es heißt, ein Schiff mit der Gottesmutter Maria an Bord sei vom Sturm ans Ufer geworfen worden. Nicht weit von hier übrigens. Wir sind an der Stelle vorbeigefahren. Während der Zeit, in der die Seeleute den

Schaden repariert haben, hat sie sich in die Landschaft verliebt und ihren gekreuzigten Sohn gebeten, ihr das Land zu schenken. Auferstanden von den Toten und allmächtig, wie er war, stellte das kein Problem für ihn dar, und so soll er die Worte gesprochen haben: ›Dies sei von nun an dein Eigentum, dein Garten, dein Paradies.‹ Worauf Maria noch nachgesetzt haben soll, zukünftig bitte nur noch züchtigen Mönchen Zutritt zu gewähren. Trotz der Erfüllung ihrer Wünsche ist sie aber wieder aufgebrochen, nachdem man das Schiff repariert hat.«

Maria war eingeschlafen und träumte gerade davon, an der Hand einer fremden Frau übers Wasser auf das Ufer des Heiligen Berges zuzugehen, als sie jemanden ihren Namen rufen hörte. Da ließ sie die Hand los, und als sie unterzugehen drohte, wachte sie auf. Es war Vassilis' Stimme, die sie aus dem Traum gerissen hatte. Es hatte schon hell zu werden begonnen. Über der schmalen Morgenröte am Horizont zog sich ein schwarzes Wolkenband. Hoch am Himmel verblassten gerade die letzten Sterne hinter rosa Nebelschleiern. Vom Kloster herüber flogen Glockentöne und der Klang der Stundentrommel.

»Die Sonne geht gleich auf! Maria, komm, hilf uns die Netze einziehen. Mikis, der alte Fuchs, hatte recht. Die Makrelen sind zurück.« Vassilis warf ihr das Ende einer Leine zu, und wieder einmal half Maria mit, Leben zu beenden. Wenngleich es leichter fiel, weil es viele waren. Warum eigentlich?

Als sie zurückkamen, war es bereits Mittag, und bis

der Fang versorgt und verteilt war, Nachmittag. An einen Aufbruch war jetzt nicht mehr zu denken. Müdigkeit und Schlafmangel ließen Maria ihre Abfahrt auf den folgenden Tag verschieben.

Als sie Mikis am nächsten Morgen von ihren Plänen erzählte, verfiel er wie erwartet in eine betrübte Stimmung. »Kannst du nicht noch ein paar Tage bleiben?«

»Mikis, mach es mir nicht schwerer, als es ist. Ich wollte eigentlich schon vorgestern abreisen.«

»Nur einen Tag noch«, drängte er. »Wir sind ein gutes Team, und du bringst mir Glück. Lass uns noch einmal hinausfahren. Ein allerletztes Mal. Was sagst du?«

»Mit Vassilis an deiner Seite ist dir mehr gedient.«

»Er hat heute keine Zeit, und für die nächsten Tage ist schlechtes Wetter angesagt. Wer weiß, ob die Makrelen dann nicht schon weitergezogen sind. Komm schon!«

Vielleicht wäre er auch allein gefahren? Wir werden es nie erfahren. War es sein Schicksal oder jenes von Maria, das sich erfüllen musste? Denn der Sturm kam früher als angekündigt, und Mikis' Boot war zu klein, um gegen die Wellen anzukommen.

Kapitel 17

Die Kontrollleuchten des Audi spielten wieder einmal Lichtorgel und hielten die Mechaniker bei Laune, also hatte Herwig den Zug nehmen müssen. Das war vielleicht auch besser so, denn seine Konzentrationsfähigkeit war herabgesetzt. Eine Frage nach der anderen drängte sich ihm auf. Sie umzingelten ihn geradezu. Er spürte sie physisch und wäre ihnen gerne ausgewichen, aber sie verfolgten ihn überallhin.

Zwei Wochen waren seit Marias Verschwinden vergangen, und noch immer gab es keine Nachricht von ihr, nicht den geringsten Hinweis. Ihre Kündigung und das geplünderte Konto ließen zumindest darauf schließen, dass sie keinem Verbrechen zum Opfer gefallen war. Ein schwacher Trost, aber er war dankbar für alles.

Was in aller Welt hatte sie bloß geritten, einfach aus seinem Leben zu verschwinden? Und nicht nur aus seinem! Er hatte ihren gesamten Bekanntenkreis abgeklappert, aber nicht einen Fingerzeig bekommen.

Gab es einen anderen Mann in Marias Leben? Herwig konnte es nicht ausschließen. Und wenn es so wäre? Was bedeutete das für seine Beziehung zu Nora? War er dadurch frei? Nein, jedenfalls nicht freier als zuvor. Im Gegenteil, vor ihrem Verschwinden hatte er sich freier gefühlt. Es war fast so, als hätte sie seine Freiheit mitgenommen.

Herwig wusste auf keine der Fragen, die ihn beschäftigten, eine Antwort, er wusste nur, dass er gerne bei ihr wäre.

Wenn es wenigstens ein verregneter Sommer wäre, dachte er sich. Das Hotelzimmer in Venedig hatte er storniert. Einen kurzen Gedanken hatte er daran verschwendet, Nora an Marias statt mitzunehmen. Aber schon der Gedanke war grotesk. Es war ihm nicht nach Urlaub, weder zu zweit noch alleine. Aber er hätte gerne jemanden zum Reden gehabt.

Noras Bauch wuchs und mit ihm ihre Rücksichtnahme auf Oskar beziehungsweise ihre Beziehung zu ihm. Ein schleichender, sich stetig ausweitender Entzug von ihr hatte begonnen. Die Pausen, in denen sie keinen Kontakt hatten, wurden länger, die Zeiten, die sie miteinander verbrachten, kürzer, die Nachrichten, die sie sich schrieben, knapper, die Telefonate spärlicher.

Wie es für Nora war, konnte er nicht sagen, aber für ihn war es schlimm. Entzug, Askese, Fasten … dieser ganze Leidenseifer war Herwig immer fern gewesen. Er probierte es trotzdem, hörte auf, Alkohol zu trinken, hörte auf zu rauchen, ging sogar ein paar Mal sonntags in eine Kirche. Er konnte aber keine Kraft ziehen aus den Leidensgeschichten und selbstherrlichen, scheinbar empathischen Predigten. Sie schütteten ihm das letzte Kraut aus, das er noch hatte.

Wegen eines anderen Krautes saß er jetzt im Zug.

Nicht jenem, das man zum Schweinsbraten serviert bekam, sondern dem anderen, verbotenen. Er war auf dem Weg nach Wien, zu Konrad, einem ehemaligen Studienkollegen.

Koni, wie er von seinen Kollegen genannt wurde, hatte schon im zweiten Semester abgebrochen und angefangen, im Taxiunternehmen seines Vaters mitzuarbeiten. Inzwischen war er der Chef. Seine aktuelle Flotte bestand aus neun Mercedes-Benz E 200 und zwei E 350 Hybrid. Selber taxelte er kaum noch. Wenn doch, war er in seinem Element. Er gehörte zu jener aussterbenden Spezies von Taxifahrern, die ihre Stadt noch in- und auswendig kannten. Jede Seitengasse, jeden Schleichweg, alle Einbahnregelungen und Baustellen, die Abfahrts- und Ankunftszeiten der Fernzüge sowie deren Bahnsteige und natürlich die Gates der Fluglinien. Der Grund, warum er nur noch selten am Steuer saß, war sein im wahrsten Sinne florierendes zweites Standbein. Er verdiente sein Geld seit gut zehn Jahren hauptsächlich mit dem Verkauf von Marihuana.

Er baute es selber an. Seine Plantage lag außerhalb der Stadt. »Ich bin Landwirt, Biobauer! Kein künstlicher Dünger, kein künstliches Licht, nur Ziegenmist und Sonnenlicht«, wurde er nicht müde zu betonen. Und er war überzeugt, das Kraut würde bald legalisiert werden.

Konrad holte seinen Kumpel vom Bahnhof ab und fuhr mit ihm hinauf zum Cobenzl. Sie suchten sich einen netten Platz mit Blick über die Stadt und setzten sich im Schatten der Weinreben ins Gras. Konrad saß im Schneidersitz und bröselte bedächtig ein paar Hanfblüten auf eine Unterlage. »Schon was von Maria gehört?« Herwig schaute ihm zu, wie er eine Mischung aus Tabak und Marihuana in ein Papier rollte und mit der Zunge die Klebestelle befeuchtete.

»Nein. Alle, mit denen ich gesprochen habe, sind so ratlos wie ich. Gestern war ich bei ihrem Chef. Besser gesagt Ex-Chef. Sie hat am Tag ihrer Abreise gekündigt. Er sagt, sie sei sauer gewesen, weil sie für die anstehende Beförderung von der Zentrale übergangen worden sei. Ich weiß nicht, ob ich ihm glauben soll. Er hat etwas Undurchschaubares. Jedenfalls scheint sie es geplant zu haben, denn sie hat fast alles Geld mitgenommen.«

Konrad steckte einen Filter in die schmale Seite der Tüte. »Menschen, die sich ihr Leben lang mit Geld beschäftigt haben, sind frei von Ideologie und frei von Glauben. Sie stehen für alles und für nichts. Das Kapital hat keine Hemmung, sowohl der Wahrheit wie auch der Lüge die Hand zu schütteln. Solange es zur Vermehrung beiträgt.«

»Was willst du damit sagen?«

»Vielleicht ist Maria nicht mit dem Geld abgehauen, sondern das Geld mit ihr?« Er reichte Herwig den fertigen Joint. Der steckte ihn an und nahm einen tiefen Zug.

»Das ist mir zu hoch. Aber wie auch immer. Ich sag dir, ich bin am Durchdrehen. Nicht des Geldes wegen, sondern wegen Maria. Hab ich dir schon erzählt, dass ich bei der Polizei war und eine Vermisstenanzeige gemacht habe?«

»Nein. Und was haben die gesagt?«

»Sie könnten nichts tun.«

»Was? Warum nicht?«

»Weil Maria eine mündige Person ist und nicht suizidgefährdet oder in ein Verbrechen verwickelt ist. Weder als Opfer noch als Tatverdächtige. Sie sei frei zu tun, wonach ihr ist. Das Einzige, wonach sie fahnden können, ist mein Volvo. Insofern muss ich noch von Glück reden, dass sie ihn sich genommen hat.«

»Sie hat sich deinen Volvo gekrallt und dir den Audi gelassen? Anscheinend mag sie dich wirklich nicht mehr.«

»Sehr witzig. Gib mir lieber noch einen Zug von dem Gras.«

»So viel du willst. Das hier ist auch für dich, zum Mit-nach-Hause-Nehmen.« Konrad reichte ihm eine Dose Twinings Earl Grey. »Ich hab's eingeschweißt, wegen des Geruchs. Und den Tee oben drüber gegeben. Wenn du die Dose öffnest, riechst du nur die Bergamotte. Aber Vorsicht mit der Anwendung. Zu Risiken und Nebenwirkungen fragen Sie Arzt oder Apotheker.«

»Versuchst du noch immer, mich zum Lachen zu bringen?«

»Okay, okay, du hast natürlich das Recht auf einen depressiven Tag. Wenn du schon meinst, es gäbe nichts zu lachen, können wir vielleicht gleich über die bevorstehenden Nationalratswahlen reden. Was hältst du von diesem jungen Burschen, der sich gerade anschickt, Bundeskanzler zu werden? Also mir ist er nicht geheuer. Erinnert mich ein wenig an Alfred E. Neumann, nachdem er beim Friseur und beim Zahnarzt war. Ein Titelbild-Musterknabe. Ich glaube, der hat's faustdick hinter den Ohren, und bei diesen Lauschern will das was heißen.« Konrad fand das selber so witzig, dass er anfing zu kichern, was in einen Lachkrampf mündete, der mit einem Hustenanfall endete.

»Sein Aussehen ist mir egal, und seine Jugend stört mich auch nicht wirklich, obwohl ihm zehn Jährchen Erfahrung mehr sicher guttäten. Aber er ist ein frühreifes Bürschchen. Spricht gerade Sätze. Hat ein untrügliches Gespür dafür, was die Leute hören wollen, und schafft es, unangenehme Botschaften als Zuckerwatte zu verkaufen. Was mich wirklich stört, ist der Umstand, dass er keine Ideale zu haben scheint und dass er so schmerzbefreit ist im Umgang mit den rechten Recken, diesen Ehre-Freiheit-Vaterland-Clowns. Wie kann man Menschen ernst nehmen, die mit einer Konservendose auf dem Kopf aus dem Haus gehen? Ich nehme ihm jedenfalls seine Betroffenheit nicht ab, wenn er von den Ertrinkenden im Mittelmeer redet. Jemand, der Australiens menschenverachtenden Umgang mit Flüchtlingen als vorbildlich bezeichnet, hat auf jeden Fall Defizite. Aber mit ihm werden wir wohl eine Weile leben müssen.«

Koni hielt Herwig den Joint hin, doch dieser wehrte entschlossen ab.

»Danke, ich hab genug. Ich bin so starkes Zeug nicht mehr gewohnt, mir ist schlecht und auch ein wenig schwindlig.« Er lehnte sich zurück, stützte sich zuerst noch mit den Ellbogen im Gras ab, legte sich dann aber flach auf den Rücken und schloss die Augen.

»Ja, leg dich ein wenig hin und denk an was Schönes. Denk an unseren Bundespräsidenten. Den können sie uns für die nächsten fünf Jahre nicht mehr wegnehmen. Ich hol dir derweil was zu trinken. Im Auto hab ich eine Wasserflasche.«

Nachdem Herwig die halbe Flasche getrunken und sich den Rest über den Kopf geleert hatte, ging es ihm besser.

»Koni, tut mir echt leid, jetzt zieh ich dich auch noch runter. Das wollte ich nicht.«

»Ist schon okay, Kumpel. Das Lachen kommt von selber wieder, wenn du so weit bist. Hab ich dir eigentlich schon von meiner Idee eines Werbespots erzählt?«

»Nein, wofür willst du denn werben?«

»Na, du weißt schon, die Pflänzchen. Wenn sie erst einmal legalisiert sind, investiere ich in eine Fernsehwerbung. Ich habe sie schon fix und fertig im Kopf. Hauptdarstellerin ist einmal diese Fernsehmoderatorin, du weißt schon, die beim Opernball die Promis interviewt, und dann der Schifahrer, mir fällt gerade sein Name nicht ein, der die Streif mit einem Bandscheibenvorfall gewonnen hat. Ich stelle mir vor, wie sie nebeneinander, auf Wolke sieben sitzend und jeder mit einem Vaporisator ausgestattet, selig lächelnd dem Gipfel zuschweben. Die Frau haucht, begleitet von zwei Rauchringerln, das Wort ›Natur‹ in die klare Bergluft, worauf der Schiläufer die Augen schließt und ›Puuuur‹ sagt, derweil sich seine Rauchringe mit denen der Frau zu den fünf olympischen Ringen formieren. Was sagst du, genial, oder?«

Herwig lag mit geschlossenen Augen auf dem Rücken und stellte sich das Ganze vor. Nach einer Weile sagte er: »Ja, und dann müsste die Frau noch sagen: ›Fährt besser als g'waxelte Schi‹, und er ergänzt im entspannten Pongauer Dialekt: ›Und besser als Gösser.‹ Oder wenn das wegen des Markennamens nicht erlaubt ist, einfach nur: ›Gewaltig!‹«

Für einen Moment sah Herwig die Szene vor sich, dann prustete er los und zerkugelte sich vor Lachen. Nachdem er sich wieder aufgesetzt hatte, klopfte ihm Konrad auf die Schulter und meinte: »Na siehst du, es gibt ja doch ein Leben vor dem Tod. Komm, lass uns eine Kleinigkeit essen gehen, und dann bring ich dich zum Zug. Ich kenn einen netten Heurigen nicht weit von hier.«

Während sie im Schatten einer Laube ihren G'spritzten tranken und dazu ein Schmalzbrot mit Zwiebel aßen, kamen sie wieder auf die Politik zu sprechen.

»Bist du bezüglich der Legalisierung noch immer so optimistisch?«, fragte Herwig zwischen zwei Bissen.

»Optimismus ist Teil meiner DNA. Aber du hast recht, das Grauen mit den Blauen wird wohl noch eine Weile dauern. Sie nagen an allem, was nach Freiheit riecht und ideologisch langhaarig ist. Und das Stimmvieh hebt seine Pfoten lieber für solche, die sie in geflieste Schlachtbänke führen, als für jene, die ihnen den Weg zur Weide zeigen. Es mag schon gut und richtig sein, mit allen eine Gesprächsbasis zu haben, auch mit jenen, die eine verbogene Wahrnehmung der Wirklichkeit haben, aber wenn ich beim Taxeln den Gästen zuhöre oder meinen Kollegen, und da bist du am Puls der Gesellschaft, dann kann ich dir sagen, das Wort Idioten ist ein Hilfsausdruck.«

Herwig wischte sich mit der Serviette den Mund ab. »Das ist aber kein österreichisches, sondern ein weltweites Phänomen. Und auch kein Charakterzug unserer Zeit. Einst haben wir Hitler und die Italiener Mussolini aus der Hand gefressen. Dann kam Berlusconi. Die Russen haben ihren Putin, die Türken den Erdoğan, die Amis Trump. Von den Kaczyńskis, Orbáns und wie sie sonst alle heißen, ganz zu schweigen. Und wer hätte sich gedacht, dass sich sogar die besonnenen Engländer von Lügenmäulern wie Johnson und Farage hinters Licht und in die Finsternis führen lassen würden? Wohl nicht einmal die Engländer selber. Baudrillard hatte unrecht, als er sagte, Amerika wäre die letzte verbleibende primitive Gesellschaft dieser Welt. Amerika ist überall.«

»Und schon sind wir wieder mitten im Blues. Komm, lassen wir das. Das Leben ist zu schön, um sich wegen einer Handvoll Arschlöcher graue Haare wachsen zu lassen. Wir müssen unser eigenes Ding durchziehen. Scheiß drauf, was da draußen abgeht.«

Das konnte Herwig aber nicht. Nur Tiere hatten ein dickes Fell. Der Mensch konnte sich bestenfalls warm anziehen oder eine Rüstung zulegen. Weder das eine noch das andere war für Herwig eine Option. Schon gar nicht in diesem, alle Hitzerekorde brechenden Sommer. Der Blues und die Sonne zogen ihm die Haut in Streifen ab. Die Wochen bis zum Schulanfang waren eine einzige Prüfung.

Herwig Berger, der große Verfechter des Augenblicks und des Hier und Jetzt, drohte an der Ewigkeit zu scheitern, weil ihm jede Perspektive fehlte. Ein paar Mal fuhr er in die Festspielstadt und setzte sich in einen Gastgarten unweit der Wohnung von Nora und Oskar. Einmal sah er, wie sie mit zwei jungen Männern scherzte, die sie offensichtlich um eine Auskunft gebeten hatten. Eifersucht begann sich seiner zu bemächtigen, und er wurde ihr tagelang nicht mehr Herr.

Zynismus und Sarkasmus drängten sich in sein Denken und manchmal auch in die Sprache. Es half auch nichts, dass er sich dessen bewusst war und dafür schämte.

Seine verletzte Seele wurde zu einer scharf gemachten Bombe, die nur darauf wartete, gezündet zu werden, um sich und so viele wie möglich mit ins Jenseits zu befördern. In seinem Innersten verschmolzen Lust und Schmerz zu etwas Dunklem, Heißem. Denn trotz der Ängste und Sorgen um Maria drehten sich seine Phantasien um das Becken von Nora. Sein Schwanz pochte, wenn er an sie dachte. Kein Wunder, dachte er, bei ihrer Jugend, ihrer Schönheit und ihrer Anmut. Vielleicht war es ja gar keine Liebe, sondern nur Verlangen? Woher sollte er das wissen? Liebe und Verlangen waren siamesische Zwillinge.

Er sehnte sich zurück in eine gar nicht so weit entfernte Vergangenheit. Als er noch in einem wunschlosen Zustand gelebt hatte; wenn es auch kein wunschloses Glücklichsein war.

Nur zweimal gelang es ihm, seinen Kummer zu vergessen. Einmal, als Nora ihm eine Nacht und einen Tag schenkte. Sie verbrachten die Stunden in einem wunderschönen Hotelzimmer mit Blick über einen See. Passend zu den Umständen ballte sich ein dramatisches Gewitter über ihnen zusammen. Blitze zuckten durch die Nacht, Donner grollte und rollte über Berge, See und Dächer, vom Wind gepeitschte Regengüsse schossen quer die Fensterscheiben herunter. Es war ein Toben losgebundener Mächte, aber das Federkleid ihrer Liebe trug sie über die Wolken hinaus. Bis die Unvollkommenheit der Welt außer Sicht geriet.

Das andere Mal war Verdis »Don Carlos« geschuldet. Er sah die Oper draußen im Freien auf einer großen Leinwand. Die Festung zur Rechten, der Dom zur Linken. Die Geschichte einer zum Scheitern verurteilten Liebe, gepaart mit Verdis Musik, war so groß, dass seine eigenen Sorgen darin untergingen und er für ein paar Stunden Erlösung fand.

Kapitel 18

Gegen Ende des Sommers wurde er abgrundtief müde. Die Vorstellung, wieder zu arbeiten, vor einer Klasse zu stehen, Dompteur und Inspiration zu sein, jagte ihm Angst ein. Er versuchte an seiner Leidensfähigkeit zu arbeiten, in der irrigen Annahme, Leidensintensität sei gleich Erlösungsintensität. Als das nichts half, probierte er es mit Askese. Dann fiel ihm beim Aufräumen eine Joe-Jackson-CD in die Hände: »Blaze of Glory«. Ein verzichtbares Werk, wie er sich zu erinnern glaubte. Aber eine Nummer gab es darauf, die ihm gefallen hatte. Wie hieß sie noch einmal? Er drehte das Cover um und ging die Titel durch. Der vorletzte hatte eine Markierung. *Discipline.* Er schob die Scheibe in den Laptop …

Er suchte und fand die Earl-Grey-Dose, die ihm Konrad gegeben hatte. Wie pflegte dieser doch zu sagen? »Nimm einen Zug vom THC, dann tut die Welt nicht mehr so weh.«

Eine Weile ging es ihm wirklich besser. Er begann sich wieder auf die Schule zu freuen. Anfangs lief es auch wunderbar, aber es dauerte nicht lange, da zeigten sich erste Ausfälle. Vergesslichkeiten, ein zu kumpelhafter Umgang an einem Tag, Ungeduld und Intoleranz am anderen. Er verlor seine Linie, und die Schüler nützten das gnadenlos aus. Sie wurden undiszipliniert. Als eine Reaktion von ihm ausblieb, wurden sie noch schlampiger, noch fauler und noch frecher.

Eines Tages ging es in der Geografiestunde um Afrika und das koloniale Erbe. Es entspann sich eine Diskussion über die Verantwortung der nachfolgenden Generationen. Ein Thema, zu dem Wig eine sehr klare Meinung hatte und bisher keine Gelegenheit ausgelassen hatte, diese kundzutun. Doch statt in die provokante und von manchen zynisch geführte Debatte einzugreifen, war sein Auge auf einen Punkt irgendwo in der Ferne gerichtet, unterbrochen nur von regelmäßigen Blicken auf die Uhr oberhalb der Tür. Ab da begannen sie sich Sorgen um ihn zu machen. Und Wig, der merkte, wie sie sich um ihn bemühten, kam zu sich.

Enttäuschungen würden sie im Laufe ihres Lebens noch genug erfahren. Er wollte ihnen nicht als solche in Erinnerung bleiben. Und er wollte ihnen auf keinen Fall etwas vorleiden.

Am nächsten Tag kam er in die Musikstunde mit einer großen Schachtel und einem Stapel Vinyl-Platten. In der Schachtel waren ein Plattenspieler, zwei Boxen und eine Menge Kabel.

»Geil, Oida! Das ist ja voll retro, Herr Professor«, tönte es aus der hinteren Reihe. »Ein USB-Stick ist aber schon handlicher.«

»Ja, Moser, da haben Sie recht. Aber so wie der Teufel nur in der Not Fliegen frisst, höre auch ich nur in der Not MP3. Zauner, würden Sie mir bitte beim Aufbauen helfen.« Ein paar kicherten, wurden aber gleich niedergezischt. Wig blickte auf. »Zauner! Was ist denn mit Ihren Haaren?«

»Ich will nicht drüber reden.«

»Kein Problem, aber helfen Sie mir doch bitte, den Tisch in die Mitte zu stellen.« Andi Zauner war ein blonder Lockenschopf in der ersten Reihe. Jetzt waren die Locken allerdings weg, und aus dem Rest ergab sich irgendwie keine Frisur. Punk, schoss es Wig durch den Kopf. Aber das konnte es nicht sein. Weil Andi genau das Gegenteil von einem Rebellen war. Er kam aus einem streng katholischen Elternhaus und war einer der Fleißigsten und Wohlerzogensten der ganzen Klasse.

»Hat schon einmal jemand einen Plattenspieler bedient?«, fragte Wig in die Runde. Es stellte sich heraus, dass die Hälfte der Klasse einen zu Hause stehen hatte, aber nur zwei schon einmal gesehen hatten, wie einer in Betrieb genommen wurde. Selber Hand anlegen hatte noch niemand dürfen.

»Gut. Wir wollen aus der Musikstunde jetzt keine Physikstunde machen. Es geht heute nicht um Frequenzen und Dynamik, um Kilohertz oder Dezibel. Vinyl ist ein analoges Speichermedium und als solches, das muss gleich vorneweg gesagt werden, dem digitalen Medium messtechnisch in allen Belangen unterlegen, von der Handhabung ganz zu schweigen. Aber bei Musik geht es nicht um das Messbare und auch nicht um den größtmöglichen Bedienungskomfort. Es geht darum …«, er hielt inne und blickte sie lächelnd an, »… den Zauber freizusetzen. – Geben Sie mir ein paar Beispiele für Nichtmessbares.«

»Geschmack?«

»Richtig. Was noch?«

»Die Liebe.« Ein paar kicherten.

»Jaaaa ... Gefühle sind ebenfalls nicht messbar, Freude, Leid, Zorn ...«

»Gott ist auch nicht messbar.« Das war Andi Zauner.

»Das ist richtig und ein gutes Beispiel. Denn wir bewegen uns hier auch ein bisschen im Bereich des Glaubens. Vinyl ist die Orthodoxie unter den Tonträgern, im Gegensatz dazu ist MP3 Atheismus. Was Weihrauch und Kerzenlicht für die Kirche, sind für die Musikwiedergabe der Plattenspieler und die Nadel in der Rille einer Vinylscheibe. Die Spannung und Bereitschaft, hinzuhören, sich auf ein Stück zu konzentrieren, wird durch das Ritual, man könnte auch sagen, die zeremonielle Handlung erhöht. Vom Herausnehmen der Innenhülle aus dem Plattencover über das Entnehmen der schwarz glänzenden Scheibe bis zum Auflegen auf den Teller des Plattenspielers, das Starten des Motors und Auskuppeln des Antriebs, die Positionierung der Nadel über den Rillen und schließlich das Absenken des Tonarms, das alles erhöht die Spannung und Vorfreude.«

Wig zog, ohne lang zu überlegen, die erstbeste Platte aus dem Stapel. Nina Hagen Band, keine gute Wahl, dachte er, als er das kolorierte Porträt der Sängerin, mit Zigarette im Mund, erkannte, und wollte sie schnell gegen eine andere austauschen. Zu spät.

»Wer ist das? Bitte hochheben?« Was soll's, dachte Wig und zog die Scheibe aus der Schutzhülle. Dann ließ er das Cover durch die Bänke gehen. Während er auflegte und überlegte, wo er mit einer Erklärung anfangen sollte, kam schon die erste Frage von einem der Mädchen.

»Wie alt ist die?«

»Die Platte ist 1978 erschienen, etwa um die Zeit, als eure Eltern geboren wurden. Nina Hagen war, glaub ich, damals dreiundzwanzig.«

»Und was für eine Musik hat sie gemacht? Pop?«

»Das war Punk-Musik. Man nannte sie die Mutter des deutschen Punk.«

»Ich finde, ihre Frisur sieht ein bisschen so aus wie die neue von Andi. Können wir jetzt hören, wie das klingt?« Wig drehte die Lautstärke auf und lehnte sich zurück.

Nach kurzer, geräuschvoller Unentschlossenheit griff sich die Nadel des Tonabnehmers eine Rille, und es begann zu knistern und pritzeln. Dann schlurfte Blasmusik näher. Klarinetten und eine Basstuba spielten eine umpa-umpa-artige Einleitung, eine verzerrte Gitarre grätschte sich lautstark in den Vordergrund und drehte den Rhythmus um, ein deftiger Bassabgang verschob den Anfang des Taktes ein weiteres Mal und stellte zusammen mit dem Schlagzeug die Weichen endgültig auf Rock'n'Roll. Acht Takte später setzte Ninas Stimme ein:

Ich kenn' einen Jungen
Der hat paar Augen,
dass du träumst davon

Du sagst nix
Du siehst ihn bloß an
Und ganz langsam drehen sich
deine Augen links ein
Und du schielst schon

Ich kenn' einen Jungen
Der schnappt sich einfach
deine heiße Hand
Du sagst nix
Du siehst ihn bloß an
Und während du vor Glück stöhnst
Frisst er dir den Kühlschrank leer
Und du schielst schon

Das ist ein (hoi hoi) Superboy
Der macht dich (hoi hoi hoi) glücklich
Der ist ein Hypnotisasator
Der schlaucht dich aus

Ich kenn' einen Jungen
Der hat 'ne Nase,
dass du träumst davon
Der sagt nix
Sein Kopf ist voll Stroh
Seine Klamotten sind
aus'm Snob Shop aus Ohio

Das ist ein (hoi hoi) Superboy

Der macht dich (hoi hoi hoi) glücklich
Der ist ein Hypnotisasator
Der schlaucht dich aus

Einen Moment lang
Frisst du aus seiner herrlich
männlichen Hand
Du frisst alles
Wenn er schon mal was sagt,
dann frisst du das auch
Mensch pass bloß auf
Sonst wirste'n
Allesfresser, Allesfresser,
Allesfresser, Allesfresser

Wig wollte eigentlich nur ein Lied spielen, aber die Klasse, vor allem die Mädels, hatte jetzt Blut oder besser Punk geleckt und wollte auch das nächste Stück hören. Es trug den Titel »Heiß« und war wegen seines expliziten Textes nicht geeignet für Fünfzehnjährige. Aber Herwig hatte das vergessen. Er hatte die Platte ewig nicht mehr gehört und war selber neugierig auf das, was folgte.

War es beim ersten Lied Blasmusik, so wurde jetzt ein verhalltes Keyboard langsam eingeblendet. Es spielte einen psychedelischen, reggaeartigen Rhythmus, bis irgendwann, nach einer gefühlten Ewigkeit, das Schlagzeug die Szene betrat. Mit einem Break, der sich anhörte wie ein Felssturz im Zeitlupentempo, löste es die Handbremse. Ein verzerrtes Gitarrenriff setzte sich auf den Rhythmus und fräste eine Schneise frei für Ninas Stimme: »Mir ist heisssssssssss. Ich bin heissssssssss …«

Erst als das Wort »Wichsmann« fiel, erinnerte Wig sich an die schlüpfrige Geschichte und konnte gerade noch rechtzeitig abdrehen, bevor sich die Geschichte zu einer Ménage-à-trois auswuchs. Aber der Same war gesät, und das Erste, was sie nach der Schule taten, war, sich diesen Song über YouTube reinzuziehen.

Nach der Stunde bat er Andreas Zauner, ihm beim Abbauen der Anlage zu helfen. Bei der Gelegenheit erfuhr er dann auch, was es mit seinen Haaren auf sich hatte.

Er war mit seiner Familie in Rom gewesen, bei einer Audienz mit dem Papst. Dabei hatte der Pontifex seine segnenden Hände auf Andis Haupt gelegt, was seinen Vater in Verzücken ausbrechen ließ, und kaum dass sie wieder zu Hause waren, schnitt dieser ihm kurzerhand die Locken ab. »Durch die Berührung vom Papst sind sie eine Reliquie, hat er gesagt. Der Haarschüppel kommt jetzt in eine Vitrine, und ich soll stolz sein und nicht plärren.« Wig versuchte ihn aufzuheitern. »Vor vierzig Jahren wärst du mit dem Haarschnitt ganz vorn dabei gewesen. Jedenfalls in London und in Berlin. Es dauert eben, bis solche Sachen zu uns kommen. Aber das kann man mit einem ordentlichen Haarschnitt wieder reparieren. Brauchst du Geld für einen Friseur?«

»Nein, danke. Ich lass es jetzt eine Weile so. Z'fleiß! Vielleicht schmier' ich mir noch was hinein. Damit sie besser wegstehn.«

So wurde spät, aber doch der Punk im Hause Zauner zum Thema. Andi Zauner ließ es sich auch nicht nehmen, seine Eltern auf Nina Hagen anzusprechen. Diese kannten ihr Schaffen zwar nicht im Detail, aber was sie gehört hatten, reichte, um beim Elternverein der Schule eine Beschwerde gegen Herwig Berger einzureichen. Andi war untröstlich, denn er wollte eigentlich seinen Eltern eins auswischen und nicht seinem Lehrer. Aber Wig kam mit einem blauen Auge beziehungsweise einer Verwarnung davon.

Es war nicht so, dass Herwig nun gar nichts mehr rauchte, aber er hatte die Kifferei gut im Griff. Ein kleiner Spliff jeden Abend vor dem Zähneputzen bescherte ihm lustige Bilder zum Einschlafen, und an den Wochenenden versüßte er sich mit einer erhöhten Dosis so manchen Kinobesuch. Filme wurden nämlich seine Leidenschaft. Nicht nur, weil er dazu in die Stadt fahren musste und damit Nora nahe sein konnte, sondern auch, weil ein schlechter Film im schlimmsten Fall nach zwei Stunden vorbei war, während einem schlechte Bücher eine ganze Woche oder länger vermiesen konnten.

Nora konnte ihn nicht immer dabei begleiten, aber doch oft genug, dass fast so etwas wie Normalität in ihre Beziehung Einzug hielt. Auch oder vielleicht gerade, weil Sex mangels geeignetem Rückzugsort wegfiel und durch Popcornessen aus einer gemeinsamen Tüte ersetzt wurde. Wäre da nicht das klandestine Momentum gewesen, hätten sie selber glauben können, sie seien ein Ehepaar. Sein schönstes Kinoerlebnis war der Film »Love and Mercy«. Nicht jeder Streifen war ein großes Kunstwerk, aber Wig musste Nietzsche recht geben: »Wir haben die Kunst, damit wir nicht an der Wahrheit zugrunde gehen.« Und »Love and Mercy« war so ein Werk. Ein Song daraus ging ihm tagelang nicht mehr aus dem Kopf:

Wouldn't it be nice to live together
In the kind of world where we belong?
[...]
Happy times together we've been spending
I wish that every kiss was never ending

Kapitel 19

Am 25. Oktober war der Inhalt der Teedose erschöpft. Der nächste Tag war Nationalfeiertag und somit schulfrei. Er kündigte sich bei Konrad an und wollte eigentlich schon in der Früh nach Wien aufbrechen, aber es wurde dann doch Mittag.

Nachdem er gemütlich eine zweite Tasse Kaffee getrunken und die letzten Brösel zusammengeraucht hatte, machte er sich sonnenbrillenbewehrt auf zum Bahnhof. Den Audi ließ er in der Garage stehen. Der Fehler war wohl behoben, aber der Elektronik war nach wie vor nicht zu trauen.

Der Railjet glitt an verdorrten Feldern und braunen Wiesen vorbei. Eine Kuhherde zog auf der Suche nach etwas Fressbarem eine Staubwolke hinter sich her, wie man es von Bildern aus der Sahelzone kannte. Wären da nicht der lautlose Komfort und die Geschwindigkeit des Zuges gewesen, man hätte glauben können, da draußen sei Afrika.

Selbst die Donau führte so wenig Wasser, dass zu beiden Seiten bleiche Uferstreifen das Bild bestimmten und die großen Schiffe auf Grund saßen.

Was war das bloß für ein Jahr, voller Zeichen und Zäsuren. Zeichen, die keiner hatte sehen wollen. Auch er nicht. Begonnen hatte es mit dem nicht enden wollenden frühsommerlichen Regen, an dessen Ende das Verschwinden von Maria stand. Natürlich war es absurd zu denken, das Wetter könnte irgendetwas damit zu tun haben. Auffällig war es dennoch. Im Nachhinein konnte man sagen, da hätten die Dinge sich abzuzeichnen begonnen. Und dann war da auch noch dieser gruselige Blutmond. In den Zeitungen schrieben sie: »Blutmond begeistert rund um den Globus.« Für Blutiges waren die Menschen immer schon zu begeistern. Er konnte sich auch noch gut an den Mars erinnern. Größer als sonst. Roter als sonst. Er glühte mit dem Mond förmlich um die Wette. Mars, der Gott des Krieges, hatte wieder Saison. Mars wurde wieder angebetet. Die Mächtigen und die, die es werden wollten, legten ihm ihre Raketen und Atomsprengköpfe zu Füßen. Der Sommer hatte es wahrlich in sich gehabt. Die sengende Hitze, die verbrannten Wiesen, auf denen sich nur noch der Spitzwegerich halbwegs grün hielt. Die vertrockneten Mohnfelder, das dürre Getreide. Die versiegenden Quellen.

Seit Marias Abgang hatte es keinen Regen gegeben, und es war noch immer keiner in Sicht. Selbst in den schattigen, nordseitig gelegenen Tälern der Alpen führten die Bäche kaum noch Wasser, und die meisten Brunnen hatten aufgehört zu plätschern. Die trockene Stille war unheimlich. Als ob jemand gestorben wäre. Er konnte sich nicht erinnern, so etwas je erlebt zu haben.

Und dann der frühe, fruchtreiche Herbst. Bäume und Sträucher, deren Äste sich bogen unter der Last von

Äpfeln, Zwetschken und Birnen. Allein, es fehlte ihnen der Saft und der Geschmack.

Ganz zu schweigen von den Pilzen! Mein Gott, noch nie hatte er so viele Pilze gesehen. Er konnte sich jedenfalls nicht erinnern. Das musste einem doch zu denken geben. Pflanzen, wenn sie Stress bekommen und in ihrer Existenz bedroht sind, produzieren jede Menge Früchte, Samen, um ihren Fortbestand zu sichern. Das weiß man doch! Die Natur spürte die nahende Katastrophe.

Als sie sich in Konis klimagekühltem Taxi den Ring entlang am Heldenplatz vorbeistauten, wunderte er sich nicht über die vielen Schützenpanzer, Hubschrauber und Abfangjäger, im Gegenteil, die Waffenschau komplettierte sein Bild vom Weltuntergang.

Er teilte die Gedanken, die ihn während der Zugfahrt beschäftigt hatten, mit Konrad und schloss mit dem Satz: »Ich glaube, es wird uns bald alle versengen.«

»Du klingst ja schon wie die Zeugen Jehovas.«

»Aber es ist doch so. Findest du denn diese Hitze nicht beängstigend?«

»Nein. Es ist ideal für meine Pflänzchen. Sie produzieren Harz ohne Ende. Das wird eine Jahrhunderternte. Ich glaube, du rauchst entweder zu viel oder zu wenig.«

Die Klimaanlage war auf zwanzig Grad eingestellt, und Herwig begann zu frösteln. »Vielleicht sollte ich wirklich aufhören damit oder zumindest einmal aussetzen.«

»Ist natürlich deine Entscheidung. Aber ich hätte da was für dich, das dir guttun würde. Ich glaube, das Gras, das ich dir gegeben habe, war zu trippig für dich. Was du brauchst, ist gutes Haschisch. Ich hab welches bekommen, allererste Ware, Schwarzer Nepali. Sehr smooth, gut zum Runterkommen und Chillen. Wenn wir bei mir sind, probieren wir es aus. Was meinst du?«

Eine Stunde später saß Herwig zugedröhnt auf dem Balkon von Konis Wohnung und blickte auf den Donaukanal hinunter. Sowohl die Fließrichtung des Wassers als auch die seiner Gedanken wechselte von einem Augenblick zum nächsten. Er hatte das Zeitgefühl verloren und kämpfte mit einer Raum-Lage-Störung. Beim Versuch aufzustehen, um sich ein Glas Wasser zu holen, hatte er das Gleichgewicht verloren und sich danach wieder dankbar in die Obhut des gepolsterten Schalensessels fallen lassen.

Gerade eben war eine Erinnerungsblase aus dem Jahre Schnee aus seinem Unterbewusstsein aufgestiegen und auch schon wieder zerplatzt. Irgendwas mit »Narrenfreiheit«. Dazu das Bild einer schönen Frau mit strengem, aber wohlwollendem Gesichtsausdruck. Wo zum Kuckuck hatte er das jetzt ausgegraben? Und warum bitte taucht der Kuckuck jetzt auf? Der Kuckuck und der Esel. Hatten die beiden nicht einen Streit? In der schönen Maienzeit? Oder wie ging dieses Lied noch einmal? War er Kuckuck oder Esel? Warum wusste er das nicht? Dann schob sich wieder das freundliche Gesicht der Frau von vorhin aus seinem Bewusstseinsschatten.

Erster Tag auf der Uni – erste Lehrveranstaltung – erste Frage – die Professorin will von den Studierenden wissen, warum sie ausgerechnet das Lehramt machen wollen. Jemand aus der ersten Reihe hechelt strebsam eine Antwort – Wissen sei Macht – durch Wissensvermittlung würden die Menschen zu mündigen, frei handelnden Persönlichkeiten … – Sie lacht und erwidert: »Sie haben Kant gelesen? Das ist gut. Dann haben Sie bei ihm auch gelesen, dass der Mensch das am gründlichsten behält, was er aus sich selbst lernt. Es gilt also nicht, Erkenntnisse in ihn hineinzutragen, sondern sie aus ihm herauszuholen. Sokrates nannte das die ›Hebammenkunst‹. Und was die weitverbreitete Ansicht, Wissen sei Macht, angeht, da werden Sie sich früher oder später entscheiden müssen. Ob Sie der Speer sein wollen oder der, der ihn wirft.«

»Entscheiden?«

»Ja, zwischen Macht und Freiheit.« Die Professorin schrieb die Begriffe »Wissen« und »Macht« mit Kreide an die Tafel und zog um jedes der beiden Wörter einen Kreis.

»Macht ist von Wissen nicht abhängig. Dazu reicht Schläue. Aber Freiheit ist eine Kategorie für sich.« Über die beiden eingekreisten Begriffe schrieb sie das Wort FREIHEIT in Großbuchstaben an die Tafel.

»Sie haben alle schon von ›Narrenfreiheit‹ gehört. Das bringt es wunderbar zum Ausdruck. Es gibt keine freieren Menschen als Narren. Erasmus von Rotterdam hat vor fünfhundert Jahren ein wunderbares Büchlein darüber geschrieben und es ›Lob der Torheit‹ genannt. Es hat an Aktualität nichts verloren. Aber naive Menschen, oder sprechen wir es ruhig aus, dumme Menschen können auch tickende Zeitbomben sein. Wissensvermittlung hilft, sie zu entschärfen. Und das wird Ihre Aufgabe sein.«

»Alles klar?« Konis Stimme kam aus der Küche, wo er gerade dabei war, einen Topf Nudeln abzugießen. »Gleich gibt's was zu essen, das wird deinen Kreislauf wieder in Ordnung bringen. Man kann zwar von Luft und Liebe leben, aber nachdem dir Letztere abhandengekommen ist. Spaghetti mit Olivenöl, Parmesan und ein wenig Chili mit Knoblauch. Alles vegan, koscher, halal und gesund im Mund. Religion zum Kauen.«

Herwig fasste sich ein Herz und zog sich mit beiden Händen am Geländer des Balkons in den Stand. Er fühlte sein Gleichgewicht. Es war zufriedenstellend. Der Weg zur Spüle war kein Problem. Er nahm sich ein Glas Wasser, trank es in einem Zug leer und schaute seinem Freund beim Käsereiben zu. »Käse ist aber nicht vegan, oder?«

»Vielleicht. Aber ist doch wurscht. In dem Fall bin ich praktizierender Christ. In der Bibel steht: ›Lasst euch von niemandem ein schlechtes Gewissen machen wegen Speis und Trank. Denn das Reich Gottes ist nicht Essen und Trinken, sondern Gerechtigkeit, Friede und Freude im Geist.‹«

»Seit wann liest du die Bibel?«

»Das hab ich gegoogelt, nachdem meine Frau mit ihrem Ernährungsvoodoo angefangen hat. Ein Wunder, dass sie noch nicht zum Hinduismus konvertiert ist.«

Während Konrad die beiden Teller mit den dampfenden Nudeln auf den Tisch stellte, huschte ein glänzender, aber flüchtiger Gedanke an Herwig vorbei. Er bekam ihn gerade noch zu fassen, bevor er wieder verschwinden konnte.

»Ist dir schon aufgefallen, dass Wunder immer glückliche Fügungen beschreiben? Oder hast du schon einmal von jemandem gehört, dem ›wie durch ein Wunder‹ ein Unglück widerfahren ist, zum Beispiel ein Stein auf den Kopf gefallen?«

»So was ist dann ein blöder Zufall. Oder für Leute wie meine Frau: eine Ansammlung von übermäßig viel dunkler Materie an einem bestimmten Punkt im Raumzeitkontinuum.«

»Genau.«

Sie schaufelten schweigend die Pasta in sich hinein. Als sie fertig gegessen hatten, ging es Herwig besser. Der letzte Zug mit Anschluss ging um einundzwanzig Uhr. Bis dahin waren es noch drei Stunden. Konrad schickte sich gerade an, einen weiteren Ofen zu bauen, aber Herwig winkte ab. »Meine Gedanken sind schon genug verklebt, mein Hirn wie eine dicke Einbrennsuppe. Koni, macht es dir was aus, wenn ich mich für ein Stündchen bei dir auf die Couch lege? Dann geh ich zum Bahnhof. Ein wenig Bewegung wird mir guttun.«

»Kein Problem. Hier, ich hab dir eine Kante von dem Zeug abgeschnitten. Bei der Menge, die du rauchst, kommst du damit leicht über den Winter.«

Aus der einen Stunde wurden vier, und als er erwachte,

hatte er ein Problem. Der nächste Zug ging um Mitternacht, und mit viermaligem Umsteigen würde er es gerade noch schaffen, um halb acht in der Kurstadt anzukommen, also knapp vor Unterrichtsbeginn.

Er hatte noch zwei volle Stunden bis zur Abfahrt. Von der Erdberger Lände war es zu Fuß eine Stunde bis zum Westbahnhof. Wig ging entlang dem Donaukanal Richtung Schwedenplatz. Bei der alten Sternwarte bog er ab nach Westen und bummelte weiter durch den Stadtpark. An jener Stelle, wo der Wienfluss durch ein eindrucksvolles Steinportal aus dem Untergrund ins Freie trat, nahm er sich die Zeit und kletterte die Stufen hinab zum Wasserlauf, der in dem breiten Flussbett wie ein kümmerliches Rinnsal wirkte. Als er unvorsichtig an der Wasserlinie entlangging, verloren seine Füße auf den veralgten Steinen den Halt, und er landete mit dem Hosenboden im Wasser. Verdreckt und durchnässt saß er da und blickte verdattert hinauf in den Himmel. Die Sterne kämpften gegen den Dunst und das nächtliche Glühen der Großstadt an. Nur die hellsten konnten sich durchsetzen. Das war nicht überall so. Die Aussage eines inzwischen zurückgetretenen österreichischen Sportlers fiel ihm ein, er wusste nicht mehr, welche Disziplin er belegte. »Die Schnellsten sind nicht die Hellsten.«

Er musste lachen und rappelte sich auf. Zurück auf dem gepflasterten Gehsteig, setzte er durchnässt den Weg zum Bahnhof fort. Vorbei am Konzerthaus und am Musikvereinssaal, dann den Ring entlang zur Oper, wo er die Spielpläne studierte. Über die nächtlich belebte

Mariahilfer Straße kam er zum Westbahnhof. Als er die Anzeigentafel studierte, wurde ihm klar, dass der Zug, den er nehmen wollte, an Feiertagen nicht fuhr und der nächste infrage kommende erst in einer Stunde ging, mit einer Ankunftszeit von acht Uhr neunzehn. Sein Unterricht begann um acht. »Das geht sich nicht aus«, sagte er laut zu sich.

»Was geht sich nicht aus?« Von hinten waren geräuschlos wie aus dem Nichts zwei Gestalten in Wigs Blickfeld geglitten und verstellten ihm jetzt nicht nur die Sicht auf die Informationstafel, sondern blendeten ihn auch noch mit einer Taschenlampe ins Gesicht. Wigs Puls, der gerade noch irgendwo bei sechzig herumdümpelte, war im Nu auf Anschlag, weil das für Flucht und Konfrontation zuständige Hormon in seinem Zentralnervensystem hochfuhr. Gerade noch stoned und mit Otis Reddings »Sittin' on the Dock of the Bay« im Ohr, arbeiteten seine Sinne jetzt fieberhaft an einer Überlebensstrategie. Dann sah er, dass es sich um Polizisten handelte. Er atmete durch. Aber nur kurz, denn gleich darauf besann er sich des nicht zu kleinen Klumpens Nepali in seiner Hosentasche.

»... dass ich rechtzeitig in die Arbeit komme. Ich habe gerade festgestellt, dass es sich nicht ausgehen wird, rechtzeitig in die Arbeit zu kommen.«

»Soso. Ihren Ausweis bitte.« Der eine Polizist ließ den Lichtkegel der Taschenlampe über seine nassen Ärmel hinab zu den dreckigen Hosenbeinen wandern. »Wie ist denn das passiert? Hamma g'rauft?« Wig spürte, wie der Adrenalinüberschuss mit dem THC zusammen Walzer zu tanzen begann. Die Vorstellung, er könnte gerauft haben, amüsierte ihn, also spann er den Gedanken weiter. »So könnte man es nennen. Es war ein ungleicher Kampf. Sie waren zu dritt. Ich hatte keine Chance.«

»Haben Sie jemanden erkannt?«

»Oh ja, alle drei! Da war einmal das Wasser, dann die Algen und nicht zu vergessen die Schwerkraft.«

Der Lichtkegel kehrte blitzartig zurück in sein Gesicht. »Schau, schau, ein Kabarettist. Ich glaube, den nehmen wir mit auf die Wachstube. Damit die andern auch was zu lachen haben.«

Die Beamten der Bahnhofswachstube kamen jedoch nicht auf ihre Rechnung, denn Wig hielt, nachdem er abgeführt worden war, den Ball und die Phantasie flach. Sein ganzes Sinnen galt dem Brocken Haschisch in der linken Hosentasche. Er spürte den Knödel bei jedem Schritt. Wenn sie den finden, bin ich als Lehrer erledigt, dachte er. Auf dem Revier hatte er eine Eingebung. Während einer der Beamten die Daten seines Personalausweises in ein Protokoll tippte, bat er darum, auf die Toilette gehen zu dürfen. Man gewährte ihm die Bitte. Nachdem er hinter sich verriegelt hatte, nahm er das kompromittierende Harz heraus und wollte es schon hinunterspülen, da reute es ihn doch, und er riss an der Innenseite des Kragens seiner Jacke das Futter auf, knetete den Knödel zu einem flachen Taler und versenkte den Stoff im Stoff. Wig betätigte die Spülung, zwang sich zu drei tiefen Atemzügen, wartete noch einen Moment und öffnete dann die Tür.

Als er die Wachstube betrat, lag eine bedeutungsschwere Stille im Raum, und alle Augen waren auf ihn gerichtet. Verdammt, dachte er. Die haben da sicher eine Kamera installiert. Ich Vollidiot! Er probierte es mit einem Lächeln, aber seine Lippen versagten ihm den Dienst und pressten sich nur fest zusammen. »Tja, tut mir leid«, brach er das Schweigen. »Ich weiß nicht, was da in mich gefahren ist …«

Doch der Polizist, der an der Tür stand, ließ ihn gar nicht ausreden und schob ihm einen Stuhl zu.

»Herr Berger, nehmen Sie doch erst einmal Platz.« War da ein sadistischer Unterton in der Stimme des Polizisten? Doch Wigs Unbehagen wurde gleich zerstreut, denn es handelte sich um echte Anteilnahme, und die inquisitorischen Blicke der Beamten bezogen sich auf ein Ergebnis ihrer Erhebungen. Genauer gesagt auf die Abgängigkeitsanzeige betreffend seine Frau. Nachdem sie den Akt durchgelesen hatten, waren ihre Sympathien geweckt. Ein Mann, dem seine Frau davongelaufen war, durfte neben der Spur sein. Sie boten ihm Kaffee an und sinnierten über die Schlechtigkeit der Welt und die Unberechenbarkeit der meisten (wenn nicht aller!) Frauen. Dabei kam en passant etwas ans Licht, bei dem die Polizisten in Unkenntnis der Rechtslage davon ausgegangen waren, dass Herwig Berger es bereits wusste. Im Akt war nämlich vermerkt, dass Eva Maria Magdalena Neuhauser am 4. August dieses Jahres die mazedonisch-griechische Grenze passiert hatte. Also vor knapp drei Monaten.

Wig kam gerade noch rechtzeitig auf den Bahnsteig zurück, um auf den Zug aufzuspringen, und hatte siebeneinhalb Stunden nächtliche Bahnfahrt Zeit, darüber nachzudenken, was diese Neuigkeit für ihn bedeutete, und sich nebenbei zu überlegen, was er seinem Direktor erzählen würde. Als es sieben Uhr war, rief er vom Bahnhof Attnang-Puchheim aus seinen Chef an.

»Ja?«

»Berger hier, entschuldigen Sie den Zeitpunkt meines Anrufes.«

»Sie werden sicher einen Grund dafür haben. Den haben Sie doch, oder etwa nicht?«

»Doch, doch. Natürlich. Ich war in Wien und wurde Opfer eines Missverständnisses. Die Polizei hat mich gestern Abend festgehalten, und ich habe den Zug versäumt, den ich nehmen wollte, um rechtzeitig in die Arbeit zu kommen.«

»Ein Missverständnis? Was für ein Missverständnis?«

»Ich hatte keine Papiere dabei. Man hielt mich für einen gesuchten Straffälligen. Es hat sich alles in Wohlgefallen aufgelöst. Ich bin jetzt in Attnang. Wenn es keine weitere Verspätung gibt, bin ich ab der dritten Stunde in der Klasse.« Der Direktor begann schallend zu lachen und legte ohne ein weiteres Wort auf.

Kapitel 20

Gleich nachdem er das Gespräch mit seinem Chef beendet hatte, schickte er Nora ein SMS: »muss mit dir reden, es ist wichtig – habe bis 15 h unterricht und könnte um 17 h in der stadt sein – sag wo, xo, w«

Drei Stunden später betrat er frisch geduscht und trockenen Tuchs die Klasse. Die Rückstände des vortägigen Drogenkonsums in seinem Blut hielten ihn noch immer in einem Schwebezustand. Er hatte vor, die Geografiestunde einfach nur hinter sich zu bringen. Der aktuelle Stoff wäre »Die ökonomische und ökologische Einteilung von Landschaften als Lebensräume« gewesen. Gleich nach Betreten der Klasse wurde er aber daran erinnert, dass die Präsentation eines Referates anstand. Das kam ihm sehr gelegen. Er setzte sich in die hinterste Reihe, um beim Zuhören nicht den Blicken der Klasse ausgesetzt zu sein, und konzentrierte sich darauf, nicht einzuschlafen. Das Thema hätte exotischer nicht sein können: »Wem gehört die Welt? Migrationsbewegungen einst und heute am Beispiel Grönlands«.

Es war ein inspirierter Vortrag. Von den ersten nomadischen Inuit, die vor fünftausend Jahren aus Nordamerika kamen, über die europäische Entdeckung der Südspitze der Insel und deren Besiedelung durch Gefolgsleute von

Erik dem Roten, einem wegen Totschlags aus seiner Heimat vertriebenen Wikinger, über temporäre Stützpunkte norwegischer, britischer, holländischer und deutscher Walfänger hin zur Inbesitznahme der Insel durch Dänemark im Jahre 1921 und der Errichtung einer amerikanischen Luftwaffenbasis für Atombomber samt Vertreibung der Einheimischen in den Fünfzigern sowie dem Austritt aus der EU im Jahre 1985. Lange vor dem Brexit hatte es also schon einen völlig unbeachteten Gröxit gegeben.

Wig war hin und weg vom Engagement seiner Klasse und schwer euphorisiert, als er den Heimweg antrat, wozu auch eine Kurznachricht Noras und die damit verbundene Hoffnung beitrug, sie heute noch zu sehen: »lass uns nach der arbeit telefonieren. kuss, n«. Er wählte ihre Nummer und ließ es läuten.

Oskar sah das Display von Noras Telefon aufleuchten. Verdammt, ausgerechnet jetzt. Es lag unmittelbar vor dem Fernseher, praktisch auf der Fahrbahn, und zwar auf der langen Geraden hin zur Parabolikakurve. Letzte Runde, letzte Kurve, letzte Chance. Das blinkende Telefon nervte ihn. »Du hast einen Anruf!«, rief er. Er lag an zweiter Stelle, eine Wagenlänge hinter dem Führenden, er saugte sich an, lenkte vorsichtig nach rechts, schob sich neben den Ferrari, und auf gleicher Höhe rasten sie an der Stelle vorbei, wo 1961 Wolfgang Alexander Albert Eduard Maximilian Reichsgraf Berghe von Trips mit Jim Clark kollidiert war und damit nicht nur seinem eigenen Leben und dem von fünfzehn Zuschauern ein Ende gesetzt, sondern als Letzter seines Geschlechts auch dieses ausradiert hatte. »Nimm's bitte weg, ich muss mich konzentrieren.« Nora angelte sich das Telefon und ging in die Küche, während Oskar den Wagen weiter auf Vollgas hielt. Uuuuuund jetzt! Er bremste genau an der Stelle, wo 1970 Jochen Rindts Bremsen versagt und dessen Siegesserie und Leben beendet hatten.

Aber Oskar saß ungefährdet auf dem Teppich vor dem Bildschirm, und die Bremsen hielten. Er löste sie, lenkte ein und drückte vorsichtig auf den Beschleunigungsknopf, gerade so, als wäre er ein rohes Ei. Der Wagen driftete Richtung linkem Streckenrand. Jetzt cool bleiben, rief er sich selber zu. Im rechten Rückspiegel tauchte schon wieder der Ferrari auf und wurde immer größer, aber da war auch schon die Ziellinie. »Wuuh!!! Ich hab's geschafft.«

»Was?«, fragte Nora, die schon wieder aufgelegt hatte und mit einem Buch in der einen und dem Telefon in der anderen Hand aus der Küche kam. »Ich hab erstmals Monza gewonnen! Willst du mal probieren?« Er hielt ihr die Fernbedienung des Videospiels entgegen. Sie wehrte kopfschüttelnd ab.

»Was liest du da? Arbeitest du mal wieder an deiner Masterarbeit? Wie war noch einmal der Titel?«, fragte Oskar, während er das Rennen abspeicherte.

»Hab ich dir schon tausendmal gesagt: ›Die Auswirkungen des Klimawandels auf die Bewirtschaftung polarer und subpolarer Zonen‹. Ich arbeite jedenfalls mehr an meiner Abschlussarbeit, als du Touris durch die Stadt führst. Ich werde übrigens heute auswärts schlafen. Dann hast du sturmfreie Bude für dich und deine Freunde. Passt es, wenn ich den Twingo nehme und ihn erst morgen zurückbringe?«

»Autofahren macht aber keinen schlanken ökologischen Fußabdruck.«

»Sagt ausgerechnet einer, der am liebsten Bier aus Einwegflaschen trinkt, das aus Mexiko kommt!« Sie wollte im Weggehen das Buch nach ihm werfen, aber Oskar war schneller. Im nächsten Moment stand er hinter ihr, nahm ihr das Buch weg und legte seine Arme um ihre Hüfte. Seine Fingerkuppen strichen über die Wölbung ihres Babybauchs. Sie drehte sich zu ihm, forderte mit ihren Augen einen Kuss und bekam ihn auch. Sie spürte die Wärme seines Körpers und eine Bewegung des Kindes. Oskars weiche Hände umfingen kurz ihre Brüste, ließen sie aber gleich wieder los.

Sie hätte ihn jetzt gerne geliebt. In der ersten Zeit ihres Zusammenseins hatten sie manchmal auch tagsüber und nicht nur im Schlafzimmer Sex. Aber dann geschah es immer weniger oft und nur noch in der Dunkelheit. Das war wahrscheinlich normal. Womit sie allerdings gar nicht zurechtkam, war der Umstand, dass Oskar sie seit Bekanntwerden ihrer Schwangerschaft gar nicht mehr angerührt hatte.

Das war auch einer der Gründe, warum Herwig zu dem überraschenden Glück kam, von Nora daheim besucht zu werden.

Nachdem sie die Schuhe abgestreift und mit hochgelagerten Beinen auf seinem Sofa Platz genommen hatte, fragte er sie, für wie lange er das Glück ihrer Anwesenheit genießen dürfe beziehungsweise wann sie denn zurück sein müsse. »Wenn du mich nicht hinauswirfst, bleibe ich über Nacht.« Sie hatte diesen beherzten Plan gefasst, nachdem ihr Wig am Telefon von seinem nächtlichen Erlebnis auf der Polizeiwachstube und der dabei zufällig aufgeschnappten Nachricht von Marias Grenzübertritt nach Griechenland erzählt hatte.

»Aber wird Oskar nicht wissen wollen, wo du bleibst?« Wig setzte sich zu ihren Füßen und massierte ihre Zehen. Sie lachte. »Oskar ist nicht wie du. Ich habe ihm gesagt, ich würde erst morgen wieder zurück sein, und er war froh darüber. Er hat für heute seine Kumpels eingeladen. Konsolen-Nacht nennen sie das. Oder Ballern, Bier und blöde Sprüche. Nur für Hänschen, nicht für Gretchen und schon gar nicht schwangere Mädchen.«

Unerwartete Glücksmomente sind die schönsten, wenn nicht überhaupt die einzigen. Herwig Berger hatte ein paar in seinem Leben gehabt. Meistens war Sex im Spiel gewesen. Kurze Augenblicke, einige Stunden vielleicht, in manchen besonderen Fällen ein paar Tage – zusammengezählt und auf die Lebenszeit berechnet fanden sie statistisch gesehen gar nicht statt. Und doch waren es genau jene Augenblicke, für die es sich lohnte zu leben.

Und für die Stunden danach. Wenn man auf dem Floß der Sinnlichkeit durch das Meer der Träume trieb.

Paradiesische Momente, in denen das Ende der Welt keine Bedeutung und der Tod seinen Schrecken verloren hatte.

»Du bist eine Frau, für die ich sterben könnte«, flüsterte er ihr ins Ohr. Und Nora murmelte schläfrig zurück: »Warum nicht leben? Ich will eine Frau sein, für die man leben will.«

Wig wachte vor ihr auf. Er betrachtete die friedlichen, engelhaften Züge von Noras Gesicht. Wie wunderschön sie doch war. Eins mit sich und der Welt und wunderschön. Wunderschön wäre es auch, sie zur Frau zu nehmen und Vater des Kindes zu sein. Allein die Vorstellung, der achtzigjährige Vater einer zwanzigjährigen Tochter zu sein, machte ihn tieftraurig, und er löschte den Wunschgedanken, zum tausendsten Male.

Ein anschwellendes zirpendes Geräusch holte sie aus dem Schlaf. Es war Punkt acht Uhr. Und das Zirpen kam von Noras Telefon. Sie hatte sich den Wecker gestellt. Sie drückte das Geräusch weg, küsste ihn und ließ ihre Hand über seine Brust hinunter zum Schritt gleiten. »Wir haben noch eine Stunde.«

Während sie wegfuhr, stand Wig am Fenster, bis der Twingo aus seinem Blick verschwunden war. Als er sich abwandte, sah er gerade noch, wie der Briefträger ums Eck bog, auf einem gaggerlgelben Moped, ohne Helm, Tschick im Mund. Sinnbildhaft für das, was sich zwischen Nora und ihm abspielte. Auch sie verzichteten lieber auf Sicherheit als auf den Wind in ihren Haaren.

In den nächsten Tagen begannen die Blätter von den Bäumen zu fallen, wirbelten durch die Luft, bedeckten Wege, Raine und Flure mit ihren Gelb-, Rot- und Brauntönen. Noch hing genug Laub im Geäst, um die Bergflanken bunt zu färben. Die Abendsonne brachte das ganze Tal zum Leuchten. Ein paar Taglichtnelken stemmten sich uneinsichtig gegen die immer früher beginnenden und immer länger werdenden Nächte. Es war der letzte Schnaufer eines Jahrhundertsommers. Die Siebenschläfer hatten auf den Dachböden ihre gefüllten Vorratsnester bezogen und erzählten einander Gutenachtgeschichten in Erwartung des sieben Monate dauernden Schlummers, dem sie ihren Namen verdankten.

Kein Winterschlaf, aber ein paar Tage Herbstferien lagen vor Wig. Weil sein Stundenplan am letzten Schultag erst mit der zweiten Unterrichtseinheit begann und er zu früh gekommen war, blieb er lieber noch eine Weile im Auto sitzen, als im Konferenzzimmer Smalltalk führen zu müssen. Die ersten Sonnenstrahlen streiften die zarten Eiskristalle einer vom Reif angehauchten Welt. Alles blitzte noch einmal kurz auf, bevor das Glitzern zu tropfen begann. Vor genau dreißig Jahren hatten Maria und er geheiratet. Vier Monate war es bereits her, seit sie durchgebrannt ist. Seit dreieinhalb Jahren hatten Nora und er ein Verhältnis. Ein Wunder eigentlich, dass bis jetzt niemand dahintergekommen war. Gott sei Dank! Sie konnten mit keinerlei Sympathien rechnen. Auch nicht nach Marias Verschwinden und schon gar nicht jetzt, wo Noras Umstände ein offenes Geheimnis waren.

Unanständigkeit wäre das Mindeste, was man ihnen vorwerfen würde. Aber anständig sein, was hieß das schon? Es bedeutete anzustehen. An irgendwelchen Grenzen, moralischen, sittlichen, vernünftigen. Weiß der Geier, sagte er sich, die Unanständigen leben freier. Wenngleich im Verborgenen.

»Sind Sie leicht ein Hippie? Oder ein Rasta?«

Die Frage kam von Kurt Aigner, einem Schüler aus der zweiten Reihe, und war die Reaktion auf Wigs Phantasie einer Mobilität der Zukunft, in der Personen öffentliche Verkehrsmittel zum Nulltarif benützen dürfen. Kurt Aigners leistungsorientierter Lebensansatz konnte mit derlei Gedanken nichts anfangen. Wer keine Leistung bringe, müsse eben zu Fuß gehen.

»Was Sie *eigentlich* sagen, ist, wer kein Geld hat, soll zu Fuß gehen. Leistung und Wohlstand sind zwei verschiedene Paar Schuhe. Es gibt Millionen von Menschen, die, obwohl es ihnen nicht an Fleiß mangelt, kaum Aussicht auf Verbesserung ihrer Lebensumstände haben. Sie finden sie auf der ganzen, in erster Linie aber in der Dritten Welt. Und es gibt weltweit etwa dreißig Millionen Millionäre. Sie glauben doch nicht ernsthaft, die hätten sich das alles mit ihrem Fleiß erworben? Mit Fleiß ja, aber nicht dem eigenen.

Nehmen wir als Beispiel Deutschland. Es wird, glaube ich, niemand infrage stellen, dass die Deutschen ein fleißiges Volk sind. Trotzdem gibt es auf die Bevölkerungszahl gerechnet in fünfzehn Ländern mehr Millionäre als in der Bundesrepublik. In Luxemburg, den Vereinigten Staaten und Australien sind es doppelt so viele. In Island und der Schweiz gar dreimal so viele. Sie müssten also dort dreimal so fleißig sein. Das glauben Sie doch nicht wirklich?«

Herwig Berger warf einen Blick auf die Uhr und sah, dass die Stunde und damit der Schultag in zehn Minuten zu Ende sein würden. Mit Allerheiligen und fünf schulfreien Tagen im Fokus hatte es keinen Sinn, ein neues Kapitel im Lehrstoff zu beginnen, also griff er das Thema des letzten Referates auf.

»Es bleiben uns noch ein paar Minuten, und bevor wir uns verabschieden, möchte ich noch einmal an den Vortrag von letztem Freitag anknüpfen. Den ich, wie ich schon sagte, großartig fand. – Wem gehört die Welt? Das ist eine Frage, die uns beschäftigen wird, solange es Leben auf diesem Planeten oder anderswo gibt. Und warum? Weil es keine endgültige Antwort gibt, weil Leben Veränderung bedeutet, nicht nur in Zeiten von Flüchtlingsströmen und Migration, wie wir sie gerade erleben. Es reicht nicht zu sagen, die Welt gehört denen, die zuerst da waren. Denn davor waren andere da und vor ihnen wieder andere und so weiter. Wie wir am Beispiel Grönlands gehört haben, gab es auch dort ein Kommen und Gehen, ein Erobern und Erobertwerden.«

»Aber die Eskimos waren die Ersten«, kam es zurück.

»Da würden jetzt viele Seehunde, Wale und alles, was dort vorher schon kreuchte und fleuchte, heftig widersprechen, wenn sie sprechen könnten. – Expansion und

Migration sind zwar keine Tugenden, aber auch keine Krankheiten. Expansion gibt es seit dem Urknall. Wenn man so will, ist der Urknall der Vater beziehungsweise die Ausdehnung des Universums die Mutter aller Eroberungen. Ein Same weht, wohin der Wind, die Wellen oder ein Tier ihn tragen, und auch der Geist weht, wie es so schön und richtig heißt, wohin er will. Leben, und der Mensch ist Teil davon, lässt sich von keiner Bergkette, keinem Fluss, keinem Ozean, keiner Zensur und auch von keiner Mauer aufhalten. Wenn Sie die Entwicklungsgeschichte der Zivilisation studieren, werden Sie sehen, dass jeder wichtige Schritt mit Neugier und Aufnahmebereitschaft verbunden war und jede noch so bedeutende Kultur von dem Augenblick an dem Untergang geweiht war, wo sie diese Fähigkeit verloren hat.«

Kapitel 21

Schon um die Mittagszeit hatte der Himmel sich einzutrüben begonnen. Als Wig die Schule verließ, war es achtzehn Uhr, und es regnete bereits. Das Allerheiligenwetter hatte begonnen. Pünktlich wie immer zum Jägervollmond.

Wig beeilte sich, den Weg vom Parkplatz zur Haustür so schnell wie möglich hinter sich zu bringen. Eine Böe riss ihm die Kapuze vom Kopf und zerzauste seine Haare. Er bemerkte den überlangen, mit regennassem buntem Laub bedeckten schwarzen Kombi am Behinderten-Parkplatz vor seinem Hauseingang. Es sah aus, als hätte jemand ein Tarnnetz drübergeworfen. Im Vorbeigehen warf er einen Blick durch die Windschutzscheibe. Eine entsprechende Berechtigung oder das Piktogramm eines Rollstuhls war nirgends zu sehen. Arschloch, dachte er und stieg das Stiegenhaus zu seiner Wohnung hinauf. Es war ein langer Tag gewesen. Am Nachmittag noch dazu Elternsprechstunde. Früher hatte er Elternsprechstunden etwas abgewinnen können. Es kamen ja fast nur Mütter, und Wig war nach Marias Rückzug in die Welt des Frustabbaus ausgehungert nach Gesprächen mit Frauen. Seit ihrer Distanzierung beschränkte sich die Kommunikation auf die Funktionalität des Miteinander-Lebens. Er hatte den Eindruck, vielen Müttern ging es ähnlich mit ihren Partnern. Das öffnete manchmal die Tür für eine kleine Romanze. Nichts Körperliches, nein – etwas für die Seele. Manchmal traf man sich zu einem Spaziergang, redete über Gott und die Welt und natürlich die Kinder, aber nie über persönliche Probleme in den eigenen vier Wänden. Nur einmal war es zu Komplikationen gekommen. Ein eifersüchtiger Hotelier drohte, Wig »wegzuputzen«, wenn er seiner Frau weiterhin schöne Augen mache. Er hatte geglaubt, seine Frau würde ihn betrügen. Sein Verdacht war zu Unrecht auf Wig gefallen, weil er dessen Namen in ihrem Kalender gelesen hatte. Der Mann war Jäger und wie viele Waidmänner von cholerischem Gemüt. Wig lebte einige Zeit in Todesangst. Seither waren auch die Elternsprechstunden nicht mehr das, was sie einmal waren.

Wig sperrte die Wohnung auf, warf Schlüsselbund, Telefon und Geldbörse auf den Tisch und seine Jacke über den Stuhl. Das Festnetztelefon blinkte. Auf dem Anrufbeantworter war eine Nachricht. Es gab eigentlich nur zwei Leute, die infrage kamen. Maria oder sein Vater: Der weigerte sich, ihn auf dem Handy anzurufen. Er lag daneben, aber nur knapp. Es war nicht sein Vater, sondern eine Mitarbeiterin des Heims, in dem sein Vater untergebracht war. (Sein Vater bestand auf der Bezeichnung »untergebracht«, denn wohnen könne man dort ebenso wenig wie in einem Hotel.)

»Bin ich hier richtig beim Sohn von Herrn Schumann? Wenn ja, melden Sie sich bitte umgehend bei uns.

Ihr Vater ist abgängig. Sie können mich rund um die Uhr erreichen.« Dann folgte eine deutsche Mobilnetznummer. Wig wählte sie umgehend. »Guten Abend. Berger hier. Der Sohn von Herrn Schumann. Seit wann wird mein Vater vermisst? – Was sagen Sie? Er ist unterwegs zu mir?«

Wigs Vater war Mitte achtzig, und das Heim, in dem er »untergebracht« war, lag im vierhundert Kilometer entfernten Fichtelgebirge. »Sagten Sie, mit einem Auto? Wie bitte kommt er zu einem Auto?«

Er hatte gerade aufgelegt, als es leise klopfte. Es war die Nachbarin, Frau Putz. Sein Vater sei hier, sagte sie im Flüsterton. Ja, bei ihr. Vor zwei Stunden angekommen. Sie hätte ihn gleich erkannt und natürlich hereingelassen. Er sei auf ihrem Sofa eingeschlafen.

Den Finger auf den Mund gelegt, bedeutete sie Wig, leise zu sein und mitzukommen. Und wirklich wahr, da lag mit einem Engelslächeln im Gesicht – Lothar Schumann.

Frau Putz zog sich in die Küche zurück, und Wig ließ sich in einen Stuhl fallen. Der Brustkorb seines Vaters hob und senkte sich ruhig, sein Gesicht war glattrasiert und viel weniger faltenzerfurcht, als sein Alter und seine Geschichte eigentlich verlangt hätten.

Herwigs Vater war in einer böhmischen Stadt unweit der deutschen Grenze geboren und aufgewachsen. Als er fünf war, hörte diese Grenze auf zu existieren. Die Stadt liegt wunderschön eingebettet zwischen sanften Bergen,

Wäldern und Wiesen und umgeben von geschichtsträchtigen Badeanstalten. Sein erster Schultag markierte einen heftigen Einschnitt in seinem Leben. Nicht der Schule wegen, sondern weil er an diesem Tag seinen Vater zum allerletzten Mal sah. Er musste in einen Krieg ziehen, aus dem er nicht mehr zurückkommen sollte. Lothar war in der sechsten Klasse, als der Krieg zu Ende war und er in seiner Heimat nicht mehr erwünscht. Eine Woche später saß er mit seiner Mutter in einem Zug.

Man schob sie, zusammen mit anderen Menschen, denen das gleiche Schicksal zuteilgeworden war, in einen Güterwaggon. Mitten in der Nacht hatte man sie aus ihren Wohnungen und Häusern geholt. Was sie nicht tragen konnten, mussten sie zurücklassen.

Wien war als Endstation angegeben. In Salzburg musste die Lokomotive getauscht werden. Am nächsten Tag sollte es weitergehen in Richtung Osten. Seine Mutter wollte sehen, ob sie irgendwo etwas zu essen fände, und stahl sich in die Nacht davon. Am nächsten Morgen, als sie noch immer nicht zurück war, machte er sich auf die Suche nach ihr. Er durchkämmte zuerst das von Bombentrichtern zerfurchte Bahnhofsviertel, dann irrte er durch die verwundete, trümmerübersäte Stadt. Doch sie blieb verschwunden. Nach dem Vater war nun also auch die Mutter weg. Lothar sollte nie erfahren, ob sie den Tod oder ein zweites, anderes Leben gefunden hatte. Weil inzwischen auch der Zug weitergefahren war und mit ihm die wenigen Habseligkeiten, gab es von Lothars ersten zwölf Lebensjahren nur noch das, was er an Erinnerungen in seinem Herzen trug, und die Mundharmonika in seiner Hosentasche, auf der sein Vater manchmal gespielt hatte, in jener Zeit vor dem Krieg, von der er sich bald nicht sicher war, ob es sie je gegeben oder ob er sie nur geträumt hatte.

Die ersten Tage verbrachte er in der Nähe des Bahnhofes. Vier Nächte weinte er sich im Keller eines Hauses nahe dem Bahnhof, dem die Druckwelle einer Bombe sämtliche Dachziegel und Fenster pulverisiert hatte, in den Schlaf. Tagsüber saß er verzweifelt an den Bahngleisen und wartete auf seine Mutter. Er suchte sie unter den Frauen, die jeden Tag zu den Zügen kamen in der Hoffnung, ihre Männer und Söhne unter den Heimkehrern zu finden. Manchmal gab ihm jemand etwas zu essen. Einmal bekam er von einem amerikanischen Soldaten einen Kaugummi geschenkt. Hungrig wie er war, schluckte Lothar ihn sofort hinunter. Worauf ihm der Mann lachend einen zweiten gab und mittels Gesten und in einer Sprache, die sich wie die akustische Fortsetzung seiner Kaubewegungen anhörte, erklärte, dass dies etwas sei, worauf man nur herumbeiße. Lothar kaute ihn zwei Tage und schluckte ihn dann doch. Er konnte es sich nicht leisten, etwas auszuspucken.

Am fünften Abend nahm ihn eine der Frauen mit zu sich nach Hause. Theresa Berger gehörte zu den vielen, die vergeblich auf ihre Männer warten sollten. Sie hatte selber zwei Kinder, beides Mädchen. Agnes, die Ältere, war vierzehn, Hanna war elf. Mit ihnen zusammen wuchs Lothar auf. Sie brachten sich gegenseitig wieder zum

Lachen. Sie nahmen ihn mit auf Abenteuer-Streifzüge über die Stadtberge und durch die Flussauen. Sie zeigten ihm ihre Heimat, und Agnes zeigte ihm die Liebe.

Als Agnes einundzwanzig und damit volljährig geworden war, beschloss sie, den um zwei Jahre jüngeren Lothar zu heiraten. Es war der 14. August 1952. Das Thermometer stand auf sechsunddreißig Grad, die höchste je in der Festspielstadt gemessene Temperatur. Lothar hatte zu wenig getrunken und trug einen viel zu engen, von einem Arbeitskollegen ausgeborgten Anzug. Als er die Stufen zum Standesamt emporschritt, wurde ihm schwarz vor den Augen. Man holte ihn zwar rasch wieder zu Bewusstsein, aber sein Blick war so glasig, dass sich der Standesbeamte weigerte, die Trauung durchzuführen. Das Brautpaar sah es als ein Zeichen. Zwei Jahre darauf beschloss Agnes, dass sie, noch immer unverheiratet, aufs Land ziehen würden – und Lothar verstand für kurze Zeit die Welt nicht mehr. Sie hatten beide in Salzburg eine gut bezahlte Stelle gehabt und eine kleine Mietwohnung. Aber mit großer Hartnäckigkeit setzte Agnes sich gegen Lothar durch. Agnes setzte sich eigentlich immer durch. Sie hatte einen Zwei-Jahres-Vorsprung, auf den sie sich auch berief, wenn Lothar, wie in jenem Fall, die besseren Argumente hatte. Agnes wusste genau, was sie wollte und wohin sie wollte. Sie hatte sich dieses kleine, von Bergen und Seen umgebene Städtchen auserkoren. Dieses und kein anderes sollte es sein.

Dort fand sie für Lothar eine Stelle als Lastwagenfahrer, für sich eine Arbeit bei einem Notar und für beide eine geräumige Wohnung mit Blick auf »ihren Berg«, wie sie ihn nannte. Ein ferner, hellgrauer Kalkstock, den ein blendend weißer Gletscher schmückte.

In ebenjener Wohnung brachte sie während eines Sommergewitters Herwig zur Welt.

Eine Tür davon entfernt, im Wohnzimmer von Frau Putz, erwachte Lothar sechzig Jahre später gerade aus dem Schlaf. Als er seinen Sohn sah, strahlte er ihn an. »Herwig, wie schön, wieder zu Hause zu sein.« Wig beugte sich vor und legte seine Hand auf Lothars Schulter. »Ich bin auch froh, dass du da bist, Vater. Du weißt aber schon, dass sich viele Menschen Sorgen um dich gemacht haben?«

»Die machen sich immer Sorgen, wenn sich jemand bewegt. Darum bin ich ja hier. Weil ich das nicht mehr ausgehalten habe. Diese Unbeweglichkeit, diesen Stillstand.«

»Meinst du die Gegend oder das Heim?« Ein kurzes Schweigen entstand. Wig hatte nie verstanden, warum sein Vater da überhaupt noch einmal hinaufgezogen war.

Das heißt, er wusste es schon. Lothar Schumann wollte sein Lebensende mit seinem Lebensanfang verbinden. Nach dem Tod seiner Frau war sich Herwigs Vater sicher, ihr bald zu folgen. Die Vorstellung, sein Körper würde ganz allein in einem Grab fernab der heimatlichen Erde zu Staub zerfallen, bedrückte ihn. Er war immer davon ausgegangen, seine eigenen und die Gebeine seiner Frau würden nebeneinander liegend dem Jüngsten Gericht entgegenklappern. Aber ihre sterblichen Überreste hat man nie gefunden. Deshalb wollte er die letzten Atemzüge seines Lebens im Fichtelgebirge tun. Er kaufte sich mit seinen Ersparnissen wenige Kilometer von der tschechischen Grenze entfernt am Ufer jenes Flusses, an dem er aufgewachsen war, ein kleines Haus und arrangierte mit viel Geduld, aber ebenso viel Entschlossenheit sowie einer großzügigen, testamentarisch festgelegten Kirchenspende sein anstehendes Begräbnis mit der Pfarre, in der er zur Welt gekommen war. Die Grabsteine seiner Vorfahren waren zwar entfernt worden. Aber die Erde war noch immer dieselbe. Er war sich sicher, es würde kein Jahr vergehen, bis er in seiner Heimaterde liegen würde. Er spazierte jeden Tag zwei Kilometer die Eger entlang ins nächste Dorf, erstand dort eine Packung Filterzigaretten, setzte sich zum Wirt, trank ein paar Gläschen Bier und spielte mit jedem, der Lust hatte, eine Partie Halma. In Halma war er unschlagbar, schon als Kind. Wenn er ab und zu verlor, dann nur, weil er nicht wollte, dass die anderen aufhörten, mit ihm zu spielen, und im letzten Spiel ließ er immer seinen Gegner gewinnen. Zum Abschluss genehmigte er sich einen doppelten Asbach Uralt, ging nach Hause, legte sich hin und schlief allabendlich mit der Vorstellung ein, nicht mehr aufzuwachen.

Irgendetwas machte er falsch, denn er wachte jeden Morgen doch wieder auf. Trank zwei Tassen Kaffee, eine für sich und eine für Agnes, und erinnerte sich. Das waren die Stunden, in denen Lothar gerne an Agnes dachte. An die Zeit, als sie zusammen nach dem Krieg durch das zerbombte Salzburg gezogen waren, und an die Selbstverständlichkeit ihrer Liebe zueinander. Das Erkennen des Glücks im Unglück.

Agnes war ein vifes Mädchen und bekam nach der Schule eine Lehrstelle im Büro von Herrn Porsche. Sie war es auch, die Lothar dazu überredete, dort eine Mechanikerlehre zu machen. Jeden Morgen gingen sie zu Fuß die Alpenstraße hinaus in ihre Arbeit und am Abend Hand in Hand wieder heim in die Stadt. Sie hatten gemeinsam eine kleine Wohnung zwischen einer Kirche und einem Kloster bezogen. Ihre kleine, aber feine Welt war von morgens bis abends eingehüllt in Glockengeläut. Warum waren sie nur von dort weggegangen? Lothar wusste, warum. Weil Agnes es so wollte. Er erinnerte sich noch gut an jenen Tag.

Agnes war von einer Kollegin zu einer Bergtour eingeladen worden. Als sie spätabends zurückkam, strahlte sie wie ein frisch vergoldeter Barockengel mit Trompete und verkündete den neuen Plan: aufs Land ziehen. Sie wollte von nun an im Salzkammergut leben, dem, wie sie fand, schönsten Flecken der Welt. »Aber du hast doch von der Welt noch gar nichts gesehen«, versuchte er sie umzustimmen. »Nächstes Mal machst du einen Ausflug nach Bayern oder was weiß ich wohin, und dann gefällt es dir dort noch besser.«

»Lolo, das ist nicht möglich«, sagte sie. »Du wirst selber sehen. Schöner geht's einfach nicht mehr.«

Ob es der schönste Platz der Welt war, konnte er nicht sagen. Aber es war wirklich sehr schön dort. Das musste auch Lothar zugeben. Ein Kurort mit monarchischem Flair und dem Atem von Zeitlosigkeit. Verordnete Ruhe trifft angeborene Beschaulichkeit. Die Berge ringsum waren höher und die Menschen schrulliger, aber sonst erinnerte es Lothar an sein Zuhause in Böhmen. Dieser Umstand ließ ihn seinen Widerstand aufgeben. Das Leben war schön. Warum sollte man es nicht genießen?

Dann kam Herwig zur Welt und mit ihm Zeiten voller Ereignisse und Wunder. Sie kauften sich einen Motorroller, dann ein Auto, unternahmen Ausflüge in die Berge und zu den Seen ringsum. Es erfüllte sie, dem Buben beim Wachsen und Werden zuzuschauen. Dann die Zäsur, als Herwig von zu Hause wegzog, um zu studieren. Wenigstens nicht nach Wien, sondern zu seiner Oma, in die Festspielstadt. Das Leben war trotzdem schön.

Und wie groß war die Freude, als Herwig gleich nach seinem Abschluss eine Stelle zu Hause in der Kurstadt bekam. Nur Gespür für Frauen hatte er leider keines. Sie hielten ihn alle hin. Oder sagen wir so, er ließ es zu, hingehalten zu werden. Die Frauen wollten erobert werden, und Herwig war kein Eroberer. Er brachte nie eine nach Hause. Agnes dachte schon, Herwig wäre vielleicht schwul. Ein Gedanke, den Lothar sich nicht erlaubte. Auch nicht, als sein Sohn in eine Männer-WG zog. Das Leben war noch immer schön.

Dann tauchte ihr Sohn eines Sonntagmorgens mit diesem Wesen auf. Irgendetwas zwischen Elfe und Wildfang. Unangekündigt standen sie da und gaben bekannt, ein Kind zu erwarten und heiraten zu wollen. Was sie vier Wochen darauf auch taten. Lothar hätte schwören können, sie sei erst siebzehn. Aber im Ausweis, den sie am Standesamt vorlegte, sah er, dass sie schon fünfundzwanzig war und mit vollem Namen Eva Maria Magdalena Neuhauser hieß. Bei der Hochzeit lernten Lothar und Agnes auch die Eltern von Maria kennen. Waldmenschen, war Lothars erster Gedanke. Aber nicht abwertend, sondern ehrfürchtig.

Agnes und Lothar überließen dem jungen Paar, das gerade dabei war, eine Familie zu gründen, ihre Wohnung mit dem Gletscherblick und zogen in den Dienstbotentrakt der habsburgischen Weltfluchtvilla. Ein paar Zimmer entfernt von jenem Schreibtisch, der ein Dreivierteljahrhundert zuvor einem tatterigen Monarchen als Unterlage für seine Kriegserklärung dienen musste. Lothar fragte sich immer wieder, wie ein so friedlicher Platz ein derart mieses Karma haben konnte.

Mieses Karma hatten leider auch Herwig und Maria. Die Schwangerschaft stand unter keinem guten Stern. Agnes und Lothar hätten sich sehr über ein Enkelkind gefreut, aber was nicht ist, ist eben nicht. Das Leben war nicht mehr ganz so schön, aber immer noch sehr schön. Vor allem wenn sich um siebzehn Uhr die Tore für Touristen schlossen und sie den Kaiserpark für sich alleine hatten. Nachdem sie in den Ruhestand gegangen war, zog es Agnes ständig in die Berge. Wenn es keine zu schwere Partie war, begleitete Lothar sie manchmal. Als sie ihren Siebziger am Gipfel des Karsteins zelebrieren wollte, winkte ihr Mann ab, das wolle er sich nicht mehr antun. Also blieben sie zu Hause, Agnes' Blick wehmütig auf ihren Sehnsuchtsberg gerichtet. Am nächsten Tag ging sie dann doch. Alleine.

An diesem Tag, einen Tag nach ihrem Geburtstag, wurde Agnes vom Erdboden verschluckt. Warum musste sie mit siebzig Jahren auch noch einmal auf diesen Berg, auf ihren Gletscher? Und warum war er nicht mitgegangen? Sie hätten zusammen in den Tod oder sonst wohin gehen können. Dann hätte er jetzt dieses Problem mit dem Sterben nicht.

Die Welt hatte seine Frau verschluckt. Sie wurde leibhaftig verschlungen. Die Berge, die sie so gerne durchwanderte, haben sie behalten. Ganz und gar, nicht nur ihre Seele. Lothar hatte immer Angst davor gehabt, dass sie eines Tages abstürzen könnte. Dass sie eines Tages nicht vom Berg, sondern in den Berg hineinfallen könnte, hatte er nicht bedacht. Nicht einmal eine Beerdigung gab es. Ein Jahr nach ihrem Verschwinden hätte er eine Todeserklärung beantragen können. Er weigerte sich. Obwohl es Zeugen gab, die gesehen haben wollen, wie Agnes alleine den Klettersteig vom Gipfel heruntergekommen und über den Gletscher Richtung Seilbahn gegangen war. Sie meinten, Agnes habe im einsetzenden Schneefall sicher die Orientierung verloren. Man hat sie jedenfalls nie gefunden. Und deshalb war Agnes für ihn nicht gestorben, sondern nur weg, wenngleich für immer. Diese Gedankenschleife und der damit verbundene Gefühlsstau erinnerten Lothar an das Verschwinden seiner Mutter. Vielleicht hatten sie sich beide einfach abgesetzt. Die Vorstellung schmerzte weniger als die ihres Todes.

Man sagte ihm, sie sei mit Sicherheit in eine Gletscherspalte oder in eine Doline gefallen, und wenn sie Glück hatte, war sie gleich tot gewesen. Wenn nicht, war sie dort erfroren. Er glaubte diese Dunkelheit und Kälte manchmal zu spüren. Das brachte ihn auf die Idee, seinen eigenen Abgang zu erzwingen. Er fing an, bei Kälte leicht bekleidet ins Freie zu gehen, in der Hoffnung, sich eine Lungenentzündung zu holen, aber nicht einmal eine Erkältung oder ein Schnupfenvirus erbarmte sich seiner. Deshalb verdoppelte er seinen Tabakkonsum auf täglich zwei Packungen Zigaretten und ließ auch gleich die Filter weg. Ebenso erhöhte er seine Bier- und Weinbrandrationen. Doch nach dreizehn Jahren zog er immer noch mit relativ festem Schritt seine Runden über die Tabaktrafik zum Branntweiner entlang der Eger und zurück zu seinem Häuschen.

Erst als er eines Tages im Bad zu Sturz kam und mit gebrochener Hüfte zwei Tage und Nächte wie ein auf dem Rücken gelandeter Käfer hilflos auf den Fliesen seines Badezimmers lag, kam er der Erlösung nahe. Die Trafikantin fand ihn jedoch, bevor sich das Schicksal in seinem Sinn erfüllen konnte. Sie hatte als Einzige seine Abwesenheit bemerkt und war der Sache auf den Grund gegangen. Sein Fazit: Alkohol bringt dich aus dem Gleichgewicht, regelmäßiges Rauchwaren-Kaufen kann dir das Leben retten.

Lothar hätte eigentlich böse sein müssen auf sie. Er versöhnte sich aber sehr schnell mit der Tatsache, noch am Leben zu sein. Als sie ihn am nächsten Tag im Krankenhaus besuchte und einen Zigarillo mitbrachte, brachte er ein einwandfreies Lächeln zustande.

»Für später«, sagte sie und legte den Stumpen samt Streichhölzern in die Lade neben seinem Bett. »Erst wenn es Ihnen wieder besser geht – und nur paffen, nicht inhalieren. Versprochen?«

»Versprochen. Und danke, dass Sie mich …« Die Schmerz- und Schlafmittel stellten in seinem Kopf Hindernisse auf, die seine Gedankengänge immer wieder aus dem Tritt brachten. Also begann er einen neuen. »Wie heißen Sie eigentlich?«

»Gertrud.«

»Gertrud.« Er wiederholte den Namen, und er fand, dass er sich anfühlte wie ein Stück Schokolade. Im Gegensatz dazu war seiner ein Stück Holz. »Ein schöner Name. Ich heiße Lothar.«

»Lothar Schumann. Ich weiß. Ich habe Ihnen übrigens noch was mitgebracht. Hier.« Sie zog ein altes Nokia-Mobiltelefon aus ihrer Handtasche. »Damit können Sie mich jederzeit anrufen, wenn Sie etwas brauchen. Ich zeige Ihnen, wie's funktioniert.«

Nach zwei Wochen begannen sich seine Gedanken neu zu ordnen. Vom Verlangen nach Alkohol war nur noch eine vage Erinnerung übrig. Auch die Schmerzmittel hatte er inzwischen abgesetzt. Und mit der neu gewonnenen Klarheit über seinen Zustand und nach

Bestandsaufnahme seiner Möglichkeiten organisierte Lothar sein Leben um. In einer Annonce der *Frankenpost* bot er sein Haus zum Verkauf an und gab dem ersten Interessenten den Zuschlag. Er schenkte die Möbel und alles, wofür sie Verwendung hatte, seiner Lebensretterin und bat sie, die wenigen persönlichen Dinge in eine Kiste zu packen und einstweilen bei sich einzustellen. Weil Gertrud alles hatte, was sie brauchte, und nichts annehmen wollte, organisierte sie einen Flohmarkt. Mit dem Erlös ging sie in ein Kleiderhaus. Dort suchte sie mit sicherer Hand zwei passende Anzüge für ihn aus, einen für die kalte und einen für die warme Jahreszeit, und kaufte für das übrige Geld noch ein paar weiße Hemden, einen Pullover sowie einen Koffer, in den alles hineinpasste. Als sie ihm die Sachen brachte, wurde er grantig. Eine Verschwendung sei das. Und überhaupt, was solle er mit einem Sommeranzug? Der Winter stehe vor der Tür, und bis es wieder warm werden würde, hätte sein Leben schon längst ein Ende gefunden. Sinnvoller wären warme Unterwäsche und Socken gewesen. So nahe seien sie sich nun auch wieder nicht, bellte sie zurück. Seine Unterwäsche müsse er sich schon selber besorgen. Gertrud kümmerte sich trotzdem weiter um ihn und half auch dabei, einen Platz in einem Heim für betreutes Wohnen zu finden. Nach einem Monat durfte Lothar das Spital verlassen. Nachdem er mit seiner Kiste und dem Koffer dort eingezogen war, meldete er sich bei Herwig.

Er erzählte ihm von seinem Missgeschick und versicherte ihm, dass jetzt »alles wieder auf Schiene« sei. Auf

Schiene, musste Wig feststellen, als er ihn am nächsten Tag besuchte, war vor allem seine Hüfte. Aber er konnte, auf einen Rollator gestützt, schon wieder über den Flur zur Raucherterrasse wackeln.

Ab da blieb Wig, wenn schon nicht am Puls seines Vaters, so doch an seinem Ohr und rief zweimal die Woche bei Lothar an, um sich zu erkundigen, wie's ihm ging. Er bekam immer wieder die gleiche Antwort: »Mach dir keine Sorgen, mein Sohn. Alles sehr nette Leute hier, bald bin ich wieder auf den Beinen.«

Vor einigen Wochen kippte die Sache. Es fing damit an, dass sich Lothar bei Herwig öfter zu melden und auch zu beschweren begann. »Herwig, ich halte diese gebrechlichen Menschen um mich herum nicht mehr aus. Da kann ja keiner mehr laufen. Es ist mir vorher nicht aufgefallen, weil ich selber so damit beschäftigt war, den aufrechten Gang wieder hinzubekommen. Aber seit ich wieder gehen kann, sehe ich, dass ich der Einzige bin. Alle sitzen in Rollstühlen herum. Bestenfalls! Die meisten werden in Betten durch die Gegend geschoben. Ich weiß nicht, was da los ist. Das hat es doch früher nicht gegeben. Da waren die Menschen so lange auf ihren Beinen, bis sie umgefallen sind. Und wenn sie umgefallen sind, sind sie auch liegen geblieben. Ich glaube, sie geben uns etwas ins Essen hinein. Etwas, das die Leute hier am Leben hält, aber bewegungslos macht.«

Herwig verabschiedete sich von Frau Putz, und Lothar, ausgestattet mit einem Gespür für schlummerndes

Konfliktpotential, bedankte sich ausdrücklich für die »Gewährung von Asyl« bei ihr. »Aber Herr Schumann, das ist doch selbstverständlich. Sie sind doch einer von uns«, wies sie ihn vorwurfsvoll zurecht. »Eben nicht, Frau Putz, eben nicht. Ich muss Sie enttäuschen und gestehen, vor vielen Jahren ebenfalls als Flüchtling in dieses Land gekommen zu sein.« Herwig warf noch ein entschuldigendes Lächeln hinüber zu Frau Putz, dann führte er seinen Vater hinüber in seine Wohnung. »Du kennst dich ja hier aus. Ein paar Dinge haben sich verändert, aber Badezimmer und Küche sind noch immer da, wo sie immer waren. Für heute wird es am besten sein, du schläfst in meinem Bett. Morgen richten wir das kleine Zimmer für dich her. Ich werde mich auf die Couch legen und Wache schieben, dass niemand kommt und das Essen manipuliert.«

»Das ist nicht witzig.« Lothar blickte ihn vorwurfsvoll an.

»So war es auch nicht gemeint«, entschuldigte sich Herwig.

»Dann ist es ja noch schlimmer. Du denkst also, ich bin verrückt, ja?« Sein Gesichtsausdruck wechselte von Entrüstung in Niedergeschlagenheit. »Vielleicht bin ich wirklich schon meschugge.«

»Jetzt sag doch nicht so was. Du hast es immerhin hierhergeschafft. Komm, lass uns schlafen gehen.«

»Da fällt mir gerade auf, wo ist eigentlich Maria?«

»Sie ist nicht da.«

»Das sehe ich auch. Wann kommt sie denn?«

»Sie ist verreist.«

»Verreist? Beruflich?«

»Nein.«

»Hat sie dich verlassen? Habt ihr euch getrennt?« Lothar sah an Herwigs Minenspiel, dass er richtig lag. »Das ist dieser reformierte Geist hier in diesem Tal. Ich hab's immer gesagt. Das sind moralisch zweifelhafte Leute, diese Lutherischen. Schon allein die Tatsache, dass für sie die Gottesmutter überhaupt keinen Stellenwert hat, muss jedem zu denken geben.«

»Ja, das hast du immer gesagt. Du hast aber auch gesagt, die Katholischen seien noch schlimmer. Weil bei ihnen der Marienkult nur ein Vorwand sei und Frauen dort noch weniger zu sagen hätten als bei den Evangelischen.«

Herwig hatte nicht mehr den Nerv, so spät am Abend noch über konfessionelle Unterschiede oder die Umstände von Marias Verschwinden zu reden.

»Es war für beide von uns ein langer Tag. Lass uns schlafen gehen. Morgen beim Frühstück erzähl ich dir alles, was ich weiß.«

»Heißt das, es gibt auch Dinge, die du nicht weißt?«

»Oh ja. Ich weiß zum Beispiel noch gar nicht, wie du hierhergekommen bist«, wechselte Herwig das Thema, während er seinen Vater ins Schlafzimmer bugsierte. »Mir wurde gesagt, du hättest einen Wagen gestohlen.«

»Den Tesla? Hast du ihn gesehen? Über die Form kann man streiten, aber interessantes Innenleben.«

»Ist das der Schlitten am Behindertenparkplatz?«

»Mit vierundachtzig Jahren auf dem Buckel und einem verschraubten Becken kann ich mir das erlauben. Abgesehen davon waren alle anderen Parkplätze zu klein, und niemand wird einem Bestattungsauto einen Strafzettel aufbrummen.«

»Was? Du hast einen Leichenwagen geklaut?«

»Ich habe ihn nicht gestohlen, sondern eine Probefahrt gemacht.«

»Und mit so was kannst du fahren?«

»Sonst wäre ich jetzt nicht hier, oder? Es war kein Kunststück. Der fährt sich wie von selbst, und das Tschippi-Ei-Ess sagt dir, wo's langgeht.«

»GPS; es heißt GPS, Global Positioning System. Nicht GPIS.«

»Ich finde Tschippi-Ei-Ess klingt besser. Es klingt nach Aufbruch, es klingt nach: lasst uns die Pferde satteln, es klingt nach In-den-Sonnenuntergang-Reiten.«

Nachdem er seinen Vater ins Bett gebracht hatte, drehte Herwig das Licht aus und rollte sich im angrenzenden Wohnzimmer unter einer Decke auf dem Sofa zusammen.

Herwig saß schon bei seiner ersten Tasse Kaffee, als die Schlafzimmertür aufging. »Ich habe schon immer gut geschlafen in diesem Zimmer. Daran hat sich nichts geändert.« Lothar setzte sich zu Herwig an den Küchentisch, goss sich eine Tasse ein und blickte sich suchend um. »Gibt es Zucker?« Herwig stand auf und holte die Dose aus dem Küchenschrank. »Maria hat alles Süße aus dem Blickfeld verbannt. Einschließlich sich selbst.«

»Genau – Maria. Da waren wir stehengeblieben. Was ist denn jetzt mit ihr?«

»Sie ist …« Doch bevor er das Wort »verschwunden« aussprechen konnte, schrillte die Klingel. Jemand stand unten an der Haustür. Wig drückte die elektrische Entriegelung und ging auf den Gang hinaus, um nachzusehen, wer es war. Ein untersetzter Mann um die fünfzig, mit schütterem, kurzgeschnittenem Haar kam die Stiege herauf, eine braune, kaum abgenützte, altvaterische Lederaktentasche in der linken Hand. Auf der Etage angekommen, streckte er Wig breit lächelnd seine Rechte entgegen. »Sie sind Herr Berger, ja? Karl Schüller. Kriminalpolizei. Sie gestatten, dass ich eintrete?« Der Tesla, schoss es Herwig durch den Kopf. Er versuchte Zeit zu gewinnen.

»Und wenn ich es nicht gestatte?«

»Herr Berger …«, kam es melodiös nach unten gehend von seinen Lippen. Das Lächeln wurde noch eine Spur breiter, und sein jovialer Tonfall klang nach in Watte gepackten Rasierklingen. »Ich muss mich mit Ihnen unterhalten, und ich nehme an, es ist von Interesse für Sie. Von großem Interesse sogar. Es geht um Ihre Frau. Es gibt eine Spur.« Es ging also nicht um die gestohlene Limousine. Wig trat erleichtert zurück und ließ den Mann ein.

Lothar war verschwunden, mit ihm seine Tasse. Mit einem »Sie erlauben?« nahm sich Inspektor Schüller den Stuhl, auf dem eben noch Herwigs Vater gesessen war, und öffnete die Verschlüsse seiner Tasche.

»Als Sie das Verschwinden Ihrer Frau gemeldet haben, wurden Sie von der Polizei sicher darauf hingewiesen, dass es keine Handhabe für eine aktive Fahndung gibt. Aber wir haben natürlich unsere Augen und Ohren offen gehalten.«

So erfuhr Wig, was er schon seit ein paar Tagen wusste. Nämlich von Marias aktuellem Aufenthaltsort Griechenland. Nur kam der Hinweis diesmal nicht von der Grenz-, sondern der Verkehrskontrolle. Weil der Volvo im Norden des Landes von der Kamera eines Verkehrsradars erfasst worden war. »Das ist die Strafverfügung – und das Foto dazu.« Inspektor Schüller reichte ihm ein Papier, auf dem er bis auf sein Autokennzeichen und den zu bezahlenden Betrag nichts lesen konnte. Interessanter war das Foto. Hinter dem Lenkrad saß Maria, daneben eine junge Frau, die er noch nie gesehen hatte, und dahinter konnte man undeutlich, aber zweifelsfrei drei bärtige Männer erkennen. »Und das ist nicht alles.« Der Polizist zog ein weiteres Schriftstück aus der Tasche. »Man hat den Wagen gefunden. Auf einer Insel. Er stand an einem Hafen und war unversperrt. Laut Aussage der Behörde lagen die Zündschlüssel im Handschuhfach.«

»Und Maria? Haben Sie etwas über ihren Verbleib herausgefunden?«

»Leider nicht. Für weitere Nachforschungen müssten wir jemanden hinschicken. Ich hätte nichts dagegen, in den Süden zu fliegen, meine Dienststelle schon.

Wie Sie wissen, sind uns aufgrund der Mündigkeit Ihrer Frau und mangels des Verdachts auf ein Verbrechen die Hände gebunden.«

»Und die finsteren Männer auf der Rückbank? Für mich sehen die aus wie Fundamentalisten.«

»Wir haben das auch in Erwägung gezogen und recherchiert, Herr Berger. Es ist wahrscheinlich nur ein kleiner Trost, aber Sie können diesbezüglich beruhigt sein. Bei den Männern handelt es sich eindeutig um orthodoxe Christen. Das Radar, das Ihren Wagen erfasst hat, steht an der Straße nach Ouranoupolis, dem Tor zur Mönchsrepublik des Heiligen Berges. Die Griechen haben auf unseren Wunsch hin alle Hotel- und Gastbetriebe in der Nähe geprüft, aber das war's dann auch schon.«

»Und Sie haben nichts gefunden?«

»Nein, keine Hinweise auf Ihre Frau. Die erwähnte Insel liegt unweit von Ouranoupolis. Dort verliert sich ihre Spur.«

»Sie werden natürlich weiter Ihre Augen offen halten.« Herwigs Bemerkung bei der Verabschiedung war nicht ohne bitteren Unterton.

»So ist es, Herr Berger, so ist es. Hier, ich gebe Ihnen noch meine Karte. Wenn Sie Fragen haben oder etwas in Erfahrung bringen – lassen Sie es mich bitte wissen.«

»Zum Beispiel, wenn meine Frau wieder einmal bei einer Grenzkontrolle erfasst wird, wie Anfang August?«

Das freundliche Lächeln fiel nur kurz aus dem Gesicht des Inspektors. »Diese Informationen unterliegen leider dem Datenschutz. Wie sind Sie daran gekommen?«

»Aus Gründen des Datenschutzes kann ich Ihnen darüber auch keine Auskunft geben.«

»Herr Berger ...« Da war sie wieder, diese Verständnis einfordernde Melodie nach unten. »Sie müssen mir nicht vertrauen, aber es würde alles leichter machen. Auch für Sie. Ihr Volvo steht übrigens jetzt in Saloniki, auf dem Parkplatz der Polizeihauptwache. Und die Strafe müssen Sie auch nicht zahlen. Die Kollegen haben sie in Anbetracht der Umstände erlassen.«

Nachdem Inspektor Schüller weg war, kam Lothar aus dem Schlafzimmer. »War aber auch Zeit. Ich musste schon die ganze Zeit dringend aufs Klo.« Er durchmaß eiligen Schrittes die Küche. »Ich habe alles mitgehört. Das ist ja eine unglaubliche Geschichte. Was willst du jetzt tun?« Man hörte das Verriegeln des Badezimmers.

»Ich weiß noch nicht«, rief Wig ihm nach.

»Ich schon«, kam es durch die verschlossene Tür dumpf zurück. »Bin gleich da.«

Ein paar Stunden später rollte ein schwarzer Audi über die A10 Richtung Süden. Ziel: Saloniki. Um Mitternacht erreichten sie Belgrad. Es regnete in Strömen, der Tank war leer und Herwig mit seinen Kräften am Ende. Er bog in eine Raststätte ein. Das Gelände kam ihm bekannt vor. War es dieselbe wie damals? Als Maria und er ihren ersten Urlaub zusammen unternommen hatten? Mit seinem Austin Mini und dem mehrfach geflickten Zelt, das Maria von ihren Eltern bekommen hatte. Zwei lange Tage Gerumpel durch Jugoslawien, eingeklemmt zwischen Lastwägen und Wohnmobilen, Schlaglöcher umkurvend, die groß genug gewesen wären, den ganzen Mini in sich aufzunehmen.

Mehr als dreißig Jahre war das her. Wig legte den Sitz zurück und versuchte ein wenig zu schlafen. Lothar tat es ihm gleich und monierte die Enge des Audi. »Hör auf zu jammern. Es war deine Flugangst, deretwegen wir das Auto genommen haben.«

»Im Tesla hätten wir mehr Platz gehabt.«

»Und wären schon lange ohne Strom. Oder verhaftet! Nach dem Auto wird mit Sicherheit gefahndet. Außerdem will ich in keinem Bestattungswagen schlafen. Du hast mir übrigens noch immer nicht erzählt, wie du zu dem Fahrzeug gekommen bist.«

»Es war eine Gelegenheit.« Und während der Regen auf das Autodach trommelte und die Druckwellen der vorbeifahrenden Lkws den Wagen durchschüttelten, erzählte er Herwig weit ausholend, wie es sich zugetragen hatte.

Im Haus der Bewegungslosen, wie Lothar das Altersheim nannte, gab es einen einzigen Mitbewohner, der es wie er noch schaffte, aus eigener Kraft den Raucherbalkon zu besuchen. Das war Ralf. Und Ralf bekam regelmäßig Besuch von Hans-Peter, seinem ältesten Enkelsohn. Einmal im Monat rauschte H.-P. mit seiner strombetriebenen Limousine über das Kiesbett der Zufahrt und brachte einen Sechser-Karton Rotwein aus dem Piemont und eine Packung Zigarettentabak samt Papierchen vorbei. Nachdem Lothar und Ralf Freundschaft geschlossen hatten, musste er die Menge verdoppeln und deshalb den Weg vom Parkplatz ins Zimmer zweimal gehen. Finanziell war es für Ralf keine Belastung. Er war in seiner aktiven Zeit Gründer und Geschäftsführer einer Spedition gewesen. Die Geschäfte führte inzwischen sein Sohn, aber Ralf war ein Kontrollfreak und hatte lange weiterhin seine Hände im Spiel gehabt. Erst spät hatte er sich entschieden, ins Altersheim zu gehen, weil er merkte, dass er mehr im Weg stand als eine Hilfe war.

Einmal im Jahr, zu Ralfs Geburtstag am 1. November, gab es ein großes Familienfest. An diesem Tag musste alles nach seinem Kopf gehen. Da führte er Regie. Angefangen hatte es mit Wanderungen. Als seine Beine anfingen, ihm Probleme zu bereiten, wurden es Ausflüge mit einem Autobus, und letztes Jahr mussten alle zusammen einen Film anschauen, »Coco«, einen amerikanischen Animationsfilm, an dem Ralf einen Narren gefressen hatte. Die Handlung spielte nämlich an seinem Geburtstag, am Día de Muertos oder Allerheiligentag. Es ging darin um Tod und um Auferstehung der Seelen, um Erinnerung und Familienbande.

Für das aktuelle Jahr hatte Ralf noch keinen Plan. Er saß, den Rücken gegen die Wand und die wohltuende Oktobersonne auf der Brust, auf der Balkonbank. Neben ihm war Lothar, zwischen den beiden stand eine entkorkte Flasche Nebbiolo, aus der sie von Zeit zu Zeit einen Schluck nahmen. »Lothar, hast du eine Idee für meine diesjährige Geburtstagsfeier?« Lothar zündete sich einen von Gertruds Zigarillos an, paffte zuerst gehorsam, um dann schließlich doch seine Lunge am Genuss teilhaben zu lassen. Er ließ seinen Kopf in den Nacken fallen und hielt mit geschlossenen Augen sein Gesicht der Sonne entgegen. »Hmm …« Ein verrückter Gedanke trudelte vorbei. »Mir ist da was eingefallen. Aber es hat nichts mit deinem Geburtstag zu tun.«

»Sprich.«

»Du überlässt doch so ungern etwas dem Zufall. Und weißt immer ganz genau, wie alles gehen soll. Hast du schon einmal über dein Begräbnis nachgedacht?«

»Nein. Das heißt … Wieso?«

»Wenn du deinen Abgang, deinen letzten Auftritt nicht anderen überlassen willst, musst du ein Drehbuch dafür schreiben.« Ralf schloss ebenfalls seine Augen und ließ den Gedanken auf sich wirken. Dann blinzelte er hinüber zu seinem Freund. »Das ist eine großartige Idee. Darauf trinken wir!« Er hob die Flasche und wollte gerade ansetzen, da lachte er plötzlich lauthals. »Und weißt du was? An meinem Geburtstag proben wir das. Messe mit Requiem samt einer Prozession zum Friedhof, damit es am Tag X richtig sitzt. Jawohl!«

»Das wird nicht gehen«, wandte Lothar ein. »Jedenfalls nicht an deinem Geburtstag.«

»Warum nicht?«, entrüstete sich Ralf.

»Allerheiligen und Allerseelen herrscht auf allen Friedhöfen Vollbetrieb.«

»Du hast recht. Dann machen wir das eben zwei Tage

zuvor, am 30. Oktober. Lothar, du bist ein Genie, du hast einen Wunsch frei.«

Ein Lichtkegel tastete über die beschlagenen Scheiben des Audi. »Und?«, fragte Wig. »Was hast du dir gewünscht?«

»Ich habe mir gewünscht, den Bestattungswagen steuern zu dürfen und anschließend damit eine Spritztour nach Österreich zu machen. Das Navi hat mir Ralfs Enkel programmiert. Ich hab's dir ja gesagt. Er war nur geliehen.«

Um vier Uhr morgens hörte es auf zu regnen. Sie holten sich an der Tankstelle einen heißen Kaffee und setzten die Reise fort. Es war noch dunkel, aber am Himmel funkelten ein paar Sterne. Der Wind hatte das Wetter nach Osten getrieben. Als die Sonne aufging, erreichten sie die Grenze zu Mazedonien, zwei Stunden später überquerten sie jene zu Griechenland, und bevor es dunkelte, waren sie am Meer.

Herwig saß gegen einen angeschwemmten Wurzelstock gelehnt mit der Unterhose im warmen Sand. Sein Vater stand ein paar Meter entfernt am Ufer und betrachtete die Felsformationen, die den Strand an seiner südlichen Seite begrenzten. Sie waren bereits Teil des Kaps. Außer den beiden war die Gegend menschenleer. Im Hinterland weideten ein paar Ziegen. Am anderen Ende der Bucht trabte ein Hund, der eine Spur aufgenommen hatte, mit der Nase tief am Boden in Schlangenlinien durch die Dünen. Herwig Berger blickte hinüber zu dem Gebirgsstock, der sich in der Ferne aus dem Meer erhob. Weißgrau umwölkt sah er noch größer aus wie im gestrigen Abendlicht, als sie hier angekommen waren. Da hatte sich seine felsige Gipfelpyramide von der Sonne aufgeheizt in einem kühnen Schwung vom Meeresspiegel weg zweitausend Meter hoch in den Himmel gestreckt. Erhabener Marmor, elegant, aber auch nicht mehr. Im Gegensatz dazu war er jetzt voller Geheimnisse und Geschichten. Erinnerungssplitter tauchten auf. Ein paar Kilometer weiter nördlich musste es gewesen sein. Am Ende einer Schotterstraße, zwischen abgeschliffenen Granitfelsen am Ufer einer türkisblauen Bucht. Der Platz, an dem sie das Zelt aufgebaut hatten, konnte nicht weit von hier gewesen sein. Eine Bucht weiter vielleicht. Unter einer ausladenden Pinie hatten Maria und er sich niedergelassen und vier Wochen lang mit dem Lauf der Gestirne und im Rhythmus der Gezeiten gelebt. Geharzten Wein getrunken, von Oliven, Tomaten, Nektarinen und von Joghurt, Nüssen und Honig gelebt. Mit den Hippies Lieder gesungen und Haschisch geraucht, sich jede Nacht in den Schlaf geliebt und jeden Morgen wachgeküsst und wachgeliebt. Der ganze Sommer ein einziger langer salziger Kuss. »Maria, was ist bloß aus uns geworden?« Wig leckte sich die Erinnerungen von seinen Lippen. Aber das Salz, das er schmeckte, kam nicht aus der Vergangenheit, sondern von den Tränen der Gegenwart.

Es fiel ihm ein, wie sie einmal beim Herumklettern in den Felsen ein Buch gefunden hatten. Jemand musste es dort vergessen haben. Sie begannen sich gegenseitig daraus vorzulesen. Eine esoterische Fantasy-Geschichte, irgendwas mit Atlantis. Zum Schreien schwachsinnig, schwülstig und bizarr. Sie hatten sich bis zum Weinen zerkugelt über den Streit der »Initiierten« mit den »Besudelten«. Die Erinnerung daran war so lebendig, dass sich die Heiterkeit auf Wigs Gegenwart übertrug und seine Tränen trocknete.

Eine Ewigkeit waren diese ersten Jahre her. Wie lange ging das eigentlich? Wig dachte nach. Er kam auf ganze fünf Jahre. Bis zur Schwangerschaft eben. Ab da hatte sich die Routine eingeschlichen, die Selbstverständlichkeit ihres Zusammenseins. Sie fing damit an, dass sie Themen mit Konfliktpotential vermieden. Sie begannen sich zu arrangieren, ihre Polarität einer Harmonie zu opfern, die zwar nur oberflächlich war, aber in die Tiefe traute sich keiner mehr zu gehen. Und indem sie sich nicht mehr reizten, verloren sie den Reiz füreinander.

»Reizlosigkeit ist der Anfang vom Ende.« Wig hatte den letzten Gedanken unwillkürlich laut ausgesprochen.

»Was hast du gesagt?« Sein Vater drehte sich um und blickte ihn fragend an. »Was ist mit dem Ende?« Lothar stand barfuß im Sand, die Hosenbeine bis zu den Knien hinaufgerollt, das weiße Hemd aufgeknöpft im Wind wehend, den bleichen Bauch entblößend. Eine Welle schwappte bis an seine Füße, das zurücklaufende Wasser umspülte kräuselnd seine Zehen und hinterließ schmale Gräben zu beiden Seiten.

»Topfenneger!«, entkam es Wig.

»Was?«

»Topfenneger. So hast du immer alle genannt, die nicht in die Sonne gegangen sind. Jetzt bist du selber einer.«

»Nein. Hast du davor nicht gesagt: Reizlosigkeit ist der Anfang vom Ende?«

»Ja, das habe ich gesagt.«

»Da muss ich dir widersprechen. Glaube mir, Reiz ist eine überschätzte Eigenschaft. Es gibt großartige Menschen, die ohne ihn auskommen. Und ich habe einige reizende Arschlöcher kennengelernt, die zwar mit Charisma ausgestattet waren, aber bestenfalls schillernde Seifenblasen abgaben. Von anderer Leute Licht abhängig, um glänzen zu können. Irgendwann zerplatzen sie alle, und zurück bleibt ihre Essenz: etwas Seifiges, Glitschiges. Ab einem gewissen Alter ist ein reizloses Leben gar nicht so unattraktiv. Reizlosigkeit hat auch ihren Reiz.« Sie lachten beide.

Lothar bückte sich mit einer bedächtigen Bewegung, stützte sich mit einer Hand zuerst am Boden ab und ließ sich dann neben Wig in den Sand fallen. Er streifte sich das Hemd ab und fragte seinen Sohn, ob er denn was zu rauchen dabeihätte. »Im Auto müssten noch die Karelia liegen. Die wir an der Grenze gekauft haben. Ich hol sie dir.«

»Nein, bleib da. Die Zigarette kann warten. Dieser Augenblick nicht.«

»Seit wann rauchst du eigentlich wieder? Hattest du nicht schon aufgehört damit?«

»Ja, deiner Mutter zuliebe. Sie wollte nicht, dass ich vor ihr sterbe. Aber an ihrem ersten Todestag hab ich mir gedacht, das muss jetzt reichen. Ich habe wieder angefangen, um dem Tod Rauchzeichen zu geben, damit er mich findet.«

»Lebst du nicht mehr gerne?«

»Die letzten Jahre habe ich mir diese Frage immer wieder gestellt. Die Frage, warum ich überhaupt noch hier bin. Diese Reise mit dir zusammen ist die späte Antwort darauf.«

Wig legte seinen Arm um die Schultern seines Vaters. »Ist dir schon einmal aufgefallen, dass aus unserem Leben immer wieder Frauen verschwinden? Zuerst deine Mutter, dann Mama und jetzt Maria.«

»Na, mach jetzt nicht einen auf eins und eins ist elf und komm mir nicht mit dieser Karma-Scheiße. Dein Leben ist keine Wiederholung von meinem. Außerdem haben wir, was Maria angeht, eine Spur. Morgen holen wir uns den Volvo, und dann suchen wir diesen Heiligen Berg, zu dem sie anscheinend zuletzt unterwegs war.«

»Da brauchen wir nicht zu suchen.« Herwig streckte seine Hand aus und zeigte übers Meer. »Das ist er. Und das ist so ziemlich der einzige Ort, an dem wir nicht zu suchen brauchen.«

»Warum nicht?«

»Weil Frauen dort keinen Zutritt haben.«

Am nächsten Tag meldeten sie sich auf der Polizeistation von Saloniki. Die Beamten waren höflich, aber nicht sehr auskunftsfreudig. Man arbeite mit einem österreichischen Kollegen zusammen. Auch die Frage, ob es sich dabei um Inspektor Schüller handle, fiel offensichtlich unter das Dienstgeheimnis. Nachdem sie Wig das Fahrzeug gezeigt und er sich als dessen Besitzer ausgewiesen hatte, verlangten sie die Bezahlung der Abschleppkosten sowie Standgebühren in der Höhe von 3060 Euro; dann gaben sie ihm noch die Adresse, wo der Volvo gefunden wurde, und das war's dann auch schon. Sie drückten ihm die Schlüssel in die Hand und ließen ihn mit seinem Vater und allen Fragen, die er noch hatte, am Parkplatz stehen.

»Was tun wir jetzt? Mit zwei Autos!«

»Eines müssen wir wohl hierlassen.«

»Und welches?«

»Natürlich den Audi. Man kann nur schlecht bis gar nicht drin schlafen, hast du das vergessen?«

Sie stellten den Audi in die Lücke, wo der Volvo gestanden war. »Hier ist er doch sicher, und außerdem ist er auf Maria zugelassen. Also brauchst du auch keine Kosten zu tragen«, beruhigte Lothar seinen Sohn, dem die Zweifel ins Gesicht geschrieben standen. Mangels einer besseren Lösung fügte er sich, gab die Adresse, die er von der Polizei bekommen hatte, in sein Navi ein und fuhr los. »Wie lange brauchen wir dahin?«, fragte Lothar, nachdem sie an einer Tankstelle noch Benzin und Öl nachgefüllt hatten. »Das Tschippi-Ei-Ess sagt, es sind etwa drei Stunden. Die Pferde sind gesattelt. Wir reiten nach Süden, der Sonne entgegen.«

»Du gefällst mir immer besser. Da fällt mir ein, liegt der Ort nicht auf einer Insel?«

»Das ist richtig. Wir nehmen eine Fähre. Zum Schwimmen ist es zu weit.«

Sie erreichten die Insel am frühen Nachmittag. Der Volvo war das einzige Auto auf der Fähre, die beiden Männer die einzigen Passagiere. Sie gönnten sich einen Kaffee von der Schiffskantine. Lothar saß müde auf einem der festgeschraubten Stühle und wartete auf die belebende Wirkung des Getränks. Wig stand vor den einzigen zwei Tafeln an der Wand, die keine Fahrpläne, Tarife oder Anweisungen enthielten, wie man sich im Falle eines Feuers, Kenterns oder sonstiger Katastrophen zu verhalten hatte. Von einer blickte ein ernster älterer Mann, wahrscheinlich der Reeder. Die andere zeigte eine fröhliche Runde junger Damen an einem idyllischen Ufer im Schatten von Bäumen, die offensichtlich im Banne eines bärtigen jungen Mannes mit wallendem Haupthaar standen, der sie mit allerlei Kunststücken zu entzücken schien. Zum Beispiel damit, dass er übers Wasser laufen konnte. Auf einem Boot unweit von ihm waren Männer zu sehen, dem Anschein nach seine Freunde. Sie schienen besorgt zu sein. Entweder ob der Gefahr des Ertrinkens oder aber, weil von den Frauen eine Gefahr ausging. Ihren Gesten nach zu urteilen, sollte er jedenfalls besser wieder zurück ins Boot kommen. Wahrscheinlich handelte es sich bei dem Mann um Jesus. Das Schiffshorn verkündete die Anlandung und riss Wig aus seinen Gedanken.

Zum Zielort waren es noch knapp zwei Kilometer. Sie kamen an einer Taverne vorbei. Zwei Männer saßen vor dem Eingang auf viel zu kleinen Stühlen und blickten ihnen erstaunt nach. Lothar winkte ihnen zu. Fünf Minuten später hatten sie das Ende der Straße erreicht und bekamen die akustische Bestätigung: »Sie haben Ihr Ziel erreicht. Das Ziel liegt in der Nähe!« Sie schauten sich um. Vor ihnen lag ein kleiner Hafen mit einer aus fünf Booten bestehenden Fischfangflotte. Am Ufer standen aufgedockt noch ein paar kleinere Boote und ein Container, auf dem eine einbeinige Möwe saß. Etwas oberhalb, halb verdeckt vom ausladenden Geäst eines mächtigen Eukalyptusbaumes, stand ein Haus mit geschlossenen Fensterläden. Aus einem der Boote am Pier tönte ein Radio. Wig rief ein halbherziges »Hallo« in die Richtung. Einzig die Möwe zeigte eine Reaktion, indem sie abhob und gleich darauf den weißlichen Inhalt ihrer Kloake mit einem klatschenden Geräusch auf den Container fallen ließ. Ein Moped knatterte über die Kuppe und hielt auf sie zu. Der Fahrer trug keinen Helm, und Lothar erkannte an den zusammengebundenen weißen Haaren und dem stoppeligen Gesicht, dass es einer der beiden Männer war, die er vor der Taverne gesehen hatte. Er stellte das klapprige, mit Klebebändern und Kabelbindern zusammengehaltene Fahrzeug neben dem Volvo ab und kam auf sie zu. »Psáchnete kápoion?« Als er keine Antwort bekam: »Psáchnete gia ti María …? Sprechen Sie Deutsch …?«

Nachdem der Mann bei ihnen war, gab er zuerst Lothar und dann Herwig die Hand. »Ich bin Vassilis.«

Er musterte Wig mit schräg gelegtem Kopf. »Ihr seid wegen Maria hier. Ja?«

»Woher …?«

»Das ist Marias Auto.« Er zeigte auf den Volvo.

»Was wissen Sie von meiner Frau? Wo ist sie?«

»Wir … wissen es nicht.« Wig war es, als hätte der Mann, bevor er antwortete, einen Herzschlag zu lang gezögert. »Setzen wir uns doch. Kommen Sie. Da vorne bei meinem Boot gibt es ein paar Stühle.«

»Ich habe Hunger«, warf Lothar dazwischen. »Herwig, wir haben seit gestern nichts gegessen. Können wir nicht zu dieser Taverne zurückfahren und uns beim Essen unterhalten?« Die dunkelbraunen Augen des Mannes, der sich Vassilis nannte, schienen eine unheilvolle Botschaft bereitzuhalten. Wig spürte einen Schauder, einen kalten Hauch. Vielleicht nur wegen einer Wolke, die sich gerade vor die Sonne schob. Und da war auch dieser stechende Geruch, wahrscheinlich von einem Lösungsmittel. Ein Anflug von Ammoniak, der von einem der Schiffe herüberwehte. Etwas Unangenehmes drang in ihn ein. Er kannte das Gefühl, und er kannte den Geruch. Es war der Geruch von Angst.

Er hatte gelernt, mit dem Schatten zu leben. Bisher war es ihm gelungen, ein feines Netz zwischen sich und dem Abgrund zu weben. Jetzt war es gerade dabei zu zerreißen, aber die Furcht vor der Antwort konnte ihn nicht davon abhalten, die Frage noch einmal zu stellen:

»Sie wissen also nicht, wo Maria ist. Aber wenn ich Sie recht verstehe, war sie hier. Haben Sie sie getroffen?«

Er blickte Vassilis ins Gesicht und suchte eine Antwort in seinen Augen. »Bitte!«

Vassilis wandte den Blick ab und zog statt der Antwort eine Schachtel Karelia aus der Hosentasche, klappte sie auf und bot den beiden Männern eine Zigarette an. Wig lehnte ab, aber Lothar griff dankend zu.

Vassilis gab ihm Feuer und sagte: »Sie haben recht. Wir sollten uns in die Taverne setzen. Dort erzähle ich euch alles, was ich weiß.«

Fast ein wenig erleichtert ob des Aufschubs forderte Wig ihn auf, ins Auto zu steigen. »Kommen Sie, ich fahre uns hin.« Vassilis blickte auf seine gerade angezündete Zigarette. »Sie dürfen im Auto weiterrauchen. Mein Vater hat das durchgesetzt. Bitte steigen Sie ein.« Er hielt ihm die Tür zur Rückbank auf, und wohl aus einem Gefühl der Rauchersolidarität setzte Lothar sich neben ihn. Es war Gott sei Dank nur eine kurze Fahrt, denn der Qualm zweier Raucher vernebelte trotz offenem Fenster den Fahrgastraum so sehr, dass Wigs Augen zu tränen begannen.

»Sie sind also Marias Mann«, sagte Vassilis, als sie angekommen waren.

»Ja, ich bin Herwig Berger.« Herwig wies auf Lothar. »Und das ist mein Vater, Lothar Schumann.«

»Schumann?«

»Ja«, sagte Lothar, »wie Robert Schumann, der Komponist. Wir sind aber nicht verwandt.«

Die Taverne war nüchtern eingerichtet. Nichts von den üblichen Seesternen, Muscheln, Amphoren oder

Fischernetzen. An den Wänden hingen lediglich ein paar Schwarzweißfotos. Zu sehen waren finstere Gesellen mit schwarzen Turbanen, die Patronengurte kreuzweise über die Brust geschlungen hatten und alte Repetiergewehre in ihren Händen hielten, die Finger am Abzug. »Pontosgriechen«, sagte Vassilis, als er sah, wie Lothar die Fotos interessiert betrachtete. »Unsere Vorfahren. Vor hundert Jahren vom Schwarzen Meer hierher zwangsdeportiert.« Lothar, Vassilis und Wig nahmen an einem Tisch Platz, von dem aus sie die Straße überblickten, die sie entlanggefahren waren. Abgesehen von ein paar Katzen schien der Ort ausgestorben. Auch im Lokal war sonst niemand zu sehen. Aus den Lautsprechern der Musikanlage klang griechische Popmusik neueren Datums. Nervige Computerrhythmen, spitze Klänge ohne Wärme und Leben, die Gesangsstimme war bemüht um Pathos, aber auf verlorenem Posten gegen das Frequenzbügeleisen des Produzenten. Wig bat darum, die Musik abzuschalten. Vassilis rief etwas zur Küche, ein junger Mann trat heraus und brachte die Lautsprecher zum Verstummen.

Nachdem die Bestellung aufgenommen und sie wieder alleine waren, steckte sich Vassilis eine frische Zigarette an und begann zu erzählen.

»Maria ist vor einigen Wochen hier aufgetaucht, zusammen mit ihrer Freundin Lisa. Ioannis, Mikis' Enkelsohn, hatte sie mitgebracht. Am folgenden Tag ist Ioannis wieder zurück nach Saloniki gefahren, aber Maria ist mit ihrer Freundin hiergeblieben. Lisa ist nach wenigen Tagen auch abgereist.

Maria ist Mikis bei der Fischerei zur Hand gegangen. Vor etwa vier Wochen kam Mikis zu mir und meinte, es wäre Zeit, auf Makrelenfang zu gehen. Weil die besten Fanggründe jedoch auf der gegenüberliegenden Seite des Heiligen Berges liegen und sein Boot für die lange Fahrt dorthin zu langsam war, schlug er vor, gemeinsame Sache zu machen und die Fahrt mit meinem Boot zu unternehmen. Ich hielt das für eine gute Idee, war aber überrascht, als Maria am Morgen auftauchte. Sie trug Männerkleider und eine Mütze, die ihre Haare bedeckte. Mikis hatte ihr aufgetragen, das zu tun. Damit die Mönche nicht merkten, dass wir eine Frau dabeihatten. Bei dieser Fahrt hatte ich Gelegenheit, sie näher kennenzulernen. Sie war sehr geschickt und an allem interessiert. Am Meer, am Leben der Fischer, aber am allermeisten faszinierten sie der Heilige Berg und Mikis' Geschichten über die Menschen, die dort lebten.«

»Ist das der, den du mir gestern gezeigt hast? Kann mir bitte jemand erklären, was es mit dem Heiligen Berg auf sich hat?«

»Ja, genau der. Vor über tausend Jahren haben Mönche dort einen eigenen Staat gegründet. Eine Mönchsrepublik, zu der Frauen keinen Zutritt haben. Ich erklär es dir später, Papa. Ich will zuerst wissen, was mit Maria geschehen ist.« Vassilis blickte zum Fenster hinaus und sagte nach einem langen Schweigen: »Wenn wir das wüssten.«

»Wollen Sie sagen, sie ist von einem Tag auf den anderen verschwunden? Einfach so? Wo hat sie denn gewohnt, als sie da war?«

»Sie hat bei Mikis gewohnt. Geschlafen hat sie im Volvo.«

»Und wer hat sie als Letzter gesehen?«

»Das wird wohl Mikis gewesen sein.«

»Dann möchte ich, dass Sie mich zu Mikis bringen. Wo ist sein Haus?«

»Ihr seid davor gestanden. Es ist das einzige Haus beim Hafen.«

»Das mit den verschlossenen Läden? Aber da wohnt niemand!«

»Ich weiß. Mikis ist auch verschwunden.«

»Was?«, entkam es Lothar und Herwig gleichzeitig, und sie blickten ihn beide ungläubig an.

Vassilis dämpfte seine Karelia aus. Dann legte er beide Hände mit den Handflächen nach unten auf die Tischkante, atmete einmal tief ein und aus, bevor er sagte: »Wir glauben, sie sind beide ertrunken. Mikis und Maria.«

Das feine Netz zwischen Wig und dem Abgrund zerriss, und der Boden löste sich auf.

Der junge Mann von vorhin kam aus der Küche, brachte die Speisen an ihren Tisch und verschwand wieder. Niemand rührte etwas an. Als er weg war, ergriff Vassilis wieder das Wort.

»Zwei Tage nachdem wir vom Makrelenfischen zurückgekommen waren, sind sie zusammen noch einmal hinausgefahren. Ich hatte dieses Mal keine Zeit, und weil Mikis mit meinem Boot nicht umgehen konnte, nahm er sein eigenes. Der Sturm muss sie überrascht haben. Man hat das Boot am nächsten Tag unweit vom Russenkloster gefunden. Es war schwer beschädigt, war aber nicht leckgeschlagen. Wir haben die ganze Küste abgesucht, vom Meer aus und vom Land aus, aber keine Spuren oder Hinweise auf die beiden gefunden. Wir müssen davon ausgehen, dass sie ertrunken sind.«

»Warum hat die Polizei uns nichts davon gesagt, als wir das Auto in Saloniki abgeholt haben?«

Die Frage kam von Lothar. Herwigs Augen waren auf etwas gerichtet, das nicht im Raum war.

»Niemand hat wirklich gesehen, dass Mikis jemanden mit dabeihatte, als er hinausfuhr«, fuhr Vassilis entschuldigend fort. »Wir hatten Angst, dass es eine Untersuchung geben würde. Mikis hätte sie ja gar nicht mitnehmen dürfen. Als Frau!«

Lothar nahm seine Gabel und begann als Einziger zu essen. Wig stand auf und ging ins Freie. Er wollte weinen, aber es kamen keine Tränen. Er ging zum Auto, setzte sich auf die Kühlerhaube und zündete sich eine von Lothars Zigaretten an. Eine Katze kam und umschmeichelte seine Füße. Seine Lippen fühlten sich etwas taub an, dafür nahm er die Geräusche um sich herum anders wahr. Alles war so wie vorher, nur weiter weg. Was war denn wirklich geschehen? Verschwunden war Maria schon vor vier Monaten. Nun war also auch die Hoffnung verschwunden, sie wiederzusehen. War es das? Nein, wenn er in sich hineinhörte, spürte er, dass er nicht glaubte, was er eben gehört hatte. Die Hoffnung krallte sich weiterhin verzweifelt fest. Sie war zäh wie ein Menschenleben. Die Zigarette schmeckte ihm nicht mehr, er schnippte sie halb geraucht vor sich auf die Straße. Die Katze flüchtete unter den Wagen. Herwig ging wieder hinein, sein Appetit war zurück.

Schweigend nahm sich jeder seines Essens an. Plötzlich schlug Vassilis mit der Hand auf die Tischplatte und rief: »Jetzt hab ich's wieder. Ich wusste, das habe ich schon einmal gehört. Aber es ist lange her. Da hat jemand zu Mikis genau dasselbe gesagt wie Sie vorhin zu mir.«

»Was hab ich denn gesagt?«, fragte Lothar.

»Sie haben gesagt: Ich heiße Schumann, so wie der Komponist. Aber ich bin nicht mit ihm verwandt.«

»Und wo haben Sie das schon einmal gehört?«

»Unten am Hafen. Ich weiß es noch so genau, weil ich gefragt habe, was ein Komponist ist. Ich habe das Wort zum ersten Mal gehört. Es war zu Kriegsende oder kurz davor.«

Lothar legte sein Besteck aus der Hand und sah Vassilis an. »Wann war das?«

»Gegen Ende des Krieges, im Jahr 1945.«

»Wissen Sie, wie er mit Vornamen geheißen hat?«

»Nein, Mikis hat immer Papoútsi zu ihm gesagt. Das ist griechisch für ›Schuh‹.«

»Können Sie sich an sonst noch irgendwas erinnern?«

»Ich habe ihn nur zweimal gesehen. Das erste Mal hatte er eine Wehrmachtsuniform an, das zweite Mal trug er einen Bart und eine Mönchskutte.«

»Er war deutscher Soldat?«

»Ja, einer von denen, die beim Heiligen Berg stationiert waren.«

Während Wig langsam kauend das kalt gewordene Lammfleisch auf seinem Teller reduzierte, verfolgte er interessiert die Unterhaltung.

»Die Äbte hatten aus Angst vor Plünderungen einen Brief an Hitler geschrieben und um seinen Schutz gebeten. Durch diese Geste der Unterwerfung gelang es ihnen, eine gewaltsame Eroberung und Plünderung abzuwenden. Die deutsche Wehrmacht betrieb in der Nähe vom Kap eine Funkstation. Am Ende des Krieges haben sich die Männer abgesetzt. Aber sie kamen nicht weit. Ein paar Kilometer von hier wurden sie von Partisanen gestellt und alle exekutiert. Alle bis auf einen jungen Soldaten namens Schumann. Papoútsi. Er hatte sich auf der Flucht das Bein gebrochen und war zurückgeblieben. Das hat ihm das Leben gerettet. Mikis hat ihn unweit der Himmelsstadt gefunden und auf unsere Insel gebracht. Ich kann mich noch erinnern, wie entsetzt alle waren. Wenn sie entdeckt worden wären, hätte man das ganze Dorf zur Rechenschaft gezogen. Aber alles ging gut.

»Und Schumann?«

»Nachdem sein Bein verheilt war, entschied sich Papoútsi, zurück auf den Heiligen Berg zu gehen und bei den Mönchen unterzutauchen. Er wollte nicht mehr kämpfen, und sich allein in die Heimat durchzuschlagen war zu gefährlich. Mit Mikis' Hilfe fand er Aufnahme im Russenkloster.«

»Als deutscher Soldat?« Herwig hatte seine Stimme wiedergefunden.

»Deutsche Soldaten und russische Mönche hatten

einen gemeinsamen Feind: Stalin. Ziel der Kommunisten war es ja, die Kirche zu vernichten.«

»Ist Schumann irgendwann in seine Heimat zurückgekehrt?«

»Nein. Er ist ein Jahr später verunglückt.«

»Wie ist er gestorben?«

»Er ist beim Reinigen der Schornsteine vom Dach des Klosters gestürzt.«

Wigs Blick ruhte auf seinem Vater. »Glaubst du, das könnte Großvater gewesen sein? Sagtest du nicht, er wäre an der Ostfront gewesen?«

»Das hat meine Mutter gesagt. Aber sie wusste es auch nicht genau. Schumann hat es sicher mehrere gegeben.« Er sagte es mehr zu sich selbst, um seine Gefühle in den Griff zu bekommen. Wig fasste nach der Hand seines Vaters. »Ich weiß nicht, wo mir der Kopf steht. Es fühlt sich an wie das Ende unserer Reise.«

»Sollten wir nicht zur Polizei gehen und Marias Untergang melden?«, fragte Lothar nach einer Weile. Vassilis blickte zerknirscht und unglücklich. »Wollen Sie das wirklich tun?«

Wigs Gedanken waren schon wieder auf Wanderschaft. Er sah Maria ins Meer hinausschwimmen wie damals, nachdem sie sich gestritten hatten. Sie war erst nach einer Ewigkeit zurückgekehrt ... War sie jetzt für immer draußen geblieben? Er konnte es irgendwie nicht glauben.

»Was hast du gesagt, Papa?«

»Dass wir es melden sollten.«

»Ich habe keine Lust, mit den Behörden in Saloniki zu reden. Wenn wir zurück sind, gehe ich vielleicht zu Inspektor Schüller. Aber wo ich schon da bin, würde ich gerne auf den Heiligen Berg gehen. Vassilis, können Sie mir helfen, ein Visum zu bekommen?«

»Wenn es dich nicht stört, Herwig, möchte ich mitkommen. Vielleicht hat der Berg eine Antwort.«

Am nächsten Tag um neun Uhr früh standen Lothar und Herwig reisefertig mit Diamonitirion in der Hand am Hafen und warteten zusammen mit einer Schar von Mönchen und Pilgern auf das Schiff, das sie in die Mönchsrepublik bringen würde. Vassilis hatte Herwig noch einen Zettel mit einer griechischen Notiz zugesteckt. Damit sollten sie zu jenem Felsenkloster gehen, das er ihnen beschrieben hatte. Ein Mönch mit dem Namen Zosimas, ein Freund von Ioannis, würde ihnen weiterhelfen. Das Visum galt für vier Tage. Ioannis hatte alles in die Wege geleitet. »Derselbe Ioannis, von dem Sie vorher erzählt haben?«, fragte Wig. »Mikis' Enkel?«

»Richtig. Er wäre übrigens gerne mitgekommen. Leider hat er heute und morgen Auftritte und konnte so schnell niemanden finden, der ihn vertritt. Er ist Musiker und lebt in Saloniki. Hier, ich gebe Ihnen noch seine Telefonnummer. Falls Sie ihn anrufen wollen, wenn Sie zurück sind. Auf dem Berg gibt es übrigens keinen Empfang. Jetzt müssen Sie los, da kommt das Schiff.«

Nachdem die Fähre angelegt hatte, starteten die Lastwägen ihre Motoren, und der Pilgerstrom setzte sich in

Bewegung. »Gehen Sie am besten gleich aufs Oberdeck. Dort kann man die Fahrt am besten genießen«, rief Vassilis ihnen noch nach. »Linke Seite! Kali tychi. Viel Glück.«

Gleich nach Verlassen des Hafens der Himmelsstadt verschwanden alle Zeichen von Zivilisation. Sie glitten vorbei an unberührten Gestaden. Nur ab und zu wies ein verfallenes Gemäuer darauf hin, dass hier einst Menschen gewohnt hatten. Mancherorts sah man Spuren von Bränden. Schwarze Erde, verkohlte Büsche und Baumgerippe. Dazwischen hatte die Vegetation aber schon wieder begonnen, Fuß zu fassen. Nach einer halben Stunde legte die Fähre das erste Mal an. Der Hafen bestand lediglich aus einer Anlegerampe mit einem dahinterliegenden Steinhäuschen. Eine Gruppe Pilger, begleitet von Mönchen, verließ das Schiff. Sie bestiegen einen wartenden Kleinbus und verschwanden in einer Staubwolke, während das Schiff seine Reise fortsetzte. Mehr und mehr lösten kultivierte Landstriche die wilde Macchia ab. Olivenhaine breiteten sich aus. Dahinter, in den höheren Regionen, Laubwälder mit Steineichen und Kastanien. Der nächste Hafen unterschied sich vom vorherigen nur durch ein halbverfallenes Gebäude, das einmal eine Windmühle gewesen sein könnte.

Dann das erste Kloster. Umrahmt und geschützt von dunkelgrünen, schlanken, in Reih und Glied wie Wachsoldaten stehenden Zypressen. Entlang der Außenmauern glitzerten Stacheldraht und Glasscherben. Die Anlage wirkte mehr wie eine Festung denn wie eine

Abtei. Wären da nicht die bunten, hellblauen und sienaroten, mit Holzpfosten am Gemäuer verstrebten Balkone gewesen sowie die blühenden Ranken entlang der Auffahrt zu einem großen Tor, man hätte Böses dahinter vermutet.

Das nächste Kloster war nicht so bunt, aber freundlicher und auch erhabener. Dann kam das Rossikon, das ganz anders aussah als alles, was Wig und Lothar bis jetzt gesehen hatten. Eine wehrhafte Kleinstadt mit türkisen Dachkuppeln und glatt verputzten, weißgetünchten Mauern. Mehr eine Glaubensanstalt denn ein Kloster. Kein Ort, an dem man begraben sein möchte, dachte Herwig etwas enttäuscht. Falls jener Schumann, der hier von einem der Dächer gefallen war, wirklich sein Großvater gewesen sein sollte.

Bald darauf hatte das Schiff seinen Endhafen erreicht. Die verbliebenen Reisenden eilten von Bord und zu einem der wartenden Busse, der sie auf die andere Seite der Halbinsel bringen sollte. Es war bereits Mittag. Zum Felsenkloster waren es noch gute zehn Kilometer. Für Herwig ein zweistündiger Fußmarsch, für Lothar eine Strecke jenseits seiner Möglichkeiten.

Vassilis hatte gemeint, mit etwas Glück nehme sie wahrscheinlich ein Lastwagen mit. Also setzten sie sich auf die Hafenmauer und warteten. Streunende Katzen sammelten sich träge um sie herum. Zuerst waren es zwei. Nach einer Stunde zählten sie fünfzehn. Zwei weitere Stunden später rumpelte ein Pritschenwagen heran, und die Tiere zischten wie auf ein Kommando ab. Der

Fahrer hielt an der Kaimauer. Wig eilte zu ihm und fragte, ob er zum Felsenkloster fahre. Er bejahte und willigte auch ein, die beiden mitzunehmen.

In der Kabine war nur Platz für einen zusätzlichen Passagier, also musste Wig auf der Ladefläche stehen. Er empfand es als Geschenk. Die Schotterstraße wand sich durch Buschwerk nach oben. Eine Spitzkehre nach der anderen ergab immer wieder neue Blickwinkel. Der Geruch von wildem Thymian, Minze und Oregano füllte seine Nase. Auf der rechten Seite, tief unter ihm, glitzerte das Meer. Er fühlte sich Maria so nahe wie schon lange nicht mehr. Wenn Vassilis' Geschichte stimmte, ruhte sie nun irgendwo unter dem friedlichen Blau. Aber für Herwig war Maria nicht untergegangen.

Gleich nachdem sie dem Pater an der Pforte das Diamonitirion und Vassilis' Zettel mit der griechischen Botschaft übergaben, las dieser beide aufmerksam durch und begann dann kopfschüttelnd auf sie einzureden. Sie verstanden kein Wort. Daraufhin bedeutete er ihnen, hier zu warten, und verschwand. Nach einer Weile kam er mit einem jungen Mönch zurück. Ein Novize, wie sich herausstellte, und Schweizer, also der deutschen Sprache mächtig. Von ihm erfuhren sie, dass der von ihnen Gesuchte nicht mehr hier sei. Zosimas sei vor einigen Jahren in die »senkrechte Wüste« gegangen, ziehe die Einsiedelei dem gemeinsamen Leben im Kloster vor. Er, Nikolas, sei erst vor einem Jahr hierhergekommen. Da war Zosimas schon weg. Man erzähle sich allerlei wundersame Geschichten über Zosimas. Manche behaupteten, er könne über das Wasser gehen und durch die Lüfte fliegen. Aber sie seien selbstverständlich willkommen, hier zu übernachten.

»In einer Stunde, um fünf Uhr, ist Liturgie. Anschließend gehen wir hinüber in die Trapeza zum gemeinsamen Abendmahl. Kommen Sie, ich zeige Ihnen Ihr Quartier. Da können Sie sich noch ein wenig ausruhen.« Nikolas nahm Lothar die Reisetasche ab und ging voraus.

»Wenn das Schlagholz zum Gebet ruft, beginnt die Messe. Sie müssen nicht mit in die Kirche gehen, aber es ist der beste Weg, um das Abendessen nicht zu versäumen.« Er lachte und eilte mit wehendem Tuch über den schwindelerregenden Balkon davon.

In der Nacht erwachte Lothar mit dem Drang, aufs Klo zu gehen. Er öffnete die Tür seines Zimmers und betrat die sauber gescheuerten Planken des Rundbalkons. Einzig ein dünnes, in Hüfthöhe verlaufendes Geländer begrenzte den Austritt, dahinter ging es vierzig Meter senkrecht in die Tiefe. Die Angst fuhr ihm von der Körpermitte aus wie eine Ameisenstraße in seinen Schritt und von da über die Innenseite der Oberschenkel in die Knie. Seine Beine drohten wegzusacken. Er hielt sich mit der rechten Hand am Geländer fest. Mit der Linken suchte er Halt am Mauerwerk, dann zwang er sich, in die Schwärze unter ihm zu schauen. Er spürte den Sog, der von ihr ausging. Schlimmer noch, als nach unten zu schauen, war es, von einer exponierten Stelle aus nach oben zu blicken, warum eigentlich, fragte er sich und zwang seinen Blick hinauf zum Dachvorsprung. Die Sterne funkelten um die Wette. Lothar dachte an den deutschen Soldaten, der vom Dach des Russenklosters in den Tod gestürzt war. War es wirklich sein Vater gewesen? Er ließ zuerst die Mauer los und dann vorsichtig das Geländer. Freihändig stand er einen Augenblick lang da. Das Sternbild des Orion breitbeinig über ihm. Kassiopeia war dabei, im Meer zu versinken, und der Große Wagen rollte dem Horizont entgegen. Lothar gab seinen Beinen den Befehl, sich in Bewegung zu setzen. Sie gehorchten nur zögerlich. Der einen Meter tiefe Balkon fühlte sich an wie das Hochseil unter einer Zirkuskuppel. Erleichtert setzte Lothar seine Füße auf die erste Steinplatte am Ende der Planken. Er überquerte den Klosterhof und erreichte in letzter Not die Toilette. Während er seinen Gedärmen endlich freien Lauf lassen konnte und verwundert darüber nachdachte, wie sehr ihm seine Angst eben gezeigt hatte, dass er augenscheinlich noch immer am Leben hing, drang Gesang an sein Ohr.

Wahrscheinlich war es auch dem Umstand geschuldet, dass ihm vor dem Rückweg graute. Jedenfalls fand er sich wenig später vor dem Seitenfenster der Kirche wieder, den Chorälen der Mönche lauschend, als er am Oberarm eine Berührung spürte. Es war Nikolas, der junge Schweizer, der ihn sanft am Ärmel zupfte. »Kommen Sie doch herein. Es hat Stühle drinnen.«

Als er den Hauptraum des Katholikons betrat, schlugen ihm Weihrauchschwaden entgegen. Im Halbdunkel sah er rauchumwölkte Mönche, die mit einem Seilzug einen achtzehnkerzigen Kandelaber von der Kuppel herabgleiten ließen, während andere ihn mit ausgestreckten Händen empfingen und, sobald sie ihn erreicht hatten, mit Schwung in eine Umlaufbahn brachten. Er begann zu kreisen und erfasste die Schwaden des ätherischen Inzenses, während er, begleitet von Chorälen, wieder hochgezogen wurde. Die Kirchenstühle waren schmal und hart. Ihre Seiten gaben den Ellbogen keine Stütze, denn sie reichten bis zur Schulter. Dafür konnte man sich dagegenlehnen. Lothar wurde von der Atmosphäre gefangengenommen. Im ganzen Raum gab es keine elektrische Beleuchtung. Alles Licht kam von Kerzen. Gedämpftes Licht aus Laternen mit bunten Glasschirmen, die von schemenhaften Gestalten in langen Roben gelöscht und entfacht wurden. Kandelaber hoben und senkten sich. Ikonen und Reliquien wurden geküsst. Es wurde gebetet, gesungen, bekreuzigt, gekniet, verbeugt, gewandelt … Es war eine Stimmung wie aus Tausendundeiner Nacht. Und sie benebelte Lothars Blick, trübte jedoch nicht seine anderen Sinne, im Gegenteil. So, wie der Nebel auf seinen herbstlichen Spaziergängen entlang der Eger die Landschaft verhüllte und dadurch erst ihre Geheimnisse hervortreten ließ, so verliehen die Schleier des Räucherwerks nicht nur dem Hier und Jetzt, sondern auch dem Davor und Danach eine zauberhafte Dimension.

Die Messe und die Choreografie des Rituals gingen bis tief in die Nacht, und Lothar war irgendwann Teil des Ganzen. Die Welt trat in den Hintergrund, löste sich auf, und hervor trat das Ewige, Unveränderliche, Unveränderbare, das Göttliche, wenn man so wollte. Und Lothar wollte.

Lange nachdem alle Priester und Mönche die Kirche verlassen hatten, alle Kerzen bis auf das ewige Licht gelöscht waren und das letzte Echo der Gesänge und Gebete verhallt und von der Welt aufgesogen war, saß Lothar noch immer, umgeben von Fresken und goldumrahmten Ikonen, in sich zusammengefallen in seinem Stuhl. Als ihn Nikolas fand, dachte er kurz, der alte Mann wäre aufgestiegen in den Himmel, doch als er ihn anstupste, richtete er sich auf und öffnete seine Augen.

Es dauerte eine ganze Weile, bis Lothar sich zurechtgefunden hatte und seine eingeschlafenen Beine wieder bereit waren, ihn zu tragen. Nikolas führte ihn, gestützt auf seinen Arm, ins Freie und erklärte ihm auf dem Weg hinaus die wundertätigen Heiligenbilder. Erzählte die Lebensgeschichten der Heiligen und von den ihnen zugesprochenen Verdiensten.

Die Schritte über dem Abgrund überwand Lothar mit Nikolas' Hilfe ohne Panik. Als sie vor seinem Zimmer standen, fragte Lothar ihn, wie ein junger Mann wie er dazu käme, sich so von der Welt zurückzuziehen.

Nikolas drehte sich zum Abgrund hin und breitete die Arme aus. »Ist das hier denn nicht Welt? Draußen ist es mir zu bunt, zu grell, zu laut, zu viel von allem. Für ein Leben in Armut ist die Schweiz der falsche Platz. In der Schweiz muss man sich selbst die Armut erst einmal leisten können.«

»Und zu Hause ein genügsames Leben zu führen, war das nicht möglich? Warum sind Sie nicht auf eine Hütte in den Bergen gegangen, als Senn oder so etwas? Davon soll es ja welche geben in der Schweiz. Oder bei Ihnen zu Hause in ein Kloster eingetreten, wäre das nicht naheliegender gewesen?«

»Ich habe es probiert, in einer katholischen Ordensgemeinschaft. Aber nur für kurze Zeit. Bis ich gemerkt habe, dass sich die meisten meiner Mitbrüder mehr vom Studium der Betriebswirtschaft angezogen fühlten als von Gott. Kein Witz, selbst die Klostermauern waren durchdrungen vom Geschäftssinn. Und was mich am meisten abgestoßen hat, war der Hang zum Märtyrertum. Betrittst du eine katholische Kirche, bist du an jeder Ecke und in jeder Nische konfrontiert mit Gemarterten, Leidenden, Blutenden, von Pfeilen durchbohrten Figuren. Gar nicht zu reden von den Gekreuzigten. In unserer Kirche werden Sie etwas Derartiges suchen müssen. Für uns ist Jesus der Auferstandene – nicht der Gekreuzigte.«

Wig war von den Stimmen draußen am Balkon wach geworden und sah, dass das Bett neben ihm leer war. Er erkannte eine der Stimmen als jene seines Vaters und ordnete die andere dem jungen Schweizer Novizen zu. Eine Zeitlang versuchte er dem Gespräch zu folgen. Es ging um den Glauben und ums Loslassen der Welt, um die Hinwendung zu Gott und um das einfache Leben in einer Gemeinschaft Gleichgesinnter. Irgendwann schlief er wieder ein, und als er erwachte, war das Bett neben ihm noch immer leer.

Herwig fand seinen Vater im Klostergarten. Er saß auf einer Bank und genoss die wärmenden Strahlen der Morgensonne. Sein Gesichtsausdruck war der gleiche wie an jenem Abend, als er nach seinem Ausbruch aus dem Altersheim und der langen Fahrt vom Fichtelgebirge bis in die Kurstadt friedvoll schlafend auf dem Sofa von Frau Putz gelegen war. Nur dass er jetzt nicht schlief, sondern ganz im Gegenteil hellwach zu sein schien. Als er seinen Sohn sah, winkte er ihm zu. Wig setzte sich zu ihm und fragte ihn, wie es ihm gehe nach dieser Nacht, in der er anscheinend nicht so gut geschlafen hatte. Lothar meinte, es gehe ihm prächtig. Er sei schon seit dem Morgengrauen auf und hätte über vieles nachgedacht. Dann drehte er sich zu seinem Sohn, blickte ihm in die Augen und teilte ihm seinen Entschluss mit, dass er bleiben werde, und zwar nicht nur, bis das Visum abgelaufen wäre, sondern überhaupt.

Wig fragte ihn scherzhaft und wohl um seine Bestürzung zu verbergen, ob er wieder einmal glaube, einen guten Platz zum Sterben gefunden zu haben. Daran habe er noch gar nicht gedacht, lachte Lothar. Im Gegenteil, er finde, das hier sei ein guter Platz zum Leben. Die Aussicht ist wunderbar, das Wetter ist besser, die Gespräche sind spannender, das Essen ist bekömmlicher. Die letzte Nacht hätte er mit Nikolas ein langes Gespräch gehabt, und heute früh habe er mit dem Abt gesprochen. Dieser hätte ihm seinen Segen gegeben.

Kapitel 22

Die Kurstadt lag im winterlichen Tiefschlaf. Es war noch dunkel, als mich dasselbe Rauschen und Gurgeln, das mich eingeschläfert hatte, wieder in die Welt zurückholte. Ich brauchte einige Zeit, bis ich mich erinnerte, wo und warum ich hier war. Am Tag davor war ich hier angekommen und hatte Marias Brief ihrem Mann übergeben. Die Uhr zeigte, dass es noch nicht einmal sechs Uhr war. Noch drei Stunden, bis Herwig mich abholen würde. Weil es aussichtslos war, versuchte ich erst gar nicht, noch einmal einzuschlafen, sondern holte die Kopie, die ich mir von Marias Brief gemacht hatte, aus dem Rucksack und las noch einmal, was sie geschrieben hatte.

Hallo Wig,
schon seit langem habe ich mir vorgenommen, mich hinzusetzen, um die Geschehnisse des vergangenen Sommers niederzuschreiben. Aber dauernd findet sich etwas, durch das ich mich davon abhalten lasse. Normalerweise habe ich keinen besonderen Blick für Unordnung. Ich finde mich im Gegensatz zu dir auch ganz gut im Chaos zurecht. Aber inzwischen habe ich die Wohnung schon zweimal aufgeräumt, gekehrt, gewischt, die Terrasse und die Fenster geputzt, die ganze Wäsche gewaschen, gebü-

gelt … Ich habe alles repariert, was kaputt war, zum Beispiel einen undichten Wasserhahn, und alles entsorgt, was sich nicht mehr reparieren ließ. Aber Ordnung ist flüchtig. Ich muss mich also beeilen mit dem Schreiben, bevor sich von neuem Staub über die Dinge legt und sie nach mir zu rufen beginnen.
Alles ist flüchtig, aber nicht alles ist gleich flüchtig. Jedes Ereignis hat seine eigene Halbwertszeit. Ich will dir jetzt meine Geschichte erzählen, bevor sie sich zu sehr verflüchtigt. Denn ich schreibe nicht die Ereignisse fest, sondern nur meine Erinnerungen daran. Erinnerungen sind jedoch formbar. Sie können wie eine Amöbe ihr Äußeres verändern, ohne den Kern der Sache zu verleugnen. Vielleicht findet sich mit etwas Abstand für so manches jetzt noch Rätselhafte und Unerklärliche eine »vernünftige« Erklärung. Es kann aber auch umgekehrt sein, dass mit genügend zeitlicher und auch räumlicher Distanz ein Ereignis, für welches die Vernunft schon eine zufriedenstellende Deutung gefunden zu haben glaubt, erneut von Geheimnissen umweht wird.
Erinnerungen sind menschlich und deshalb auch bestechlich. Manchmal belohnen wir uns mit einer vorteilhafteren Beurteilung. Es muss ja nicht gleich eine Lüge sein. Wenn ich mich hie und da umständlich oder gar unverständlich ausdrücke, tut es mir leid. Nicht verstanden zu werden ist auf jeden Fall besser, als missverstanden zu werden. Denn Wörter, das habe ich festgestellt, Wörter haben einen eigenen Charakter, und nicht allen ist ein fester beschieden. Sie haben ihren eigenen Willen und ihr

eigenes spezifisches Gewicht. Manche sind federleicht, sie passen sich geschmeidig und bereitwillig an, durchlaufen alle denkbaren Aggregatszustände bis hin zur Promiskuität. Am unheimlichsten ist mir aber, dass niedergeschriebene Wörter etwas Autoritäres haben. Stehen sie einmal da, lassen sie nicht mehr mit sich reden. Es ist ein bisschen wie mit den Steintafeln Moses'. Gott sei Dank erodiert selbst in Stein Gemeißeltes irgendwann.
Apropos Gott oder seine weibliche Form, die Göttin. Das ist eins von diesen Wörtern, die überhaupt nicht mit sich verhandeln oder reden lassen. Warum muss dieses Nomen auch ein Geschlecht haben? Ich weiß nicht, wie es in anderen Sprachen ausschaut, aber ich gehe davon aus, dass es da genauso ist, also Gott männlich ist. Es muss so sein, sonst wäre die Welt eine andere. Warum kann Gott nicht neutral sein?
Du wirst dich fragen, warum ich ohne Abschied gegangen bin, und es wäre zu einfach, es nur darauf zurückzuführen, dass ich aufgrund meiner Neugier von der Schwangerschaft deines »Nordlichts« erfahren habe.
Kannst du dich an den Abend erinnern, als ich draußen auf der Terrasse an deinem Joint gezogen habe? Natürlich kannst du dich erinnern. Es war ja das erste Mal, dass ich das getan habe. Das allein war schon blöd von mir. Ich wollte eigentlich mit dir über meine Arbeit reden, und dass ich mich entschlossen hatte zu kündigen. Aber dann ist mir das Zeug in den Kopf gestiegen und hat mir die Gedanken verdreht. Daraufhin bin ich ins Wohnzimmer gegangen und habe in meinem enthemmten Zustand

aus einer Laune heraus, weil es dauernd gesummt hat, dein Telefon entsperrt. Alles Weitere kannst du dir denken.
Es war eine Flucht vor meinem eigenen Leben, und du warst ein Teil davon. In der Situation, in der du dich befandst, mit einem Kind, das unterwegs war, hätte ich dich ja schwerlich überzeugen können, mich zu begleiten und mit mir zusammen abzuhauen. Obwohl das eigentlich immer deine Idee war. Es ist schon eine Ironie des Schicksals, dass du nun derjenige bist, der zu Hause sitzt. Das heißt, vielleicht tust du das ja gar nicht? Ich nehme es aber an. Du bist immer verantwortungsvoll gewesen. Das kommt deiner Freundin jetzt sicher zugute. Aber Brüche im Leben zweier Menschen bringen wie in der Mathematik die Dinge in ein klares Verhältnis zueinander. Mein Bruch hat dich mir nähergebracht. Du bist mir seither näher, als du es die letzten zwanzig Jahre unseres Zusammenlebens gewesen bist.
Manchmal träume ich sogar von einem Wiedersehen mit dir. Davon zu träumen geht, daran zu denken gelingt mir noch nicht.
Wie ist das bei dir? Träumst du noch? Hat sich dein Leben verändert? Dein Denken? Ist dein Blick auf die Welt immer noch ironisch? Ich konnte deiner Ablehnung einer absoluten Wahrheit nie folgen. Ich habe mich immer dagegen gewehrt, dem Schicksal einen substantiellen Beitrag zur Lebensgestaltung zuzugestehen. Nach den Ereignissen der letzten Monate fällt es mir jedoch schwer, das aufrechtzuerhalten. Im Zug der Vögel, im Wandern

der Wolken, vor allem aber in den Begegnungen der Menschen liegt auch immer eine Botschaft des Himmels verborgen.
Ich kann meine abenteuerliche Reise und die oft wundersamen Begegnungen nicht auf das Prinzip von Ursache und Wirkung reduzieren. Es muss hinter der Funktionalität noch etwas geben.
Meine Wege haben sich mit Menschen gekreuzt, zu deren Lebenswegen mir nur das Wort bizarr einfällt. Eine davon war Lisa. Wir trafen uns am Tag meines Aufbruchs. Sie stand am Straßenrand und wollte eigentlich nur ein Stück mitgenommen werden. Am Ende haben wir den ganzen Sommer zusammen verbracht und sind Freundinnen geworden.
Sie kam aus dem Norden und war schon zwei Tage per Autostopp unterwegs, als ich sie auflas. Sie war auf dem Weg zu einem Treffen, einer Art »Zurück zum Ursprung«-Bewegung, der sie sich zugehörig fühlt. Sie nennen sich die Regenbogenfamilie. Auf meine Frage, was sie denn so mache, wusste sie zuerst gar nicht, was sie sagen sollte, und fragte zurück, was ich damit meine. Ich sagte, na ja, was denn ihr Beruf sei oder wovon sie lebe, ob sie einen Job hätte. Worauf sie lauthals lachte und sagte: »Ich lebe!« – »Aber wovon denn?«, wollte ich wissen. »Von der Welt. Wovon denn sonst? Die Welt gibt mir zu essen und zu schlafen. Ich lebe von dem, was andere wegwerfen.« Ob ich denn wisse, fragte sie mich, wie viel die Menschen wegwürfen. Davon könne man gut leben.

»Aber Leben ist doch auch ein Geben, nicht nur ein Nehmen«, sagte ich darauf, und sie antwortete: »Liebe. Ich gebe der Welt meine Liebe.«
»Hast du denn so etwas wie ein Zuhause?«, fragte ich dann. Und sie sagte, sie bewohne eine kleine Einzimmerwohnung in ihrer Hauptstadt. In einem zugegeben etwas heruntergekommenen Viertel mit einer Menge Glatzköpfe und Stiefelträger. Das Sozialamt hätte sie ihr angeboten und wohl gedacht, da würde sie ohnehin nicht hinziehen wollen. Aber sie tat es und kommt gut mit allen zurecht. Auf die Leute dort wirkt sie wahrscheinlich wie von einem anderen Stern. Aber man akzeptiere einander, und die grimmigen Jungs empfinden es offensichtlich als Auftrag, sie vor dem Bösen zu beschützen.
»Und hast du irgendein Ziel?«, fragte ich sie. »Irgendeinen Plan?«
»Ja. Glücklich sein. Das Leben spüren. Menschen zu begegnen. Menschen wie dir. Kennst du das Orakel von Delphi?«
»Ich habe davon gehört. Wieso?«
»Die erste Aufgabe für alle Ratsuchenden war, sich selbst zu erkennen. Aber das war nur die halbe Miete. Erst wer auch sein Gegenüber erkannte, gelangte zum Heil.«
Sie war lustig, und ich habe sie um ihre Naivität beneidet. Sie war getragen von einem unerschütterlichen Glauben an die Welt, an das Gute im Menschen und an sich selbst. Für so einen Glauben, so dachte ich damals jedenfalls, ist eine gewisse Naivität aber Voraussetzung.
Die Zeit mit Lisa währte, wie gesagt, einen ganzen

Sommer. Und so fremd mir ihre Art, durchs Leben zu gehen, anfangs auch war, muss ich doch feststellen, sie inzwischen nicht nur zu verstehen, sondern dass ich sogar damit kokettiere, mein Leben danach auszurichten.
Aber da waren noch andere, denen zu begegnen und zuzuhören ich das Glück hatte. Besonders der unvergessene Mikis, Friede seiner Seele, und natürlich Ioannis. Du müsstest ihn spielen hören. Alles an ihm ist Musik. Aber flüchtig wie die angezupften Töne der Bouzouki waren die Begegnungen mit diesen Menschen. Dennoch hinterließ jeder von ihnen eine Melodie in meinem Herzen, die weiterschwingt.
Die sicherlich außergewöhnlichste Zeit war jene mit Zosimas. Und das, obwohl wir uns nichts zu sagen hatten. Gerade einmal ein Dutzend Tage habe ich an seiner Seite verbracht.
Wäre da nicht diese nun schon fast verheilte Narbe, die sich über meine Schläfe zieht, und die Schmerzen in meinem rechten Bein, wenn ich es belaste, würde ich das alles als fiebrigen Traum ablegen und aus der Erinnerung löschen. Vor allem nachdem Zosimas genauso mysteriös verschwunden ist, wie er aufgetaucht war. Aber hätte es ihn nicht gegeben, würde ich jetzt nicht hier sitzen und diese Zeilen an dich schreiben. Denn er hat mir das Leben gerettet und mich gesund gepflegt.
Kann man es anders als Fügung deuten? Der Ort, an den mich das Schicksal hingeworfen und wo Zosimas mich an Land gezogen hat, war die einzige Stelle an der abweisenden Küste, an der die Felsen das überhaupt erlaubten.

Außer ihm gab es kilometerweit niemanden. Er lebte hoch über dem Meer, in einem einfachen Gemäuer, das nicht viel mehr als ein Dach über dem Kopf war und Schutz vor Wind und Sonne bot. Ein einziger Raum in einer Felsnische. Nur durch Klettern über brüchigen Fels erreichbar. Eine Eisenleiter hilft über die steilste Stelle hinweg. Es ist mir ein Rätsel, wie er es geschafft hat, mich da hinaufzubringen. An die ersten Tage habe ich kaum eine Erinnerung. Nur dass ich Fieber hatte und wilde Sachen träumte. Von Engeln und Drachen, die mich umkreisten und einander wilde Kämpfe lieferten, von Kinderscharen, die sich in Vogelschwärme verwandelten und wieder zurück, von Kalmaren, deren Tentakel nach mir griffen, und Muscheln, die nach mir schnappten. Aber wenn Zosimas kam, zogen sich alle zurück, und Friede legte sich über mich. Als es mir besser ging, wurde ich mir meiner Umgebung erst richtig bewusst. Der Ort war widrig und kompromisslos, ohne jegliche Bequemlichkeit, und unwirtlich, aber nicht trostlos und schon gar nicht gottverlassen. Im Gegenteil. Für mein damaliges Empfinden war er Gott zu nahe. Jedenfalls diesem alttestamentarischen, unberechenbaren Gott. Diesem biblischen Gott, der mit sich selbst und seiner Schöpfung dauernd unzufrieden ist und für sein Versagen immer den Menschen die Schuld gibt.

Je besser es mir ging, umso mehr hat Zosimas sich zurückgezogen, bis er eines Tages gar nicht mehr zurückkam. Nachdem ich allein war, hatte ich nur noch mich selber, um Gespräche zu führen. Es hat mich an meine

Kindheit erinnert. Um die Welt zu begreifen, habe ich damals auch oft mit mir geredet, mir selber Fragen gestellt und dann Antworten aus mir herausgeknetet. Während der Tage auf der Felsklippe habe ich mir manchmal eingebildet, die Antworten kämen von Gott. Dann wäre Gott ein singendes Etwas. Denn die Antworten kamen immer als Melodien daher. Und die Melodien kamen aus der Brandung. Gott als Brandung gefiel mir besser denn als brennender Dornbusch. Die Brandung ist ein einziger dichter Akkord. Alle Töne übereinander und gleichzeitig, daraus können sich die Sinne etwas Brauchbares basteln. Je nachdem, wie man eben veranlagt ist. Jedenfalls kam die Stimme immer von unten, nicht von oben. Tagsüber klang Gott übrigens wie Nina Hagen, in der Nacht hatte Gott eine Stimme wie die von Leonard Cohen. Es war jedenfalls keine piepsige Stimme. Mit einer piepsigen Stimme hätte ich mir schwergetan, egal ob weiblich, männlich oder göttlich.

Ich glaube, Nachdenken ist eine postparadiesische Sache, etwas, das erst durch den Sündenfall möglich geworden ist. Diese Geschichte von der Schlange und dem Apfelbaum verfolgt mich immer wieder. Hat vor kurzem nicht jemand gemeint, der Sündenfall wäre die erste dokumentierte Fake News der Menschheitsgeschichte? Es war außerdem gar kein Apfelbaum, sondern eine Weinrebe. Adam und Eva haben sich an Vergorenem gütlich getan. Und warum sollte Gott das nicht gefallen haben? Weil er abstinent ist? Sagtest du nicht immer, dass abstinente Menschen humorlos sind? Ein humorloser Gott, ja, die-

sen Eindruck könnte man bekommen. Und warum hätte Gott das Verhalten von Adam und Eva am nächsten Tag, als sie sich nicht mehr nackt vor ihm zeigen wollten, so gestört? Es gäbe nur eine Erklärung: Gott ist ein Spanner! Aber natürlich ist das Blödsinn. Alles nur Geschichten von alten Männern mit langen Bärten, die Zeugnis von sich selbst abgeben, aber nicht von Gott.
Es tut mir leid, wenn ich dich langweile, aber ich hatte lange niemanden, mit dem ich mich austauschen hätte können. Die Gedanken haben sich angestaut und stolpern jetzt heraus.
Apropos Paradies und Garten, ich hatte dort oben auch einen Garten. Drei Bäumchen, die sich in den Felsen festgekrallt haben. Einer trug Oliven, ein anderer Orangen, und dann gab es noch einen Feigenbaum. Von den Früchten des Letzteren waren keine mehr am Baum. Aber die Blätter verströmten einen süßen, beruhigenden Duft. Von den Oliven habe ich viele geerntet. Es hingen immer noch die meisten oben, als ich mich auf den Weg zurück gemacht habe. Man muss sie einzeln pflücken. Wenn man die Äste schüttelt, rollen sie den steilen Hang hinunter und über die Klippen ins Meer. Die Orangen musste ich alle zurücklassen. Sie waren noch sauer. Zosimas hat mir zu verstehen gegeben, sie brauchen, um süß zu werden, ein paar kalte Tage und nächtlichen Frost. Diese Bäume sind erstaunlich. Es ist mir ein Rätsel, wie sie es bewerkstelligen, aus dem kargen, steinigen Boden solche prallen, gehaltvollen Früchte hervorzuzaubern. Die Arbeit des Gärtners besteht einzig darin, das seltene

Regenwasser über kleine Gräben zu den Wurzeln zu leiten und die Früchte zu ernten. Solange er hier war, hat Zosimas das alles gemacht.

Ich habe dir noch gar nicht erzählt, wie es dazu gekommen ist, dass er mir das Leben gerettet hat. Er hat mich aus dem Meer gefischt. Zwei Monate ist das jetzt sicher schon her, vielleicht auch länger. Ich habe den Überblick verloren. Meine Erinnerungen fransen nach allen Seiten aus, nicht nur, was das Zeitgefühl angeht. Aber das Vergessen hat auch seine Vorteile. Ich übe es ebenso wie das Erinnern, denn Vergessen bedeutet auch Erlösung. Kannst du dir vorstellen, warum ich die Geschichte meiner Rettung nur widerstrebend aufrufe? Es bedeutet, die Schwärze, die mich die Tage und Nächte danach begleitet hat, wieder ins Bewusstsein zu lassen. Seit Zosimas' Verschwinden ist es besser geworden. Es ist, als hätte er die Dunkelheit mitgenommen und sein Licht zurückgelassen.

Aber jetzt ist es schon geschehen: Während ich die letzten Sätze niedergeschrieben habe, sind die Bilder zurückgekehrt, und die Welle, wie sie mich aus dem kleinen Fischerboot wirft. Ich sehe es vor mir, wie Mikis noch versucht, mir die Schwimmweste zuzuwerfen, und dabei selber über Bord geht, wie er abgetrieben wird und ich ihn aus den Augen verliere. Ich sehe das leere Boot auf den Wellen davontanzen, befreit vom Dienst an den Menschen. Ich spüre, wie die entfesselten Wassermassen an meinen Hosenbeinen und allem, was ich am Leib trage, zerren und ziehen, als wolle Poseidon mir Gewalt antun. Ich wehre mich, trete gegen das Wasser, rudere mit den Armen gegen den Untergang.

Mikis' viel zu große Kleidungsstücke behinderten meine Bewegungen. Nachdem es mir gelungen war, mich ihrer zu entledigen, ging es besser, mich über Wasser zu halten. Hose und Hemd schienen dem Meeresgott fürs Erste als Trophäe gereicht zu haben. Aber ich musste weiterhin gegen die Panik ankämpfen. Dabei half es mir, mich auf den Bewegungsablauf meiner Arme und Beine zu konzentrieren, und irgendwie gelang es mir tatsächlich, mich Richtung Ufer zu wühlen, denn von schwimmen konnte man nicht wirklich reden.

Angesichts der senkrechten Felswand, die sich dort erhob, war das eigentlich ein kompletter Unsinn, doch als ich näher kam, bemerkte ich ein paar Sträucher im Fels. Ein Riss zog sich senkrecht durch die Marmorwand, nach unten immer breiter werdend, und da, wo er ins Meer mündete und die Wand ein Stück auseinanderklaffte, stemmte sich ein breiter, von zwei Felsen flankierter Quader unerschütterlich den heranrollenden Brechern entgegen. Gerade als ich die Situation und mein Glück erfasste, spülte mich eine Welle dem Stein entgegen, aber ich bekam den Felsen nicht zu fassen, denn im selben Augenblick schlugen die zurückprallenden Wassermassen über meinem Kopf zusammen und drückten mich nach unten.

Auf einmal war es ganz ruhig. Kein Pfauchen, kein Zischen, kein Brausen und Röhren war mehr zu hören, nur noch tiefe, beruhigende Töne. Jetzt ertrinkst du, hörte

ich meine eigene Stimme zu mir sagen. Und es hatte etwas Beruhigendes. Meine Kräfte waren aufgebraucht, der Kampf war zu Ende. Ich schlug mit dem Kopf und dem rechten Knie gegen etwas Hartes, aber es tat nicht weh. Ich hatte keine Ahnung mehr, wo oben oder unten war. Es war mir auch egal. Ich hatte das Leben losgelassen.
Im nächsten Augenblick und ohne mein Zutun spülte es mich wieder an die Oberfläche. Das Brüllen der Welt war zurück und die Felswand weg.
Ein Wellenkamm traf mich unvorbereitet wie eine Watsche, gerade als ich Luft holen wollte, und riss mich aus meinem Fatalismus. Ich hustete das Wasser aus der Lunge und wandte mich wieder der hinter mir liegenden Wand zu. Meinen nächsten Landeversuch ging ich vorsichtiger an. Ich hielt Abstand und wartete auf einen Moment zwischen zwei Wellen. Ich ließ mich treiben, wie ein Stück Holz, versuchte mit dem Meer zu atmen, seinen Rhythmus aufzunehmen. Der Plan ging auf, und ich bekam tatsächlich den Felsen zu fassen. Meine Kraft reichte aber nicht aus für einen festen Griff, und ich rutschte wieder ab. Ich spürte, wie die Haut meiner Hände nachgab und vom rauen Fels zerschnitten wurde, ich spürte den Sog der nächsten Welle, da griff etwas nach mir und zog mich mit einer einzigen kraftvollen Bewegung aus dem Wasser. Ich war mir sicher, dass es die Hand Gottes sein musste, und fiel mit dem Gefühl tiefer Geborgenheit in eine erlösende Ohnmacht.
Ich träumte davon, über das Wasser gehen zu können.

Hand in Hand mit einem unbekannten Mann. Als wir uns losließen, begannen wir beide unterzugehen. Da wachte ich auf.
Ich habe gehört, dass Menschen, auf die eine Waffe gerichtet wurde, sich sehr genau an die Waffe erinnern konnten, aber nicht an den Menschen, der sie gehalten hatte. Das kann ich bestätigen. Denn als ich aufwachte, erinnerte ich mich gleich wieder an den schmalen, blassen, sehnigen Arm, der mich aus dem Wasser gezogen hatte, aber an sonst nichts.
Die Schmerzen riefen auf einen Schlag die Geschehnisse zurück. Immer noch brachen sich schwere Wellen an den Klippen und wurden donnernd von ihnen zurückgeworfen. Aber das Pfeifen und Brausen des Windes war weg, der Sturm hatte sich gelegt. Ich öffnete die Augen. Das heißt mein linkes Auge. Das rechte war so geschwollen, dass ich damit nur in mich hinein-, aber nicht hinausschauen konnte.
Das gesunde Auge sah eine Art Dach, das aus einem Felsüberhang herauswuchs, und einen Raum, dessen vorderer Teil so etwas wie ein Bootshaus war. Es lag jedenfalls eine Menge maritimes Zeug herum, Taue, Fischernetze, Bojen. Der hintere, felsige Teil schien ein Lager für Brennholz zu sein. Die Wände waren aus Brettern. Kaltes Licht, dessen Herkunft ich mir nicht erklären konnte, fiel in Streifen durch die Spalten zwischen den Planken und filetierte die Dunkelheit.
Das verschlossene Auge sah Mikis untergehen. Es sah, wie seine Seele mit dem Schaum der Wellen fortgetragen

wurde. Es sah das leere Boot auf dem Meer treiben und schaukeln, als würde es ihm nachwinken.
Nach einer Weile stellte ich fest, dass ich in einem Boot lag. In einem Boot, das in der Luft hing. Es war mit Ketten an einem Balken befestigt, und wer immer mich da hineingelegt hatte, hatte mich in etwas Kratziges gebettet und damit auch zugedeckt. Es fühlte sich an wie ein grobes Wolltuch. Ich drehte meinen Kopf auf der Suche nach der Lichtquelle. Es kam vom Vollmond. Er stand tief über dem Meer und war kurz davor unterzugehen. Ich bewegte die Hand, die mir am wenigsten wehtat, hinauf zum Kopf und tastete ihn ab. Die Haare waren verklebt, zwischen rechtem Auge und der Nase war eine schmerzhafte Schwellung. Ich versuchte mich auf die Seite zu drehen. Die Ketten, an denen das Boot hing, quietschten, und was ich für einen weiteren Haufen Fischernetze gehalten hatte, erhob sich und wurde zu einer Gestalt, die sich auf mich zubewegte.
In meinem Delirium dachte ich im ersten Moment, das sei wahrscheinlich Gott und er würde mich jetzt zu sich holen. Aber als er näher kam und ich sein Gesicht sehen konnte, verwarf ich den Gedanken. In meiner Vorstellung ist Gott nämlich sorgenfrei. Aber er war Gott sehr nahe. Es war ein Mönch. Ein Mönch vom Heiligen Berg, und ich sollte mich an seinen sorgenvollen Ausdruck gewöhnen. Er legte ihn nur ab, wenn er schlief.
Seine dunklen Augen waren voller Wärme, seine Gesichtszüge, obwohl versteckt hinter einem mächtigen schwarzen Bart, verrieten jedoch Sorge. Unsere Blicke

trafen sich nur kurz, denn er senkte gleich seine Lider und begann mit geschlossenen Augen zu sprechen. Ich sah es nur an der Bewegung seiner Lippen. Denn die Brandung war lauter als seine Stimme. Ich weiß nicht, wie lange er da stand. Mit der Zeit war es, als würden sich die Silben übereinanderlegen und dabei eine körperliche Ausdehnung bekommen, die das Brausen und den Zorn der Elemente zurückdrängte. Nach und nach begannen die Wogen den Rhythmus zu verlieren, und das Meer schien innezuhalten. Da begann ich etwas zu vernehmen. Einen dunklen, von weichen Zischlauten durchwirkten Klang, der sich mit dem Atem des Meeres verwob, als wäre er Teil von ihm. Es hörte sich an wie die endlose Wiederholung des Namens »Isus Kristos«. Die Stimme löste die Grenzen meiner Sinne auf und entführte mein Denken in eine andere Welt, zu einem Ort, wohin der Schmerz und die Begriffe nicht folgen konnten. Ich wurde weggetragen und schlief ein.

Als ich das eine Auge wieder öffnete, war es draußen hell geworden, und auch das Meer atmete nicht mehr so schwer, sondern seufzte erschöpft und versöhnlich. Es kam mir vor, als würde es, betroffen über seinen nächtlichen Wutausbruch, leise um Vergebung bitten. Der Mönch stand noch immer da, wo er vorher gestanden war, und betete mit geschlossenen Augen. Es war mir, als hörte ich seinen Herzschlag.

Mein Rachen war ausgetrocknet. Wegen der geschwollenen Nase konnte ich nur durch den offenen Mund atmen. Ich versuchte durch Schlucken Feuchtigkeit auf meinen

Kehlkopf zu bringen und schloss kurz die Lippen. Da verschwand das Pulsieren. Als ich den Mund erneut öffnete, war es wieder da. Ich stellte fest, dass es mein eigenes Herz war, das die Luftröhre und die Mundhöhle zum Mitschwingen brachte. Wie Seifenblasen entwichen die Töne meinen geöffneten Lippen und zerplatzten mit einem leisen Kchhh, wenn sie mein Ohr berührten.
Ich fasste mir ein Herz, wartete auf eine Atempause des Betenden, räusperte mich kurz und sagte: »Amen.« Er hielt inne und öffnete kurz die Augen, schloss sie aber gleich wieder. Dann sagte er etwas, das ich aber nicht verstand. Ich wollte mich aufrichten, aber die Schmerzen waren zu heftig, und ich sank wieder zurück. »Onoma? Wie heißt du?«, fragte ich ihn und, als er nichts sagte: »Onoma mou: Maria«, und ergänzte, um eine neuerliche Ausdehnung der Stille zu verhindern, nach einer kurzen Pause: »Um ganz genau zu sein: Eva Maria Magdalena.« Wie immer, wenn mir mein voller Name über die Lippen kam, hörte es sich für mich an wie ein Versprechen. Wenngleich ich nicht wusste, wofür. Seine Augen öffneten sich wieder, und er kam näher.
»Zosimas – onoma mou: Zosimas.« Dann half er mir, mich aufzurichten, hob mich ohne Mühe mitsamt der Decke aus dem Boot und trug mich hinaus ins Freie. Das erste Licht des neuen Tages strich über das Wasser und vergoldete den Horizont. Die Felswand lag noch im Schatten, als Zosimas sich anschickte, mich die Verschneidung hinaufzutragen. Anfangs gaben noch Stufen, die in den Stein gehauen waren, seinen Füßen Halt. Nachdem

er die letzte erreicht hatte, setzte er mich vorsichtig auf ihr ab und hielt eine kurze Rast. Dann wendete er mir den Rücken zu und bedeutete mir, mich von hinten an seinen Schultern festzuhalten. Ich wickelte mir die Decke so um, dass ich die Hände frei hatte, und tat wie geheißen, er packte meine Beine und kletterte so mit mir nach oben. Manchmal ließ er mich kurz los, um sich festzuhalten. Sein Tritt war sicher. An einigen Stellen waren Holzpflöcke in Spalten getrieben, die als Griffe und Tritte dienten. Schließlich kamen wir zu einer verwitterten Eisenleiter, mit der es eine mehrere Meter hohe Senkrechte zu überwinden galt. Hier blieb Zosimas stehen und setzte mich so auf einem Vorsprung ab, dass ich mich am unteren Ende der Leiter festhalten konnte. Erstmals wagte ich einen Blick nach unten. Wir hatten inzwischen eine schwindelnde Höhe erreicht. Einen Sturz hätte man nicht überlebt. Jenes Dach, unter dem ich gelegen war, lag gut zwanzig Meter unter mir. Als Zosimas wieder zu Atem gekommen war, bedeutete er mir, hier zu warten. Er stieg eilig die Sprossen empor und verschwand hinter einem Felsband. Nach einer Weile tauchte er mit einem Seil in Händen wieder auf. Ein Ende schlang er oben um eine Felsnase, und mit dem anderen kletterte er wieder zu mir herunter. Er wies mich an, es um meinen Oberkörper zu binden, dann hieß er mich warten und nickte mir ermutigend zu. Ich verstand. Unser beider Gewicht war zu schwer für die Konstruktion. Nachdem er wieder nach oben geklettert und außer Sichtweite war, hörte ich ihn rufen: »Eela!« Gleichzeitig straffte sich das Seil. Das war die Aufforderung, ihm zu folgen. Ich richtete mich auf. Ein Stich ging durch mein rechtes Knie. Es hielt nicht stand. Ich griff mit den Händen in die Metallstäbe und zog mich, nur das linke Bein belastend, Sprosse für Sprosse nach oben. In der Mitte begann mein Fuß zuerst zu zittern und dann zu schlagen. Wie damals, als mich meine Mutter zum ersten Mal auf eine Klettertour mitgenommen hatte und in der Schlüsselstelle bei einem kleinen Überhang mein linker Fuß unkontrolliert zu zucken begonnen hatte. Sie hatte gelacht und gemeint: »Ah, du hast die Nähmaschine. Das vergeht gleich wieder.«

Ich kann mich nicht erinnern, wie ich über den letzten Teil gekommen bin und wie ich es in Zosimas' Verschlag geschafft habe. Den Blutergüssen und Striemen unter meinen Armen nach zu schließen, muss er mich hochgezogen haben.

Mangels einer gemeinsamen Sprache war unsere Kommunikation leider beschränkt. Was wir mit Händen und Füßen nicht ausdrücken konnten, ging im Schweigen verloren. Nein, ein Gedanke, der einmal gefasst wurde, geht nicht verloren!

Wahrscheinlich wäre Zosimas auch nicht gesprächig gewesen, wenn wir eine Sprache geteilt hätten. Was möglicherweise an mir beziehungsweise an meinem Frau-Sein lag. Das rudimentäre Griechisch, das ich zu bieten hatte, war jedenfalls nicht dazu geeignet.

Von Ioannis weiß ich, dass Zosimas vor zwanzig Jahren auf den Heiligen Berg und in ein Kloster gegangen war. Und wenn ich ihn recht verstanden habe, ging er vor

drei Jahren als Einsiedler in die senkrechte Wüste, wie sie es hier nennen. Weil er sich ganz ins Gebet versenken wollte.
Denn vom Schweigen ist es nicht weit zum Beten. Man kann sagen, wer schweigt, der betet eigentlich schon. Anfangs vielleicht nur um Worte, aber nach einer Weile betet man nur noch um des Betens willen.
Das Problem des Schweigens ist nämlich nicht die Stille, die es umgibt, sondern das, was in die Stille drängt. Deshalb brauchen wir Gebete. Sie sind die Hüter der Stille.
Ich versuchte manchmal aus Zosimas' Augen abzulesen, wie ich mich verhalten sollte. Aber er wich meinen Blicken aus. Wenn er nicht arbeitete, betete er, und dazwischen saß er nur da und schaute aufs Meer hinaus. Er war unglücklich, und ich fühlte mich dafür verantwortlich. Wahrscheinlich war ich für ihn eine von Gott auferlegte Prüfung und der Vorbote der Apokalypse. Ich wollte weder das eine noch das andere sein. Wie gerne hätte ich meine Arme um ihn gelegt. Nicht um ihn zu halten, sondern um mich an ihm festzuhalten. Aber das wagte ich nicht. Einmal am Tag versorgte er meine Wunden. Dabei musste er mich wohl oder übel berühren. Er tat es stets mit äußerster Vorsicht und Behutsamkeit.
Und dann gibt es da noch diesen Traum. Normalerweise erinnert man sich an einen Traum entweder am nächsten Morgen oder gar nicht mehr. An diesen Traum erinnerte ich mich erst, nachdem ich den Heiligen Berg verlassen hatte. Der Traum besteht aus nur einem einzigen Bild.

Zosimas und ich schweben ineinander verschlungen über dem Gipfel des Heiligen Berges.
Ich würde das, wie schon gesagt, alles für einen flüchtigen Traum halten. Wäre da nicht dieses Mal auf meiner Stirn. Selbst jetzt, wo ich hier sitze und es zu Papier bringe, wehrt sich etwas in mir und sucht nach dem doppelten Boden, nach dem Dahinter und der Blendung. Nicht zuletzt suche ich nach einer Erklärung für Zosimas' Verschwinden. Was ist aus ihm geworden? Ist er ins Wasser gefallen – abgestürzt und ertrunken? Hat sich das Meer ein anderes Opfer geholt, nachdem er mich ihm entrissen hat? Hat er sich für mich hingegeben? War es ein Tausch? Oder ist er einfach für eine Zeit weggeflogen? Vielleicht hat er nur darauf gewartet, dass ich endlich verschwinde, und ist inzwischen wieder nach Hause geflogen, auf seine Klippe. Er hat ja daran gearbeitet. Am Fliegen, meine ich. Und ich habe ihn auch fliegen gesehen – elegant wie eine Schwalbe. Wahrscheinlich war es ein Traum, aber nach allem, was mir widerfahren ist, bin ich mir bei nichts mehr sicher.
Wenn sich am Abend die Schwalben auf dem Geländer meiner Terrasse versammeln und dann in den Gassen ihre Flugkünste zeigen, suche ich mir immer eine aus, von der ich mir vorstelle, dass es Zosimas sei.
Seine Auflösung in Luft, sein Verschwinden, Verlassen, Fortgehen, Abhandenkommen, Verlorengehen, seine Unsichtbarwerdung – was immer es auch war – hat mich an den Rand des Wahnsinns gebracht. Während der ersten Tage war er fast immer an meiner Seite. Er

pflegte meine Wunden, gab mir Wasser zu trinken, versorgte mich mit Oliven und Feigen. Da ich ja meine Kleidung dem Meer überlassen hatte, gab er mir eine alte Mönchskutte, von der er am Saum einen breiten Streifen abgetrennt hatte, damit ich mir nicht dauernd draufstieg und womöglich in die Tiefe stolperte. Als mein lädiertes Knie wieder belastbar wurde, seilte er mich noch einmal ab und brachte mich ans Meer hinunter, damit ich mich waschen konnte. Mit meiner fortschreitenden Genesung und vielleicht auch der zunehmenden Vertrautheit ging in ihm jedoch eine Verwandlung vor. Ich glaube, er begann sich um sein eigenes Seelenheil zu sorgen. Er verbrachte die Nächte nicht mehr an meiner Seite, sondern draußen. Am Abend bevor er mit der Nacht verschmolz, sah ich ihn auf der Klippe am Abgrund stehen. Die Arme ausgebreitet und den Blick zum Himmel gerichtet. Ich wagte es nicht, ihn anzusprechen. Zu groß war die Angst, ein Wort von mir könnte ihn in die Tiefe stürzen lassen. In der Nacht hatte ich jenen Traum, von dem ich weiter oben schon erzählt habe.

Am folgenden Morgen war er verschwunden. Für immer. Ich wusste, dass er nicht mehr auftauchen würde. Trotzdem habe ich noch eine ganze Woche gewartet. Schon weil ich nicht wusste, wie ich ohne seine Hilfe von dort wegkommen sollte. Es blieb mir am Ende nichts anderes übrig, als den Weg allein zu finden. Ich kletterte hinunter zum Meer und stellte mich auf den großen Steinquader, der meiner Stirn in jener Nacht seinen Stempel aufgedrückt hatte, auf dass ich meine Rettung für alle Zeit in Erinnerung behalten würde. Tagelang und auch so manche Nacht hielt ich Ausschau nach einem Boot, doch die wenigen, die vorbeikamen, waren allesamt zu weit weg, um mich zu bemerken. Ich saß auf dem Felsen und starrte in die heranrollenden Wellen. Ich wurde zu einer von ihnen, brach mich am Ufer mit ihnen und bewegte ein paar Kieselsteine hin und her. Auf eine Welle mehr oder weniger kommt es nicht an. Auf mich kommt es nicht an.

An guten Tagen war ich die Quarzader im Felsen unter meinen Füßen. Ein Teil des Musters dieser Welt. Eine Laune der Schöpfung. An schlechten Tagen war ich das graue unauffällige Gestein, das die Ader umschloss. Es war egal, alles wurde vom Leben zerrieben und abgeschliffen. Und die Quarzader braucht den grauen Felsen, der sie umschließt, um Muster sein zu können.

In den Nächten brachte der Mond die Wellen und den nassen Sand zum Glitzern. Das hatte etwas Tröstliches. Am tröstlichsten waren Gedanken an Zosimas.

Wie Verliebtheit und religiöse Verzückung sich doch gleichen. Immer wenn er sich ins Gebet versenkt hatte, ließ er sein Selbst zurück und öffnete sich. Dann sah er Gott in allem, was ihn umgab. Legte sogar seine Angst vor mir ab und ließ mich Teil seiner Welt werden.

Vielleicht wurde er erst in meiner Erinnerung zu dem Heiligen, als den ich ihn jetzt sehe. Vielleicht habe ich ihn mir so zurechtgedichtet, um nicht den Verstand zu verlieren.

Irgendwann gab ich den Gedanken auf, Rettung könnte

über das Meer kommen. Das Wasser war launisch wie eine Katze. Die Felswand war berechenbarer. Es musste einen Weg nach oben geben, und ich fand ihn. Er führte durch brüchiges Gestein zu einem bewachsenen Felsband, das schräg durch die Wand verlief. Ich nahm all meinen Mut zusammen und stieg barfuß, denn auch meine Schuhe lagen am Meeresgrund, durch die schotterige Rinne nach oben. Als ich an ihrem Ende das Felsband erreichte und die Füße auf einen befestigten Steig setzen konnte, weinte ich vor Erleichterung.

Die nächsten fünf Tage und Nächte bin ich dann entlang dem Berg und quer durch die ganze Mönchsrepublik geirrt. Tagsüber habe ich mich versteckt gehalten. Zu viele Pilger waren unterwegs, und ich hatte Angst vor ihnen. Vor ihrer Reaktion, im Garten Marias einer Frau zu begegnen. Also ging ich nur in der Nacht. Die Klöster schlossen zu Sonnenuntergang ja ihre Pforten, und so war ich bis zum Sonnenaufgang vor unliebsamen Begegnungen sicher.

In der ersten Nacht kam ein böiger Wind auf und ließ Eicheln und Kastanien auf mich regnen. Zum Glück war ich auf der Leeseite des Berges unterwegs. Das Heulen war dennoch infernalisch, wenn der Sturm über den Kamm und durch die Bäume fuhr. Es fröstelte mich trotz der Anstrengung, und das Bein machte mir zu schaffen, vor allem wenn es bergab ging. Während ich in der Finsternis angestrengt versuchte, den Pfad nicht aus den Augen zu verlieren, drangen immer wieder eigenartige Geräusche von allen Seiten an mein Ohr. Schreie von Vögeln, die ich nicht kannte, das Krachen fallender Äste und Tiergeheul. Dazu ein permanentes Rascheln, Zischeln, Krächzen, Raspeln, Gurren, Brausen und Ächzen. Mikis hatte mir erzählt, dass es am Heiligen Berg noch Wölfe gab, diese aber äußerst scheu seien. Viel mehr hüten müsse man sich vor verwilderten Hunden, die oft als Meute unterwegs waren. Ich hörte ihr Geheul, und manchmal hatte ich den Eindruck, dass sie mich umkreisten.

Zwischendurch ebbte der Sturm immer wieder ab, und in den Phasen der Stille hörten sich meine Schritte an wie Explosionen. Bis die nächste Böe mit rauschendem Heulen und der Druckwelle einer Lawine wie ein ICE vom Berg herabstürzte.

Gegen Mitternacht ging der Mond auf. Die Äste verdeckten zwar die Sicht zum Himmel, aber das Licht reichte, um mein Stolpern zu reduzieren. Der Pfad verlief lange Zeit auf derselben Höhe. Dann drehte er nach Osten Richtung Meer, und auf einmal stand ich auf einem weißen Betonband, das sich als Straße herausstellte. Dahinter lag das mittelalterliche Gemäuer jenes Klosters, das ich vom Meer aus gesehen hatte an dem Tag, als ich Mikis und Vassilis beim Makrelenfang begleiten durfte. Ich lief an der mittelalterlichen Burg vorbei und folgte der Straße, bis die Morgenröte den Tag ankündigte. Dann schlug ich mich in die Büsche und ließ mich in einer beschatteten, unzugänglichen Senke nieder.

Ich steckte mir eine der mitgebrachten Oliven aus Zosimas' Garten in den Mund und biss vorsichtig drauf, bis sie aufplatzte und die ersten Tropfen herausquollen. Der erste Kuss der Zunge mit dem Öl war immer der allerschönste. Bevor die Bitterstoffe des Fruchtfleisches dazukamen. Ist es im Leben nicht ähnlich? War es zwischen uns nicht auch so?

Was für ein Wunder Früchte doch sind und überhaupt alles, was wächst, gedeiht und zu Nahrung wird. Oder zu Baustoff oder zu Holzscheitern für ein wärmendes Feuer, zu Heilmittel und zu Rauschmittel ... Kann man etwas, das aus dem Boden und mit nichts als Luft, Regenwasser und Sonnenlicht entsteht, anders als wundersam bezeichnen?

Wie oft schaffen wir es selbst mit üppigen Mitteln unter idealen Voraussetzungen nicht, etwas Verwertbares entstehen zu lassen.

Am Morgen des sechsten Tages habe ich entkräftet und ausgehungert mit zerschundenen Füßen die Grenze zur Himmelsstadt erreicht.

Von dort waren es noch drei Stunden entlang der Straße bis zur Fähre auf die Insel. Ich hatte kein Geld und keinen Plan und war in einer seltsamen Aufmachung unterwegs. Also wartete ich wieder einmal auf ein Wunder. Es kündigte sich mit Knattern an und hielt wenig später in Form von Vassilis an der Anlegestelle. Er stellte sein Motorrad ab und zündete sich eine Zigarette an. Ich ging auf ihn zu. Als er mich sah, begannen seine Hände zu zittern, und die Augen füllten sich mit Wasser. Er ließ die Zigarette fallen, eilte mir entgegen und drückte mich so fest, dass ich keine Luft bekam.

Die Luft blieb mir erst recht weg, als er mir sagte, dass du mit deinem Vater hier gewesen bist. Vassilis sagte, du seiest allein im Volvo zurückgefahren. Ohne deinen Vater, und dass dieser von einem Kloster aufgenommen wurde. Wir waren also beide zur gleichen Zeit am Heiligen Berg! Und jetzt sind wir beide wieder in die profane Welt zurückgekehrt. Wie geht es dir? Nach allem, was mir widerfahren ist, fühle ich mich so frei wie noch nie zuvor. Vor allem frei von Angst. Ich habe auch keine Angst mehr, zu dir zurückzukehren. Aber die Vorstellung davon will noch nicht gelingen. Das braucht noch etwas Zeit. Derweil mag ich mit den Schwalben fliegen und frei sein wie sie. Kannst du dir mich als Schwalbe vorstellen? Vielleicht ziehe ich ja bald zurück in den Norden. Manchmal denke ich darüber nach. Auch darüber, ob das Nest noch frei ist. Oder ob schon jemand anderer darin nistet und etwas ausgebrütet hat.
Ich wünsche mir die Freiheit, dich wieder zu lieben. Und dir die Freiheit, mich loszulassen.

Deine Eva Maria Magdalena

Kapitel 23

Es war kurz vor acht, als ich den Brief zurück in die Tasche steckte. Die Sonne spitzelte gerade über die Berge und warf ihr erstes Licht als warmen Schein durch die beiden Fenster, als ich um neun Uhr mein Zimmer verließ und zur Lobby hinunterging. Herwig Berger stand bereits an der Rezeption und wartete auf mich. Als er mich sah, kam er mir entgegen. »Guten Morgen. Ich hoffe, Sie haben gut geschlafen. Kommen Sie, ich habe alles vorbereitet. Ich habe frische Kipferl und Semmeln besorgt.« Er zeigte auf eine Einkaufstüte. »Brötchen, wie man bei Ihnen sagt.«

Er war gut gelaunt und offensichtlich erleichtert. Wir stapften die kurze Strecke zu seiner Wohnung vorbei an tiefverschneiten Autos und schaufelnden Menschen. Der Schneefall der vergangenen Tage hatte die Stadt und die ganze Landschaft in ein in Watte gepacktes Märchenland verwandelt. Auf allem lag gut ein Meter bauschig fluffiges Weiß.

Herwigs und Marias Wohnung lag auf derselben Höhe wie mein Hotelzimmer und bot denselben Fernblick. Die Sonne stand nun frei über dem Bergkamm und füllte den Raum mit blendendem Schein. Der Küchentisch war bereits gedeckt. Eine volle Kanne Filterkaffee verströmte den bitter-süßlichen Duft geschnittenen Holzes, und während Herwig das frische Gebäck in einen Korb legte und die Butter aus dem Kühlschrank holte, stellte ich mir Marias Leben vor ihrer Flucht vor. Wie konnte man hier unglücklich werden? War es nur der Schnee, der die Ecken und Kanten, den Makel und Unrat des Lebens verdeckte? War es der Schnee, der die Welt zum Leuchten brachte und im wahrsten Sinne den Rest ausblendete? Ich beobachtete Herwig bei seinen Bewegungen durch die Küche und stellte ihn mir als Liebhaber vor. Was ich dabei spürte, gefiel mir. Er war ein wenig wie die Schneelandschaft draußen. Weich, hell und geheimnisvoll. Ein Mann zum Hineinfallen und Versinken. Wahrscheinlich war es genau diese Eigenschaft, welche Maria zu schaffen gemacht hat. Sie wuchs am Widerstand. Herwig sei wie Valium, hat sie einmal gesagt und erzählt, dass sie die Droge anlässlich einer medizinischen Untersuchung einmal verabreicht bekommen hat. Der Zustand phlegmatischer Glückseligkeit sei, solange er angehalten habe, zwar angenehm gewesen, aber im Nachhinein habe sie ihn bedrohlich gefunden. Auf meine Frage, warum, hatte sie bitter lächelnd gemeint: »Weil ich mich daran gewöhnen würde, mich mit der Welt zufriedenzugeben.« Ich gab zurück, dass es dazu kein Sedativ brauche und sie es sich leisten könne, ein bisschen weniger streng mit sich und der Welt zu sein.

Herwig Berger warf einen prüfenden Blick auf den Küchentisch und schien zufrieden. »Kommen Sie, setzen wir uns.« Er hielt mir einen Stuhl hin, von dem aus man das Fenster im Blick hatte. »Marias Platz. Und davor der meiner Mutter. Von hier aus konnten sie den Horizont sehen.« Er goss mir eine Tasse Kaffee ein und bemerkte dann erschrocken: »Entschuldigung, ich habe Sie gar nicht gefragt, ob Sie Kaffee trinken. Wenn Sie lieber Tee hätten, kann ich natürlich welchen machen.«

»Nein, lassen Sie. Ich bin nicht wählerisch. Aber darf ich Sie etwas fragen? Aus Marias Brief geht hervor, dass Sie alleine zurückgefahren sind. Haben Sie Ihren Vater wirklich auf dem Heiligen Berg zurückgelassen?«

»So ist es. Es blieb mir auch nichts anderes übrig. Ich hätte ihn nicht umstimmen können, selbst wenn ich es gewollt hätte. Für mich war es wie eine Reise ins Herz der Finsternis. Eine Reise ins Mittelalter und in die Vergangenheit. Mein Vater war sich seiner Sache sicher und schien auch nicht verwirrt oder sonst irgendwie ferngesteuert. Der religiöse Film, der dort abging, machte ihm nicht zu schaffen.«

»Wie lange ist das her?«, fragte ich.

»Dass ich ihn das letzte Mal gesehen habe? Etwas mehr als zwei Monate werden es sein. Nachdem er mir seinen Entschluss mitgeteilt hatte, bin ich noch zwei Tage geblieben. Ich hatte auch Gelegenheit, mit dem Abt zu reden. Er versicherte mir, dass alles seine Richtigkeit habe und mein Vater wisse, worauf er sich einlasse. Man nehme ihn für eine Probezeit in die Klostergemeinschaft auf. Nach einem Monat wollte man weitersehen. Der Abt bot auch mir an, noch eine Weile zu bleiben. Doch im Gegensatz zu meinem Vater war ich nicht bereit für einen so radikalen Rückzug von der Welt da draußen, und ich hatte auch nicht den Eindruck, dass er mich gebraucht hätte. Er strahlte eine Fröhlichkeit aus, die mich an längst vergangene Zeiten erinnerte. Und so habe ich mich von meinem Vater verabschiedet mit der Ahnung, ja der Gewissheit, ihn wohl nie mehr wiederzusehen. Seither habe ich keine Nachricht von ihm. Auch der Brief, den ich ihm geschrieben habe, blieb unbeantwortet.

Ich sehe ihn noch vor mir, als wäre es gestern gewesen. Mein Vater trug eine bodenlange Arbeitsschürze über seiner Hose, als wir uns ein letztes Mal umarmten. Zwei Mönche schleppten eine Matratze über den Klosterhof, einer bestrich den Stamm eines Orangenbaumes mit Kalk gegen das Ungeziefer. Ich fragte ihn, ob er denn jetzt auch an die Auferstehung glaube. Er lachte und meinte, es würde für die Welt hinter dem Vorhang keinen Unterschied machen, ob wir uns darüber Gedanken machten oder nicht. Wenn es sie gäbe, gäbe es sie unabhängig davon, ob wir an sie glaubten oder nicht. Dann ging er hinüber zu Nikolas und half ihm dabei, mit einer Spachtel die verwitterte braunrote Farbe von der Außenmauer der Kirche abzuschaben. Für das bevorstehende Fest der Panagia, der Allerheiligsten Gottesmutter Maria, sollte das Katholikon frisch gestrichen werden und in neuem Glanz erstrahlen.

Mit diesem letzten Bild vor Augen wanderte ich entlang der staubigen Straße, die wir wenige Tage zuvor mit dem Lastwagen heraufgefahren waren, nun wieder tal- und heimwärts. Immer wieder drehte ich mich um, so lange, bis das Kloster hinter den Bergen außer Sicht war. Dann stellte mein Kopf die Weichen meiner Gedankenströme neu, und auf einmal war mir Maria ganz nah. Immer wieder ließ ich sie in den Fluten untergehen, und immer wieder tauchte sie aus ihnen auf. Ich war so in mich gekehrt, dass ich eine falsche Abzweigung genommen haben musste. Während sich meine Gedanken in fiktiven Zwiegesprächen mit meiner Frau verloren, waren auch meine Beine vom Weg abgekommen. Die Straße hatte sich nach und nach zu einem Pfad verengt, und dieser führte mich in einen Wald von Kastanienbäumen. Eichelhäher kreischten ringsum, und der Duft hunderter Zyklamen begleitete mich, während meine Füße über den weichen, von wilden Maroni übersäten Waldboden schritten. Nach vielen Stunden erreichte ich die Hauptstadt der Mönchsrepublik. Es war natürlich keine Stadt, eher ein Dorf mit vielleicht zweihundert Einwohnern. Im Vergleich zu den Klöstern jedoch eine unvermutete, ja irritierende Weltlichkeit. Geschäfte, Autos, zwei Gasthäuser, Bier, Coca-Cola … Es gab sogar so etwas wie ein Gästehaus. Ich war erschöpft, hatte seit dem Vortag nichts gegessen und war seit meinem Aufbruch bei keinem Brunnen vorbeigekommen. Nachdem ich zwei Flaschen Bier der treffenden Marke Mythos getrunken und eine mit Kartoffel gefüllte Teigtasche gegessen hatte, war es zu spät geworden, um den Hafen, geschweige denn ein Schiff zu erreichen, das mich zurück in die Himmelsstadt, zurück in meine Welt hätte bringen können. Ich fragte im Gästehaus, ob sie noch ein freies Bett für mich hätten. Dieses hatte jedoch nur zwei Zimmer, wovon beide belegt waren. Man empfahl mir, zum nächstgelegenen Kloster zu gehen. Es liege an der Ostküste, eine Gehstunde entfernt. Ich könne es noch vor der Dunkelheit erreichen, wenn ich mich gleich auf den Weg mache.

Der Weg führte steil zur Küste hinunter. Die Landschaft im Osten der Halbinsel war rauer, dunkler, abweisender, der Welt draußen noch ferner. Das Kloster war ein mächtiger, mehrstöckiger Bau, der einen Innenhof umschloss. Auf seinem Wehrturm flatterte die gelbe Fahne mit dem byzantinischen Adler, und an einem Balkon hing ein Transparent. Als ich näher kam, konnte ich es entziffern: »ΟΡΘΟΔΟΞΙΑ Η ΘΑΝΑΤΟΣ«, »Orthodoxia i Thanatos«. Aus Köhlmeiers Erzählungen der griechischen Mythologie erinnerte ich mich, dass Thanatos ein Gott des Todes war. Die Übersetzung musste wohl lauten: Orthodoxie oder Tod. Ein entsprechend ungutes Gefühl begleitete mich, als ich an der Pforte klopfte und mein Visum vorzeigen musste, auf dem mein katholischer Glauben vermerkt war. Aber niemand machte irgendwelche Umstände daraus, und ich bekam ein Bett im Schlafsaal zugewiesen. Der Raum war fast zur Gänze mit Pilgern belegt. Ihre Füße, Socken und Schuhe verströmten trotz offener Fenster einen derart strengen Odeur, dass mir der Atem stockte. Nachdem ich mich meiner Schuhe entledigt und bettfertig gemacht hatte, musste ich mir jedoch demütig eingestehen, dass sich mit meiner Anwesenheit die Luftqualität noch einmal verschlechtert hatte. Es war die Nacht der Schnarcher. Ein Orchester ungestimmter Kontrabässe, garniert mit Gefurze und Gezischel, zerrieb jeglichen erhabenen Gedanken und auch die Hoffnung auf baldigen Schlaf. Allein durch die Dachluke blinzelten tröstend ein paar Sterne und gaben Hoffnung auf einen Tag danach. Auf die Auferstehung, wenn man so will.

Am nächsten Morgen blieb mir gar nichts anderes übrig, als den Gottesdienst zu besuchen, denn ich wollte das anschließende Frühstück nicht verpassen. Über eine Stunde stand ich zwischen all den Mönchen und Pilgern und wurde mir meiner Fremdheit in diesem Umfeld bewusst. Indem ich ihre Rituale nachahmte und mitmachte, wurde ich zum Heuchler. Ich tröstete mich mit dem Gedanken, nicht der Einzige zu sein. Es musste doch außer mir noch andere geben, die nur so taten, als ob sie an den heilbringenden Effekt dieser Handlungen glaubten. Selbsthypnose, fuhr es mir durch den Kopf. Dann erinnerte ich mich der letzten Worte meines Vaters: Für die Welt hinter dem Vorhang macht es keinen Unterschied, ob wir an sie glauben oder nicht.«

Herwig Berger trank einen Schluck Kaffee aus seiner Tasse und griff nach einem Gebäck. Nachdem er es halbiert hatte, bestrich er jede Hälfte zuerst mit Butter und dann mit Konfitüre und reichte sie mir.

»Vielleicht sind Religionen im Grunde ja so etwas wie Placebos«, fuhr er fort. »Um unsere Glaubensfähigkeit zu mobilisieren. Aber leider gibt es selbst bei wirkstofffreien Verabreichungen auch die Möglichkeit einer negativen Reaktion. Man nennt es den Nocebo-Effekt. Die

Geschichte ist voll davon. Es kommt immer auch auf den Arzt an, der die Medizin verabreicht. Oder im Fall der Seelsorge auf den Priester. Wenn sie im Namen Gottes zum heiligen Krieg und zum Kreuzzug aufrufen, kommt am Ende Leid heraus. Es gibt keine Religion, die frei von zwielichtigen oder moralisch zweifelhaften Charakteren ist. Je fundamentaler die Ausrichtung, desto mehr Wirrköpfe.«

Ich nahm einen Bissen vom Brötchen. Der Aufstrich schmeckte sauer, aber gut. »Was ist das?«, fragte ich ihn.

»Rote Ribisel, Marias Lieblingsmarmelade. Von ihr selber eingekocht. Sie war der Meinung, gekaufte Ribiselmarmelade tauge nichts. Und ich muss ihr recht geben.«

»Haben Sie damals, als Sie vom Heiligen Berg zurückgekommen sind, versucht, mit Ioannis Kontakt aufzunehmen?«

»Nein. Ich habe mich in den Volvo gesetzt und bin in einem durch nach Hause gefahren.« Er stutzte und sah mich an, und ich ärgerte mich über meine Neugier und bereute es, diese Frage gestellt zu haben.

»Warum? Hätte ich das sollen?«

Ich hielt seinem Blick nur mit Mühe stand und biss in das Gebäck. Nachdem ich den Bissen mit einem Schluck Kaffee hinuntergespült hatte, sagte ich, so beiläufig wie möglich: »Maria und ich haben eine Weile dort gewohnt, und ich glaube, dass sie ein paar Sachen bei ihm deponiert hat, bevor wir zu seinem Großvater gefahren sind. Einen Rucksack, den sie auf der Heimreise abholen wollte.« Aber ich sah es in seinen Augen, der Same war gesät. Jetzt konnte ich nur verhindern, dass er gleich aufging, und brachte die Polizei ins Spiel. »Was ist eigentlich mit diesem Inspektor, von dem Sie mir erzählt haben? Wie hieß er noch einmal? Schüller? Vielleicht kann er sich der Sache annehmen?«

»Haben Sie eine Adresse?«

»Nein, aber ich könnte beschreiben, wie man hinkommt.« Herwig verschwand und kam mit seinem Laptop zurück, startete Google Maps und drehte den Bildschirm zu mir: »Können Sie mir auf der Karte zeigen, wo Ioannis' Wohnung ist?« Ich behauptete, im Kartenlesen nicht sehr geschickt zu sein, was der Wahrheit entsprach, und sagte: »Es war oben am Berg, unterhalb einer Festungsanlage. Wenn Sie mir die zeigen, kann ich mich vielleicht orientieren.«

Für Herwig Berger und die Internet-Suchmaschine war das eine leichte Übung. Er tippte etwas in das Suchfeld – »Meinen Sie das Heptapyrgion?« –, und wenig später lag der Stadtteil vor mir. Er zoomte hinein und scrollte über die Häuserzeilen. Da war es. Auf dem Satellitenbild konnte man sogar das Sofa auf der Terrasse erkennen. Ich gab vor, mir meiner Sache nicht sicher zu sein, und zeigte auf den ganzen Häuserblock. »Hier irgendwo müsste es sein.« Er machte einen Screenshot, speicherte ihn ab und beließ es zu meiner Erleichterung dabei. Er räumte den Computer zur Seite und fragte, ob ich noch etwas Kaffee haben möchte. »Gerne.«

Während er uns nachschenkte, überlegte ich, ob es sehr indiskret wäre, ihn zu fragen, ob er inzwischen Vater geworden sei. Er hatte meine Gedanken erahnt und kam mir zuvor.

»Wenn Sie den Brief gelesen haben, dann wissen Sie ja von meiner Beziehung zu Nora. Wahrscheinlich hat Maria mit Ihnen auch darüber gesprochen. Das Kind ist vor zwei Wochen zur Welt gekommen. Es ist ein Mädchen und heißt Ylva. Nach ihrer Großmutter.«

»Und wie fühlt es sich an, Vater zu sein?«

Er schaute mir lange in die Augen, bevor er mir eine Antwort gab. »Ich bin wahrscheinlich gar nicht der Vater.«

»Was …? Wer ist es denn? Oh, tut mir leid. Das ist mir herausgerutscht. Es geht mich wirklich nichts an. Entschuldigung.«

»Ist schon in Ordnung. Nora hat einen Freund, und es ist zugegeben für alle Beteiligten das Beste, wenn er der Vater ist und nicht ich.«

»Aber war das nicht Ihr großer Traum? Maria hat mir erzählt, Sie wollten sogar ein Kind adoptieren.«

»Ja, es war ein Traum, aber ein Traum, in dem auch Maria vorgekommen ist. Wir hätten es uns verdient. Aber es geht nicht immer gerecht zu im Leben. Das mit Nora ist etwas anderes. Wir waren fasziniert voneinander, das heißt, wir sind es noch immer, ich jedenfalls. Dann folgte das Verliebtsein mit dem Verlangen nach körperlicher Bindung. Und ja, am Ende schlich sich sogar der Kinderwunsch ein. Aber es war uns beiden bewusst, dass wir das nicht durchstehen würden. Sollte ich entgegen aller Wahrscheinlichkeiten doch der Vater sein, wird es ein Geheimnis bleiben. Für alle. Weder Nora noch ich streben einen Vaterschaftstest an.«

»Und Noras Freund?«

»Er weiß nichts von unserer Liebe.«

Herwig stand auf und begann den Tisch abzuräumen.

»Ich muss jetzt los. Bis vier Uhr habe ich Unterricht und dann noch eine Konferenz. Ich werde erst gegen sieben nach Hause kommen. Wollen wir danach essen gehen? Sie sind natürlich eingeladen. Das Hotel ist bis morgen gebucht. Über das Wochenende ist es leider ausgebucht. Aber ich kann versuchen, ein anderes zu finden. Oder wenn es Ihnen nichts ausmacht, steht Ihnen mein Gästezimmer zur Verfügung. Ich wollte es für meinen Vater herrichten. Aber der braucht es ja nicht mehr.«

Kapitel 24

Und so geschah es, dass ich am nächsten Tag bei Herwig Berger einzog. Es war Freitag, und das Wochenende stand vor der Tür. Wir saßen bis spät in die Nacht hinein zusammen und tauschten Geschichten aus.

Herwig löcherte mich mit Fragen über die Zeit, die ich gemeinsam mit Maria verbracht hatte, und es gelang mir einigermaßen, das Kapitel Ioannis zu umschiffen. An einem Punkt, ich glaube, es war, als die Rede auf die Regenbogenmenschen kam, fragte er, ob ich religiös sei. Ja, sagte ich. »Ich bin religiös, aber ich bin nicht konfessionell und halte mich an das Wort: Du sollst dir von Gott kein Bildnis machen. Das gilt natürlich auch für sein Geschlecht. Zu behaupten, Gott sei männlich, ist die eigentliche Erbsünde.«

Nachdem ich ihm alle Fragen beantwortet hatte, erzählte er mir von seinem Leben mit Maria, und wie er lernen musste, mit dem Abgrund zu leben, nachdem sie aus seinem Leben verschwunden war.

Eine Stunde nach Mitternacht standen auf dem Tisch zwei leere Flaschen Rotwein, und wir waren längst beim vertrauteren Du gelandet. Herwig, der sicher doppelt so viel getrunken hatte wie ich, sagte: »Bevor ich schlafen gehe, will ich auf der Terrasse noch einen Ofen rauchen.

Es ist das erste Mal seit drei Monaten, dass ich Lust auf einen Joint habe. Morgen können wir schlafen, bis uns die Mittagssirene weckt. Hast du auch Lust auf einen Zug?«

Ich war schon betrunken genug und konnte der Idee nichts abgewinnen. »Sonst gerne, aber heute nicht mehr. Ich sollte jetzt gleich ins Bett. Aber lass dich nicht davon abhalten.«

Am nächsten Morgen wurde ich nicht von der Mittagssirene geweckt, sondern vom Klingelton der Haustür. Das Display meines Telefons zeigte 09:30. Aus Herwigs Schlafzimmer, das am hinteren Ende der Wohnung lag, kam kein Mucks, auch nicht, als es zum bereits dritten Mal schepperte. Ich ging zur Wohnungstür und spähte durch den Spion, aber da war niemand. Es schrillte erneut. Jetzt hörte ich es auch in Herwigs Zimmer rumpeln. »Verdammt, wie konnte ich das vergessen. Das wird Nora mit dem Kind sein. Kannst du bitte den Türöffner drücken, ich komme gleich.«

Und so lernte ich Herwigs Freundin Nora kennen und war dabei, als Herwig die frisch geschlüpfte Ylva zum ersten Mal sah und in seinen Händen hielt. Noras anfängliches Misstrauen mir und der Situation gegenüber legte sich, nachdem Herwig ihr erzählt hatte, wer ich war, und den Grund meines Besuches nannte. Als das Eis gebrochen war, kamen wir uns näher. Sie war nicht viel älter als ich, zwei Jahre vielleicht, sicher nicht mehr, aber der Segen des Mutterglücks verlieh ihr eine zeitlose Reife. Ich verstand Herwigs Hingezogenheit zu dieser Frau. Sie war von exotischer Anmut und hatte das Leuchten eines blühenden Kirschbaumes.

Ylva war zufrieden mit sich, mit ihrer Mutter und der Welt. Sie schlief die meiste Zeit oder hatte jedenfalls die Augen geschlossen. Wenn sie erwachte, um die Brust ihrer Mutter zu suchen, gaben ihre großen dunklen Augen den Blick auf eine uralte Seele frei. Als ich sie einmal in meinen Armen halten durfte, studierte ich eingehend ihr Gesicht. Ich konnte in den Zügen nichts von Herwig entdecken. Aber das hat natürlich nichts zu sagen.

Trotz der Harmonie zwischen uns gab mir die innere Stimme irgendwann ein Zeichen, mich zurückzuziehen. Ich fragte Herwig, ob es Öffis in die Festspielstadt gebe. »Denn ich würde mich jetzt gerne verabschieden und die Heimreise antreten.«

Nora hielt mich zurück. »Du musst in die Stadt? Zum Bahnhof? Dann kannst du doch mit uns fahren. Hast du einen bestimmten Zug, den du erreichen musst?«

»Nein, habe ich nicht, und ich nehme das Angebot gerne an, aber ich habe das Gefühl, ich sollte euch jetzt allein lassen. Draußen ist außerdem eine Winterlandschaft, wie ich sie noch nie gesehen habe. Ich möchte die Gelegenheit nutzen und mich ein wenig umsehen.«

Der kurze Blick, den sie sich zuwarfen, bestätigte mich. Herwig wollte mich aber wenigstens mit »ordentlichem Schuhwerk« ausstatten und verpasste mir mit den Worten: »Ich glaube, sie hätte nichts dagegen«, Marias Winterstiefel mitsamt einem Paar warmer Socken.

Die Wintersonne hatte ihren Zenit schon überschritten, als ich mich von Herwig verabschiedete und auf der Rückbank von Noras Twingo Platz nahm. Die kleine Ylva lag schlafend in einer Babyschale vorne am Nebensitz. Während der Autofahrt erzählte Nora, wie erleichtert sie war, dass es ein Lebenszeichen von Maria gab. »Vor allem für Wig war es eine fürchterliche Zeit. Es hat ihm die Luft zum Atmen genommen.«

Wir fuhren an einem See vorbei, den ich auf der nächtlichen Herfahrt mit Herwig gar nicht bemerkt hatte. An seiner gegenüberliegenden Seite lag tiefverschneit ein hübsches Dorf, das sich samt dem mächtigen Felsen dahinter im schwarzblauen Wasser spiegelte.

»Aber Maria war der Meinung, mit ihrem Weggehen hätte sie Wig den Weg frei gemacht.«

»Es war sicher nicht so von ihr geplant, im Grunde genommen hat sie jedoch genau das Gegenteil erreicht. Bevor ich schwanger wurde, hatte Wig ernsthaft überlegt, sich von Maria zu trennen. Aber von jemandem, der nicht da ist, kann man sich nicht mehr trennen. Mit Marias Untertauchen war die Büchse der Pandora für wilde Gerüchte geöffnet. Bis zum Überwachungsfoto einer Radarkamera in Griechenland hatte sogar die Polizei ernsthaft in Erwägung gezogen, Herwig stecke auf die eine oder andere Weise hinter ihrem Verschwinden. Und Frau Putz, die Nachbarin, war ohnehin fest davon überzeugt.«

Wir liefen auf einen Schneepflug auf und mussten eine Weile Schritttempo fahren. »Darf ich dich etwas fragen?

Wig hat mir gesagt, er sei wahrscheinlich nicht der Vater deines Kindes. Stimmt das?«

»Ja, das habe ich ihm so gesagt.«

»Und dass dein Freund nichts von eurem Liebesleben weiß.«

»So ist es. Oskar nimmt vieles um ihn herum nicht wahr. Er hat ein beneidenswertes Phlegma und die Fähigkeit, sich die Realität so zurechtzulegen, wie sie sein sollte.« Von der Rückbank aus sah ich Noras Augen im Rückspiegel sich verengen und die Stirn in Falten legen. »Lisa, kannst du ein Geheimnis behalten?«

»Ich war noch nie in der Lage, eines hüten zu müssen.«

»Dann wäre jetzt die Gelegenheit, es herauszufinden. Schwöre!«

»Ich schwöre!«

»Das reicht nicht. Du musst schon auf irgendetwas schwören. Der Bart des Propheten gilt nicht.«

»Auf die Jungfrau Maria?«

»Du bist ja dreist.«

»Was soll daran jetzt dreist sein?«

»Die Jungfräulichkeit Marias? Ich bitte dich! Da kannst du gleich auf ein Rentier schwören.«

»Gut, dann schwöre ich bei Rudolf dem Rentier, dass ich das Geheimnis für mich behalte.«

Nora lachte so laut, dass Ylva in der Babyschale am Nebensitz kurz die Augen öffnete. Der Schneepflug war inzwischen abgebogen, und wir hatten freie Fahrt. Bis sie wieder eingeschlafen war, sagten wir für eine Weile nichts. »Vor allem Wig darfst du nichts sagen. Das musst du mir versprechen.« Mit gedämpfter Stimme hatte Nora das Gespräch wiederaufgenommen. »Ich habe ihn nämlich angelogen.«

»Du hast ihn angelogen? Inwiefern?«

»Ich habe keine Zweifel. Ylva ist seine Tochter.«

Behalte den Flug in Erinnerung –
der Vogel ist sterblich

Forugh Farrochsad

Am Tag darauf, es war Sonntagvormittag, und die Kirchenglocken der Kurstadt verkündeten gerade die Wandlung von Wein zu Blut, saß Herwig Berger wieder allein bei seinem Frühstückskaffee. Aus dem Radio im Wohnzimmer drang, gebettet auf moosigweichen Akkorden, die sehnsuchtsvolle Melodie eines Englischhorns. Auf dem Küchentisch neben ihm lag ein Zettel mit einer Telefonnummer. Es war jener, den Vassilis ihm in die Hand gedrückt hatte, bevor er mit seinem Vater die Fähre zum Heiligen Berg bestiegen hatte. Herwig las zum wiederholten Male den Brief seiner Frau.

Während sich die Klänge von Dvořáks Neunter Sinfonie wie Nebelschwaden ausbreiteten und über sein Gemüt legten, fegte zur selben Zeit ein Regenschauer über Saloniki, der Eva Maria Magdalena Neuhauser von der Terrasse hinein auf das Sofa im Wohnzimmer scheuchte.

Seit Ioannis einer Einladung folgend vor einem Monat mit seinem Ensemble in Russland auf Tournee war, hatte sie seine Wohnung für sich allein. Wenn sie sich nicht täuschte, müsste er diese Tage irgendwann zurückkommen. Wiewohl sie sich darauf freute, ihn wiederzusehen, so hatte sie doch das Alleinsein schätzen gelernt. Und sie war nicht so naiv zu glauben, dass bei aller Zuneigung und selbstvergessener Liebesnächte ihre Beziehung eine

Zukunft hatte. Sie hatte die letzten Wochen alles aufgeräumt, nicht nur die Wohnung, sondern auch ihren Kopf. Sie hatte die Ereignisse des letzten halben Jahres und auch das Glück, das ihr beschieden war, ein- und zugeordnet. Sie hatte ihre Gedanken den Fliehkräften ausgesetzt, und dabei war viel Schwermut weggeflogen, auf und davon.

Das Festnetztelefon läutete. Sie erschrak. Es hatte, seit sie hier war, noch nie geläutet. Sie ließ es klingeln. Nach dem fünften Intervall blieb es still.

Vielleicht war es Ioannis. Sie ärgerte sich, nicht abgehoben zu haben. Da schrillte es erneut, und sie griff, ohne zu zögern, nach dem Hörer: »Parakalo? Hallo?«

»Maria?«

»Nai? Poios einai ekei? Wer ist da?«

»Ich bin's – Herwig.«

Textnachweis

G
GOLDMANN
Lesen erleben